島田荘司

Shimada Soji

시마다 소지

이연승 옮김 장편소설

요시키 형사 시리즈 ①

침대특급 '하야부사' 1/60초의 벽

寝台特急「はやぶさ」1/60秒の壁

해문

침대특급 '하야부사' 1/60초의 벽

제1장 얼굴을 도둑맞은 여자

1

　작가인 야스다 쓰네오는 만년필을 쥔 손을 잠시 멈추고 창문을 바라보았다. 푸른빛이 감돌았다. 동이 트고 있었다. 펜을 움직이는 손놀림이 무뎌졌다. 야스다는 더는 쓸 것이 없다는 사실을 스스로 잘 알고 있었다.

　고타쓰탁상형의 일본식 전열기구─옮긴이 아래에서 책상다리를 하고 있던 다리를 쪽 펴고 기지개를 켠 채 뒤로 누웠다. 뻗은 손끝으로 무언가 딱딱한 게 느껴졌다. 쌍안경이었다. 야스다는 쌍안경을 집어 자리에서 일어섰다.

　좁은 베란다로 나가 바닥에 놓아둔 나무 의자를 걸레로 한번 닦고 앉았다. 의자는 간밤에 내린 비에 젖어있었다. 담배에 불을 붙이고 크게 숨을 들이쉰 후 뿌옇게 변한 세이조 거리를 천천히 둘러보았다. 그리고 쌍안경에 눈을 갖다 댔다.

새벽 거리에서는 생각지도 못한 추태를 보는 경우가 종종 있다. 언젠가는 호스티스처럼 보이는 여자와 젊은 남자가 버스정류장 벤치에 앉아 즐거운 듯 웃으며 서로의 몸을 더듬고 있었다.

하지만 때는 여름 무렵이었다. 이런 취미와 가장 알맞은 계절도 여름이다. 여름은 더위 탓인지 여자들이 개방적으로 변한다. 때로는 방의 커튼을 걷고 가벼운 옷차림으로 과감한 포즈를 취하기도 한다. 그러나 유감스럽게도 지금은 겨울이다.

예상했던 대로 아무런 수확이 없었다. 야스다는 밤이 지나 점차 동이 터오는 비 갠 거리를 한 바퀴 둘러본 후 늘 관찰하던 방의 창문 쪽으로 시선을 돌렸다.

그곳에는 꽤 괜찮은 여자가 살고 있었다. 야스다는 원고를 쓰다가 지칠 무렵이면 베란다로 나와 여자를 관찰했다. 20대 중반 정도로 보이는 여자는 가끔 남자를 데려오기도 했지만 혼자 사는 듯했다. 때로는 샤워를 마친 후 짧은 치마를 입고 나와 머리를 말리는 모습도 보였다.

그러나 시간이 시간인 만큼 야스다도 그런 장면을 기대한 것은 아니었다. 어딘가에 술 취한 호스티스가 야한 옷차림으로 전봇대 밑에 쪼그려 앉아있는 모습이라도 건질 수 있을까 싶어 쌍안경을 가져왔지만, 아무런 수확이 없었기에 늘 관찰하던 곳으로 눈이 향했을 뿐이다.

여자가 사는 맨션은 야스다가 사는 맨션과 약 50미터 정도 떨어져 있었다. 맨션 사이에는 높이가 낮은 건물밖에 없어서 쌍안경으로 보면 베란다나 한편에 놓인 에어컨 실외기, 화분에 심은 꽃이 손을 뻗으면 닿을 듯 가깝게 보였다.

방에는 불이 꺼져있었다. 당연한 일이었다. 손목시계를 보니 오전 6시 반을 조금 지나고 있었다. 자고 있는 게 분명했다.

갑자기 추위가 느껴졌다. 야스다는 허탕을 쳤다는 기분에 방으로 돌아가기로 했다. 눈에서 쌍안경을 떼려는 순간, 야스다는 손을 멈칫했다. 베란다 옆에 붙은 작은 창문이 열려있었다.

야스다는 창문이 욕실에 붙어있는 것을 경험으로 알고 있었다. 욕실 창문이라 완전히 열리지는 않았다. 불투명한 유리로 만들어진 창문은 욕실 안쪽에서 당겨서 여는 방식이었다. 지금 그 작은 V자 모양의 틈새 사이로 여자의 벗은 몸이 뚜렷이 보이고 있었다.

야스다의 가슴이 요동치듯 뛰기 시작했다. 여자는 목욕 중이었다. 야스다는 무의식적으로 의자를 고쳐 앉았다.

그러나 이상했다. 이제 아침 6시 반이었다. 이 시간에 목욕은 그렇다 치더라도 욕실 불이 꺼진 상태였다.

밖이 점차 밝아오기 시작했지만 실내는 아직 어두웠다. 불도 켜지 않은 욕실에서 무언가를 할 수 있는 시간은 아니었다.

온 신경을 집중해 쌍안경의 초점을 정확히 맞췄다. 밖이 아직 어두워서 제대로 보이지는 않았지만 좀 더 밝아지면 무언가 보일 것 같았다.

야스다는 꿀꺽하고 침을 삼켰다. 벌써 몇 년째 여자의 방을 관찰해온 이래 이 정도의 수확은 처음이었다. 여자는 욕조에 몸을 담근 듯 보였다. 가만히 누워 기분 좋은 안락함을 만끽하고 있음이 분명했다.

V자 형태의 틈새 사이로 몸의 중심부가 자로 잰 듯 정확히 들어왔다. 위로는 목덜미 주변까지 보였다. 양어깨와 봉긋 솟은 가슴 곡선도 눈에 들어왔다. 하지만 아쉽게도 유두는 양쪽 모두 보이지 않았다. 틈새가 너무 좁은 탓이었다.

창문이 턱밑까지만 닿아선지 얼굴은 보이지 않았다. 조금 아쉬운 기분이 들었다. 그러나 이대로 여자가 일어선다면 운 좋게 하반신을 볼 수 있을지도 모른다. 야스다는 어느새 추위도 잊은 채 가만히 기다렸다.

그런데 정말 이상했다. 5분이 흐르고, 10분이 지나도록, 여자는 아무런 움직임을 보이지 않았다.

해가 떠오르고 있었다. 거리에는 점차 달리는 차와 함께 지나가는 사람들의 모습이 눈에 띄었다. 여자가 사는 맨션의 다른 집들도 하나둘 커튼을 걷기 시작했다. 그러나 창문 속 시간만은 멈춰버린 듯 여자는 움직이지 않았다.

목욕 중인 것만은 분명했다. 어두웠을 때 창문 밖으로 확실히 수증기 같은 것이 보였다. 또 불투명한 유리 탓에 확실하지는 않지만 창문도 물방울이 맺혀 뿌옇게 흐려져 있었다.

야스다는 시계를 바라보았다. 7시 반이 가까워져 오고 있었다. 한 시간이나 여자의 방을 관찰한 셈이다. 야스다는 "벌써 한 시간짼가." 하고 작게 중얼거렸다. 그리고 한 시간째 여자는 욕조에 몸을 누인 채 있었다.

거리는 점차 붐비기 시작했다. 사람과 차가 발산하는 여러 소리가 한데 뒤섞인 채, 형용하기 어려울 정도의 저음低音 뭉텅이가 되어 야스다가 서 있는 5층 베란다까지 도달했다.

야스다는 종종 생각했다.

'우울한 기운이 소리로 변한 것이다.'

특히 밤샘 작업을 마치고 피로에 찌들었을 때 이런 식으로 맞는 도시의 아침은 썩 유쾌하지는 않았다.

방에서 아내가 불쾌한 듯한 소리를 내는 것이 들렸다. 잠에서 깬 모양이었다. 창문이 조금 열려있었다. 야스다는 추워서 그럴지도 모른다는 생각에 창문을 닫기 위해 손을 뻗었다. 그 순간 아내는 "별일 없으면 방에 불 좀 꺼." 하고 불만 가득한 목소리로 말했다.

야스다는 서둘러 방에 들어가 쌍안경을 책장 구석에 숨겨두고, 원고지를 비추던 스탠드 스위치를 껐다.

야스다는 출근한 아내의 체온이 남아있는 침대에 들어가 욕실의 여자를 떠올렸다. 지금까지의 사실로 미루어보면 자연스럽게 단 한 가지의 결론에 도달했다. 그러나 야스다는 한사코 이를 떠올리지 않으려 했다. 자신을 인생의 패배자라고 여기는 야스다는 귀찮은 일에 휘말려 짐을 떠맡게 될 가능성을 본능적으로 회피해왔다.

야스다에게 있어 세상의 모든 부와 명예는 자신과 관계없는 곳에서 시작해 관계없는 곳에서 끝나는 것이었다. 그것이 별개의 형태로 나타난다고 해도 다른 누군가가 자신과 상관없는 곳에서 처리할 것으로 생각했다.

문득 정신이 들자 방은 이미 어두워져 있었다. 시계를 보니 벌써 저녁 6시가 다 될 무렵이었다. 잠을 설치다 보니 늦은 시간에 눈이 떠졌다. 아내가 돌아오기까지는 아직 30분 정도 남아 있었다.

순간 욕실의 여자가 떠올랐다. 지금이라도 당장 몸을 일으켜 베란다에 나가 관찰하고 싶은 마음이 들었다. 하지만 무서웠다.

야스다는 우선 현관으로 가서 석간신문을 집어들었다. 천천히, 주의 깊게 신문 구석구석을 살펴보았지만 어디에도 그의 예감과 적중하는 기사는 없었다.

안방으로 돌아가 TV를 켰다. 때마침 나온 뉴스를 침대에 걸터앉은 채 주시했지만 여기서도 별다른 소식은 들려오지 않았다.

방을 찬찬히 둘러보았다. 쌍안경이 보였다. 그는 결국 쌍안경을 다시 손에 들고 베란다로 향했다.

그러나 이미 어둠이 깔려 욕실 창문 안쪽은 보이지 않았다. 창문은 아침과 마찬가지로 열린 상태였다. 그 시점에서 아무런 변화가 없었다. 내부는 어두워 조금도 보이지 않았다.

멍하니 베란다에 서 있으니 잠이 덜 깨서 몽롱한 탓인지 아침에 본 것이 꿈 아니면 환상일지도 모른다는 생각이 들었다.

그러나 다음 날인 1월 20일 아침이 밝아올 무렵이 되자 야스다는 역시 아무것도 손에 잡히지 않았다. 창문 유리가 점차 푸른빛으로 변할수록 그는 앉았다가 일어서길 반복하며 원고를 두세 줄 정도 쓰더니 이내 펜을 내팽개쳤다.

거리가 희미하게 모습을 드러낼 무렵 야스다는 베란다에 서 있었다. 놀랍게도 어느새 거리에는 눈이 소복하게 쌓여있었다. 보기 드문 폭설이었다. 이렇게나 눈이 왔을 줄 누가 알았을까. 야스다는 아내가 깨지 않도록 스탠드의 불을 끄고 조용히 베란다에 나가 문을 완전히 닫았다. 그리고 몸을 숙여 난간 손잡이에 쌓인 눈을 치우고 쌍안경을 놓았다.

렌즈에 눈을 바짝 갖다 댄 채 쌍안경을 좌우로 돌려가며 욕실을 찾았다. 무언가를 확인한 야스다는 공포에 가득 찬 낮은 신음을 내뱉었다. 무릎이 조금씩 떨려왔다. 여자는 여전히 욕조에 몸을 담근 채 있었다.

말로 설명할 수 없을 만큼 기이한 광경이었다. 안개가 옅게 깔린, 살짝 푸른빛이 도는 눈 내린 아침 풍경 속에서 여자는 여전히 욕조에 몸을 누이고 있었다.

야스다는 생각했다.

'얼어붙었어. 저 여자는 얼어붙은 거야.'

한겨울 새벽에는 거리에 있는 모든 사물에 하얗고 두껍게 눈이 쌓인 상태였다. 야스다의 눈앞에 있는 금속제 난간 손잡이도 마찬가지였다. 그래서 모든 게 얼어붙은 것이다. 저 작은 창문 안쪽의 시간까지도.

야스다는 쌍안경을 내려놓고 뺨에 느껴지는 매서운 칼바람도 잊은 채 잠시 생각에 잠겼다.

'대체 왜?'

혼란이 진정되는가 싶더니 의문의 대상이 점차 명확해지기 시작했다.

'왜 모두 눈치채지 못하는 거지?'

'어째서 이 넓은 세상에서 이런 엄청난 사실을 아는 사람이 나 혼자란 말인가.'

여자와 같은 맨션에 사는 이웃들이 아직 모르는 것쯤은 이해할 수 있었다. 하지만…….

그러나 이유는 금세 나왔다. 독특한 여닫이 창문 탓이었다. 안쪽에서 당겨서 여는 방식의 창문 틈새로 보이는 여자의 모습은 필시 야스다가 사는 맨션, 그것도 5층 베란다에서만 볼 수 있는 것이었다.

그날 밤 잠자리에 든 야스다는 오후가 될 때까지 한숨도 자지 못했다. 정오가 지나서 조금 졸음이 몰려오는가 싶더니 금세 눈은 다시 떠졌다. 시계는 3시를 가리키고 있었다. 또다시 몸을 일으켜 비틀비틀 베란다로 나갔다. 도무지 이해할 수 없는 이 상황을 해가 지면 확인할 수 없기 때문이다.

쌍안경의 시야 속에 여전히 여자의 어깨가 들어왔다. 그러나 지금 그 모습은 야스다에게 아무런 감흥도 주지 못했다.

욕조의 담긴 물이 살짝 보였다. 야스다는 그제야 물이 미묘한 색을 띠고 있다는 사실을 알 수 있었다. 마치 녹이 슨 듯한, 붉그스름한 색이었다.

그때였다. 여자의 몸이 갑자기 쑥 하고 가라앉았다! 욕조에 몸이 완전히 잠기고 나서야, 쌍안경의 시야 속으로 여자의 얼굴이 모습을 드러냈다.

야스다는 외마디 비명을 내질렀다. 공포로 완전히 정신을 잃을 지경이었다. 믿을 수 없게도 여자에게는 얼굴이 없었다. 헝클어진 검은 머리칼 아래로는 새빨간 살덩이만이 존재했다. 그리고 그 중앙에는 꽉 다문 하얀 이가 드러나 있었다.

2

1984년 1월 20일, 어젯밤 15년 만에 내린 폭설이 완전히 녹지 않은 금요일 오후 5시 15분. 1과 살인반의 요시키 다케시가 연락을 받고 부랴부랴 현장에 도착했을 때는 이미 감식반에 의해 한차례 검증이 끝난 후였다.

사건 현장은 세타가야 구 세이조 3번지에 있는 그린하임 304호였다. 3층 가장 남단에 있는 집 욕실에 젊은 여자가 살해된 채 있다는 익명의 신고전화가 경찰서로 걸려왔다. 세이조 경찰서의 형사가 현장을 확인한 결과 이는 사실로 밝혀졌다. 여자의 이름은 구조 지즈코였다.

요시키가 욕실로 들어서려는 순간 수사관의 마지막 카메라 플래시가 번쩍였다.

"어이, 요시키. 늦었군."

요시키는 발걸음을 멈추고 돌아보았다. 낯익은 얼굴의 남자는 감식반의 후나다였다.

"이런, 후나다. 자네도 있었나."

요시키가 말했다. 요시키의 풍모는 사건 현장에서도 사람들의 시선을 집중시켰다. 귀를 완전히 가릴 정도의 긴 머리칼은 움직일 때마다 크게 찰랑거렸다. 쌍꺼풀이 진 눈은 커다랗고, 콧대는 오뚝하니 솟았으며, 입술은 약간 두꺼웠다. 훤칠한 키에 좀처럼 형사로는 보이지 않았다. 혼혈의 패션모델 같았다.

"사쿠라다몬에서 출장 왔어."

후나다가 말했다. 후나다도 비교적 날렵한 몸매를 지니고 있었지만 키는 요시키보다 훨씬 작았다.

"사체에 뭔가 특이점이라도 있나?"

요시키가 물었다. 후나다는 아무 말 없이 고개를 끄덕이고는 "보면 알아. 좀 심해." 하고 작게 중얼거렸다.

요시키는 신발을 신은 채 욕실로 들어섰다. 바닥에 깔린 타일에서 달칵대는 소리가 났다. 등 뒤로 여자의 검은 머리칼이 보였다. 여자는 욕조에 몸을 담그고 있는 듯했다. 목 주변까지 올라온 욕조 물은 붉은 물감을 푼 것처럼 새빨갰다.

미약하게 역한 냄새가 풍겨왔다. 요시키는 조심스럽게 여자 앞에 섰다. 그리고 무의식적으로 숨을 죽였다. 많은 수의 사체와 대면해 왔지만 이처럼 끔찍한 광경은 처음이었다. 아니, 참혹하다는 표현이 정확했다.

여자의 몸은 아름답고 풋풋했다. 흰 살결과 몸매의 굴곡도 더할 나위 없었다. 작은 욕조에 몸을 누인 채 테두리 위로 올린 새하얀 두 팔은 마치 대리석 같은 고급스러움을 지니고 있었다. 고운 머리칼은 부드럽게 물속에서 넘실거렸다. 모든 것이 여자가 대단한 미인이라는 사실을 알리고 있었다. 그러나 그녀에게는 얼굴이 없었다.

얼굴이 있는 부분에는 새빨간 살덩이만이 존재했다. 살덩이 가운데로 빨갛게 부어오른 부분이 그곳에 코가 있었다는 사실을 반증했다. 그 아래로는 곧바로 새하얀 치아가 위아래로 맞물린 채 드러나 있었다. 무언가 알 수 없는 감정에 의해 굳게 다문 듯 보였다.

정확히 말하자면 살덩이는 단지 붉은빛만을 띠는 것은 아니었다. 젤리 형태의 황토색 물질이 얼룩덜룩 묻어있었다. 젤리 같은 물질은 고르게 뻗은 치아 위와 턱밑으로도 길게 늘어져 있었다. 눈이 있던 것으로 보이는 곳에는 두 개의 구멍만이 뻥 뚫려 있었다.

"이건 좀 너무하네."

요시키가 무의식적으로 중얼거렸다..

"대체 무슨 짓을 한 거지?"

"얼굴 피부를 벗겨 냈어."

"그게 가능해?"

"간단해. 의대생이라면 해부 시간에 한 번쯤은 할 거야. 이렇게 거칠게는 안 하겠지만."

"쉽게 벗겨 낼 수 있는 건가?"

"당연하지. 사람의 몸은 피부와 근막 사이에 지방층이 있어. 거기에 칼이나 주걱 같은 걸 찔러 넣고 얇게 도려내는 느낌으로 벗겨 내면 되는 거지. 이런 난폭한 방법으로는 5분도 채 안 걸릴걸."

"얼굴에도 지방층이 있나?"

"복부나 엉덩이에 비하면 굉장히 얇지만 있긴 있어. 이 누런 게 바로 그 증거지."

"그럼 이게 사인인가?"

"아니, 사인은 이쪽이야."

후나다는 붉은 물속을 가리켰다. 등산용 나이프의 검은색 손잡이가 어렴풋이 비치고 있었다. 심장 언저리에 박힌 듯 보였다.

"그럼 대체 왜 얼굴에 이런 짓을 한 거지?"

"그건 나도 몰라. 마치 인디언 같은 녀석이야. 원래는 머리 가죽을 벗겨 내는 거지만."

"미치광이의 소행일까?"

"그럴지도."

"범행은 이곳에서 이뤄졌나?"

"그렇겠지, 이만큼 피가 흐른 걸 보면. 정초부터 끔찍한 사건을 만났군."

그때 둘의 등 뒤로 작은 몸집의 한 사내가 묵묵히 서 있었다. 후나다가 이를 눈치채고 돌아보더니 아, 하고 나지막이 내뱉었다.

"요시키, 소개하지. 이쪽은 세이조 경찰서의 이마무라 형사야. 여긴 1과의 요시키."

덩치가 작은 편인 이마무라가 살짝 고개를 숙여 인사를 건넸다. 그리고 고개를 들어 요시키의 풍모를 확인하더니 조금 놀란 표정을 지었다.

"이건 좀 심하군요."

이마무라가 말했다. 중년인 그는 매우 평범하게 생긴 남자였다.

"오랜 세월 형사 생활을 하고 있지만, 이만큼 끔찍한 사건은 처음 봅니다. 무슨 원한이라도 산 건지……."

"마치 탈을 쓴 것 같은 형상이 되도록 얼굴 피부를 벗겨 냈군요. 이마 가장자리부터 턱 아랫부분에 이르기까지 주욱 하고 말이지요. 근데 이는 원래 튀어나오는 건가?"

요시키가 물었다.

"아니, 보통은 나오지 않아. 입술 주위에는 구륜근□輪筋이라는 근육 조직이 있거든. 이번 사건의 경우, 범인은 서둘러 일을 처리하고자 입술을 들어 올려서 그 속으로 칼을 쑤셔 넣은 걸로 보여. 그래서 구륜근이 완전히 사라져 버린 거지."

후나다가 말했다.

"급했을까?"

"응, 분명 그런 흔적이 있어."

"요시키 씨, 잠깐 이쪽으로."

이마무라가 요시키를 불러 함께 거실로 향했다.

"이 소파의 위치 좀 보세요. 꽤나 어긋나있지요? 우리가 따로 건들진 않았습니다. 여기 깔린 카펫도 마찬가지입니다. 모퉁이 부분이 뒤집혀있어요."

"그렇군요."

"그리고 이걸 보시죠. 아마 와인 진열장 위에 있던 것이 아닐까 생각됩니다만."

이마무라가 가리킨 바닥에는 대리석으로 만들어진 탁상시계가 뒤집혀있었다. 이마무라는 하얀 장갑을 낀 양손을 뻗어 시계를 들어 올렸다.

시계는 눈금판의 유리 부분에 금이 간 채 바늘은 3시 10분에서 30초 정도 지난 시점에 멈춰있었다.

"시계는 멈췄나요?"

요시키가 물었다. 이마무라는 크게 고개를 끄덕였다.

"아마 이곳에서 이렇게 떨어져서…….

이마무라는 오른손으로 시계를 들어 와인 진열장 위로 향하더니 시계를 떨어뜨리는 시늉을 했다.

"그 후 눈금판 부분이 이 금속제 재떨이와 부딪친 게 아닐까요?"

바닥에는 검은색 철제 재떨이가 놓여있었다.

"근데 이게 떨어졌다는 건 여기서 누군가 몸싸움을 벌였다는 이야기겠지요. 보세요. 진열장 안쪽도 쓰러진 잔들로 엉망이죠?"

이마무라가 말한 대로였다.

"몸싸움을 하던 도중 한 명은 와인 진열장에 몸을 부딪쳤을 겁니다. 그리고 발버둥치다가 손으로 시계를 쳐서 떨어뜨린 셈이죠."

이마무라는 와인 진열장에 기대는 시늉을 하며 말했다.

"누가 싸웠는지는 모르지만 그중 한 명이 욕실에 있는 여자임은 분명하군요. 그리고 사건 발생 시각도 오전인지 오후인지 확실하지 않지만 3시 10분 무렵이었던 거고요."

요시키가 말했다.

"뭐, 여자가 시계에 밥을 제때 주었다면 그렇겠지요."

"후나다."

요시키가 후나다를 불렀다.

"대충이라도 좋으니, 사후 어느 정도 시간이 지났는지 알 수 있을까?"

"이틀 정도 지났을까. 재경직은 일어나지 않은 상태야. 정확한 건 부검의의 소견과 다른 여러 조건도 함께 고려해봐야겠지만."

"이틀이라고 치면 오늘이 1월 20일이니까, 그저께, 즉 1월 18일 오후쯤 여자가 살해당했을 가능성이 있군."

"있을 법한 이야기지."

"거기에 이걸 더해보면……."

요시키가 멈춰버린 탁상시계를 가리키며 말했다.

"1월 18일 오후 3시 10분쯤이 아닐까."

후나다는 팔짱을 낀 채 두어 번 고개를 끄덕이며 말했다.

"뭐, 신빙성이 있군. 우리 견해로도 사건은 그 무렵 발생한 걸로 보여."

요시키도 고개를 끄덕였다. 그러자 조금 떨어진 곳에 있던 이마무라가 "근데 보통 오후 3시쯤 목욕을 할 일이 있을까요?" 하고 물었다.

요시키는 현관으로 향했다. 우편함 밑으로 신문이 잔뜩 떨어져있었기 때문이다.

현관 문턱에 웅크린 채 신문 날짜를 살펴보았다. 오래된 것부터 나열해보니 1월 18일 석간, 19일 조석간, 20일 조간 순이었다. 신문은 누군가 읽은 흔적 없이 그대로 현관에 쌓여있는 상태였다. 이 역시 여자의 사망 시각이 1월 18일 오후 무렵이었음을 뒷받침했다. 피해자는 평소 다 읽은 신문을 부엌 구석에

차곡차곡 정리하는 습관이 있었다.

그때 커튼을 치는 소리가 들려 요시키는 고개를 돌렸다. 수사관 한 명이 커튼을 치고 형광등을 켜려는 참이었다. 해가 저물어 어느새 방이 어두워져있었다.

"커튼은 어떻게 되어있었죠?"

요시키는 이마무라에게 물었다.

"제가 처음 왔을 때도 쳐져 있는 상태였어요."

이마무라가 대답했다.

"커튼은 확실히 쳐져 있었지만 가구들은 흐트러진 상태였다는 말이군요."

요시키가 말했다.

"네. 아무래도 여자는 여행을 떠날 채비를 하고 있었던 것 같아요. 저기 여행용 가방이 있죠? 저 안에 갈아입을 옷가지와 규슈 관광 안내책자 등이 들어있어요. 또 아까 집주인을 찾아갔을 때도 그렇게 말하더군요. 주인 영감이 엊그제인 1월 17일에 여자를 만났는데 내일부터 2, 3일간 규슈 지역을 여행할 거라고 했다더라고요."

"흠."

"그래서 여자는 떠나기 전 마지막 문단속을 하면서 커튼을 쳤겠죠. 그리고 가방 정리 등 모든 채비도 마친 상태였고요."

"여행을 막 떠나려던 참이었겠군요. 혹시 18일 언제쯤 출발할 거라고 시간까지는 이야기하지 않았나요?"

"아마도 18일 오후쯤이라고 말한 것 같더군요."

"그럼 당일 야간열차를 타면 씻을 수 없으니 집을 나서기 전에 미리 목욕을 하고 나서 출발하려고 마음먹었을 수도 있겠네요."

"그렇죠."

"그럼 채비를 전부 마친 후 집을 나서려는 찰나 괴한이 침입해왔다. 말다툼이 벌어졌다. 괴한은 가구를 흐트러뜨리고 시계를 고장 냈다. 그리고 욕실에서 그녀를 살해하고 얼굴 피부를 벗겨 냈다?"

"그렇다고 하면 상대는 꽤 친분이 있던 사람이겠네요. 남자라면 몸을 섞은 관계일지도 모르고요. 상대가 아직 방에 있는데 알몸으로 욕실에 들어간 것을 보면 알 수 있죠."

"맞습니다. 또 그 정도로 친분이 있는 사람이라면 가지고 있던 복제 열쇠를 돌려주러 왔을지도 모르죠."

"음, 어쨌든 녀석은 금전 목적은 아니었던 것 같아요. 여기 옷장이라든지 부엌 서랍에 꽤 많은 현금이 들어있었는데도 손도 대지 않은 걸 보면 말이죠."

"흐음, 여행 가방 안은 어때요?"

요시키는 가방 앞으로 몸을 숙이며 물었다.

"가방 안에 있던 지갑 속 돈도 건들지 않았어요."

이마무라가 대답했다. 가방 구석구석을 살핀 요시키는 잠시 생각하더니 "이상하네요." 하고 말했다.

"왜요?"

"여자는 규슈 방면을 여행할 예정이었죠? 근데 열차 티켓이 어디에도 없군요……. 혹시 방에서 발견됐나요?"

"아니요."

이마무라가 고개를 저었다.

"대체 어쩔 생각이었던 거지?"

그때 현관문 쪽에서 인기척이 들렸다.

"신문배달원일 겁니다. 잠시 붙잡아두세요."

요시키가 큰 소리로 말했다. 이마무라는 재빠르게 복도로 나갔다.

그러나 신문배달 소년에게는 아무런 수확도 거둘 수 없었다. 소년은 어떠한 이상한 점도 느끼지 못했고, 우편함에 신문이 쌓여있어서 여행을 간 것이라 여겼다고 했다.

일리가 있었다. 이런 계절에 사후 이틀밖에 지나지 않은 사체에서는 별다른 냄새도 나지 않는다. 특별한 이상 징후가 나타나지 않는 것이다.

요시키는 벗어둔 옷을 담아두는 상자 앞에 섰다. 욕실에 들어갈 때 벗어둔 걸로 보이는 옷가지가 조금 구겨진 채 들어있었다. 요시키는 그것들을 손으로 집어들었다. 우선 밝은 분홍빛의 성긴 스웨터가 있었다. 그 아래로는 회색 바지와 팬티, 팬티스타킹 순이었다.

"속옷 상의가 없군요."

이마무라가 딱딱한 말투로 말했다. 확실히 브래지어가 없었다.

"여기 오버코트가 있어요."

이마무라가 가까운 선반 위에 아무렇게나 걸려있는 회색의 두꺼운 하프코트를 가리키며 말을 이었다.

"근데 이렇게 추운 날씨에 알몸 위로 스웨터 한 장만 걸치고 있었을까요? 비록 속옷 상의는 안 입는다 치더라도, 뭐라고 부르는지는 잘 모르겠지만, 셔츠 비슷하게 생긴 걸 여자들은 입지 않나요? 그것도 없어요."

"거기 세탁물을 넣어두는 상자 같은 건 없나요?"

"아, 있어요. 저게 그건가 보네요. 확실히 저 안에는 빨래하려고 넣어둔 옷가지들이 보이네요."

"그럼 거기에 넣어뒀을지도 모르죠."

"여자는 어디 출신이죠? 도쿄?"

"집주인 말로는 에치고^{현재의 니가타 현의 혼슈 부분에 해당하는 옛 지명-옮긴이} 쪽, 그러니까 니가타 현의 이마카와라는 곳 출신인가 보더군요. 뭐, 집주인한테 사실대로 말했을 때의 이야기지요. 여기 주소가 있어요. 그쪽 관할 파출소에도 연락해뒀습니다."

요시키는 주소를 수첩에 받아적었다.

"직업은?"

"밤일을 했나 봐요. 긴자에서. 여기 성냥갑이 잔뜩 있는 걸 보면 아마도 이곳이 아닌가 싶습니다."

성냥갑에는 '클럽 긴바샤'라고 적혀있었다. 주소는 긴자였고, 전화번호도 있었다.

"여긴 연락해 보셨나요?"

요시키가 물었다.

"아뇨. 아직 맨션 내부조사도 못했습니다."

"지금 당장 시작할까요?"

"그러죠."

둘은 나란히 304호를 나섰다.

3

복도로 나오자 문을 살짝 열고 수상하다는 듯이 304호를 바라보는 앞집 주민과 눈이 마주쳤다. 갑자기 안에서 형사 두 사람이 나오자 반사적으로 문을 닫았지만 두 사람은 개의치 않고 초인종을 눌렀다.

"누구시죠?"

아무 일도 없던 것처럼 넌지시 묻는 소리가 들렸다. 여자 목소리였다. 요시키는 경찰수첩을 꺼내 현관문 쪽으로 들이밀었다.

"304호에 살던 구조 씨에 대해 여쭤볼 게 좀 있습니다만."

문이 열리고 잔뜩 긴장한 듯 보이는 40대 주부가 모습을 드러냈다.

"이것도 좀⋯⋯."

이마무라가 문에 걸린 체인을 가리키며 말했다. 여자는 허겁지겁 체인을 풀었다.

"최근 2, 3일간 구조 씨에게 뭔가 이상한 낌새는 없었습니까?"

요시키가 물었다.

"아뇨. 어제오늘 이틀간은 구조 씨를 뵙지 못했네요."

"그저께는 보셨다는 말씀인가요?"

이마무라가 물었다.

"네, 봤어요."

"그저께라면 1월 18일이군요?"

"네."

"몇 시쯤이죠?"

"점심 무렵이었던 것 같아요. 점심을 좀 일찍 먹고 장을 보러 나가려던 참에 복도에서 마주쳤어요."

이마무라가 물었지만 여자는 요시키 쪽만 바라보며 대답했다.

"이제부터가 본론입니다, 부인."

이마무라가 말했다.

"18일 오후 3시쯤 구조 씨 집에서 사고가 발생했습니다. 뭔가 이상한 소리 못 들으셨나요?"

"네, 들었어요."

여자가 너무 쉽게 수긍한 탓에 둘은 맥이 풀렸다.

"어떤 소리였죠?"

"누군가 말다툼을 하는 소리였어요."

"말다툼이라……. 다른 소리는 안 들렸나요?"

"아, 들렸어요."

"뭔가 부서지는 소리라든지?"

"맞아요, 그런 소리도 들렸어요."

"몇 시쯤이죠?"

"3시가 조금 넘었을 거예요."

"다투는 이들 중 한 명은 구조 씨였나요?"

"그런 것 같아요. 여자 목소리가 들렸거든요."

"상대는?"

"남자 목소리였어요."

"여러 명이었나요?"

"아뇨, 둘인 것 같았어요."

"둘이라면 구조 씨와 상대 남자뿐이었단 의미군요."

"네."

"무슨 이유로 다투고 있었죠?"

"그건……. 내용까지는 못 들어서요. 거리도 거리고, 때마침 TV를 보던 중이었거든요."

"흠, 그게 중요합니다만, 못 들으셨나요?"

"네……."

"혹시 다투는 소리를 들은 다른 분은 안 계실까요?"

"이 맨션 안에서요? 아마 없을 거예요."

"구조 씨는 어떤 분이셨죠?"

"어떻다니……. 그냥 예쁘게 생긴 여자였어요."

"사교성은 좋았나요?"

"뭐, 그다지……."

"사이가 좋았나요?"

"아뇨. 별로 왕래가 있던 것도 아니고, 복도에서 만나면 인사만 하는 정도였어요."

"그럼, 출신지라든지 가족이나 직업에 관한 얘기 같은 건 해본 적 없으신가요?"

"구조 씨랑? 없어요."

"무슨 일을 하는 사람인지도 몰랐겠군요."

"예. 맞아요."

"혹시 남자를 집에 들였나요?"

"아, 예전에 어떤 남자가 곧잘 드나드는 것 같았어요."

"젊은 남자?"

"아뇨, 중년 남자였어요. 비싼 차를 끌고 다니는."

"쭉 같은 남자였나요?"

"자세히는 모르겠지만 그랬던 것 같아요."

"그 남자 말고 다른 남자는 본 적 없나요?"

"유심히 본 게 아니라 잘 모르겠네요."

"그저께 말다툼을 했던 남자는 혹시 보셨습니까?"

"네, 잠깐이지만 봤어요."

"보셨다고요?!"

"네. 쿵, 하고 뭔가 문에 부딪히는 소리가 나서 무슨 일인가 싶어 잠깐 나왔는데……."

"문이라면 여기 말인가요?"

"아뇨, 저쪽이요. 304호."

"그렇군요. 그랬더니?"

"나와서 보니까 한 젊은 남자가 승강기를 향해 뛰어가는 뒷모습이 보였어요."

"처음 보는 남자였나요?"

"네, 그런 것 같은데……. 근데 그렇다고 해도 전 뒷모습만 봐서요. 옆집의 도야 씨라면 봤을지도 모르겠네요."

"도야 씨? 무슨 일이 있었나요?"

"도야 씨는 그때 승강기 앞에서 남자와 부딪쳤어요."

"그렇군요. 나중에 들러보겠습니다. 남자가 구조 씨 집에서 나온 게 몇 시쯤이었죠?"

"3시 반이 안 됐었어요. 그보다 조금 전, 그러니까 한 27분이나 28분 정도?"

"어떻게 3시 반이 되지 않은 걸 알고 계시죠?"

"저는 3시 반이 되면 늘 챙겨보는 프로그램이 있는데 아직 시작하지 않았었거든요."

"그렇군요. 그럼 그 이후에 곧 시작했겠네요."

"네."

"남자의 복장은 어땠습니까?"

"음, 잘 기억나진 않지만……. 머리에 젤 같은 걸 발랐고, 청바지 차림에, 신발은 하얀색 운동화, 그, 스니커라고 하나요? 그걸 신고 있던 것까진 기억나는데, 위에는……."

"위에는?"

"위에는 뭘 입었는지 기억이 안 나요. 스웨터였던 것 같기도 하고, 잠바 같은 걸 입었던 것 같기도 하고……. 확실한 건 머리가 길었어요. 아무래도 도야 씨한테 물어보시는 게 빠를 거예요."

"나이는 몇 살 정도로 보였습니까?"

"음, 스물넷, 다섯 정도? 아니, 역시 뒷모습만 봐서 잘 모르겠네요."

"손에 뭔가 들고 있었나요?"

"네. 가죽으로 된 손가방 같은 걸 들고 있었던 것 같아요."

"남자의 정체에 대해 뭔가 짚이는 거라도 있으십니까?"

"글쎄요……. 저는 잘 모르겠네요."

주부인 도야 씨의 대답도 비슷했다. 그녀는 갑자기 남자가 정면에서 달려드는 바람에 장 본 물건들을 바닥에 떨어뜨렸다고 했다. 하지만 남자의 복장 등은 전혀 기억나지 않는 듯 보였다.

그나마 남자의 얼굴은 기억하고 있었다. 스물네다섯 정도로 보이는 남자로 안경은 쓰지 않았고, 머리에는 신경을 쓴 흔적이 뚜렷한, 언뜻 보면 폭주족처럼 보이는 험악한 인상의 소유자라고 했다. 그녀는 마른 체형에 키가 컸다고 설명하면서 "딱 이분 정돈 것 같네요." 하고 요시키를 가리켰다. 요시키의 키는 178센티미터였다. 이마무라가 살짝 얼굴을 찡그렸다. 이마무라의 키는 159센티미터였다.

304호에서 벌어진 말다툼은 듣지 못한 것처럼 보였다. 그 외의 사항에 대해서도 맞은편 집 여자와 별다른 증언은 내놓지 못했다.

둘은 이후에도 맨션 내 집들을 전부 돌았지만 구조 지즈코를 아는 사람은 3층에 사는 주민뿐이었다. 3층에 사는 주민 말고는 그녀와 말 한마디 나누지 못한 듯했다. 그리고 3층에서도 앞서 두 명의 주부를 제외한 다른 주민에게서는 아무런 단서가 나오지 않았다.

탐문을 마치고 304호로 돌아오는 길에 맞은편 집 여자와 다시 마주쳤다. 요시키는 순간 무언가 떠오른 듯 물었다.

"18일 점심쯤 구조 씨를 봤을 때 혹시 옅은 분홍색 스웨터를 입고 있었나요?"

여자는 잠시 뜸을 들이더니 아뇨, 하고 잘라 말했다.

"잘 기억은 안 나지만 그런 옷은 아니었어요."

"그럼 아래쪽은 어땠습니까? 혹시 회색 정장 바지였나요?"

여자는 이번에도 잠시 뜸을 들인 후 대답했다.

"아뇨, 치마를 입었던 것 같아요."

"그렇군요. 그 이후에 또 구조 씨를 만난 적은 없나요?"

"네. 못 봤어요."

"젊은 남자도 다시 집에 들르거나 하진 않았고요?"

"네, 그 이후로는 본 적이 없네요."

여자가 대답했다.

4

혼자 경시청으로 돌아온 요시키는 통신지령센터로 향했다.

"몇 시였습니까?"

요시키가 물었다.

"어디 보자. 오후 4시 21분이군요."

"공중전화였나요?"

"예."

"알겠습니다. 들려주세요."

담당관이 테이프를 넣고 재생 버튼을 눌렀다. 테이프에는 구조 지즈코의 사망을 알리는 익명의 신고전화가 녹음되어있었다.

요시키가 공중전화임을 확인했던 데는 이유가 있다. 공중전화가 아니라면 상대편이 끊어도 회선은 계속 연결되어있어 쉽게 추적할 수 있기 때문이다.

—네, 경찰섭니다.

담당자의 목소리가 들렸다.

—여보세요, 경찰섭니까?

남자의 목소리는 긴장한 탓인지 잔뜩 날이 서 있었다.

—세타가야 구 세이조 3번지 2의 XX에 위치한 그린하임 맨션 304호 욕실에 여자가 죽어있는 것 같습니다. 빠른 조사를 부탁드립니다.

—전화 주신 분 성함과 주소는 어떻게 되시죠?

—304호는 3층 제일 남단에 있습니다. 젊은 여잡니다.

—여보세요, 우선 성함과 주소를 알려주세요.

—저는 관계없는 사람입니다. 지나가던 사람이라고 생각해 주십시오. 그냥 가려다가 마음에 걸려 이렇게 전화 드립니다.

—사망자가 있다는 건 어떻게 아셨죠? 수사에 협력이 필요할지도 모릅니다. 성함과 주소를 알려주세요.

—양해 부탁드립니다. 저는 관계없습니다.

전화가 끊겼다.

"흠, 젊은 남자의 목소리는 아니군요."

요시키가 말했다.

"중년 남자의 목소리 같습니다."

"네, 그런 것 같군요. 근데 지나가던 사람이라니 조금 이상하네요."

"그러게요. 3층이랬죠?"

"네."

"맨션 아래에서는 당연히 보이지 않을 텐데요."

"물론 보이지 않겠죠."

"현관문이 열려있었던 건 아닌가요?"

"그럴 리 없습니다. 제가 제일 먼저 현장에 도착한 건 아니지만 처음 현장에 온 수사관이 집주인에게 열쇠를 빌려 문을 열었다고 하더군요. 따라서 방문판매원 같은 이가 맨션 3층 복도까지 올라왔다고 하더라도 안쪽 사정까진 알 수 없지요. 복도에 따로 창이 나 있는 것도 아니고요."

"빈집털이범의 소행은 아닐까요?"

"아뇨. 현금이나 귀중품에는 전혀 손을 대지 않았습니다."

"혹시 맨션 옆에 붙어있는 다른 맨션은 없었나요? 거기에서 보였을지도……."

"아닙니다. 주위에는 2층 높이의 주택뿐이었어요. 그런 집에서는 3층이 보이지 않을뿐더러 안에 있는 욕실 내부까지 본다는 건 불가능합니다."

"그럼 이 남자는 범인 아니면 공범이겠군요. 그게 아니라면 이만큼 자세히 알 수 없을 테니까요."

"흠, 그럴 가능성도 있습니다만, 그렇다면 어째서 범행을 알려왔을까요?"

"죄의식 때문이 아닐까요? 어쩌면 죽일 생각까진 없었을지도 모르죠."

"음, 감식반이 아직 정확한 사망추정시각을 알려주지 않아서 확실하진 않지만, 현재로선 여자가 1월 18일 오후 3시를 지나 살해당했을 가능성이 높습니다. 그 무렵 맞은편에 사는 주민이 여자 집에서 말다툼하는 소리와 뭔가가 부서지는 소리 같은 게 들렸다고 합니다. 그러나 상대는 한 명인 듯했어요. 따로 공범이 있을 것 같진 않습니다."

"그렇군요. 그럼 이 남자가?"

"그럴 수도 있겠군요. 하지만 남자가 도망치는 모습을 목격한 사람이 있습니다. 남자는 스물네다섯 정도 되는 젊은 남자예요. 중년 남성이 아닙니다."

"아, 그렇습니까. 아쉽군요."

요시키는 긴자로 향했다. 덜 녹은 눈이 길바닥 위에 얼어있었다. 밤이 깊었지만 긴자의 술집을 수사하는 데는 적당한 시간대였다.

요시키는 발걸음을 옮기며 생각했다. 신고전화의 주인공이 18일 오후 3시 반이 되기 직전 304호에서 도망쳐나온 젊은 남자라면 문제는 쉽게 풀린다. 경찰에게 자신의 범행을 알려올 정도로 순진한 녀석이라면 꼬리는 금세 잡힐 것이다. 또, 전화를 단서로 목소리 주인공의 소재지만 파악하면 사건은 종결 난다. 하지만 이는 전화를 걸어온 사람이 범인과 동일인물이라야

가능한 이야기였다.

짧은 전화였지만 왠지 목소리의 주인공을 추적할 수 있을 것 같다는 느낌이 들었다. 미묘하게 마음에 걸리는 게 많은 전화였다. 무엇보다 '지나가던 사람'이라는 단어가 그랬다.

3층의 밀실에서 죽어있는 여자를 말 그대로 '지나가던 사람'이 발견할 방법은 없다. 역시 범인은 어떤 형태로든 구조 지즈코의 주변에 있던 사람은 아닐까.

지리적으로든, 인간관계로든, 가까운 누군가가 그녀를 죽였거나 아니면 죽어있는 걸 발견했다. 그리고 경찰에 알렸다. 이때 일부러 '지나가던 사람'이라는 말을 사용했다.

생각해보면 '지나가던 사람'이라는 말에는 자신이 먼 곳에 사는 사람이라는 것을 애써 알리려는 의도가 숨겨져 있었다. 혹은 그렇게 주장하고 싶은 의지가 우연히 그 말이 됐을지도 모른다. 그렇다면 남자는 여자의 집에서 매우 가까운 곳에 사는 자일 것이다.

게다가 남자는 304호의 욕실이라고 했다. 단순히 304호에 여자가 죽어있다는 정도가 아니라 분명하게 욕실이라는 단어까지 입에 담았다.

그뿐만이 아니다. 남자는 304호가 3층 가장 남단에 있는 집이라는 친절한 설명까지 곁들였다. 이는 무엇을 뜻하는가.

그러나 전화의 주인공이 젊은 남자라는 생각은 도저히 들지 않았다. 단어 선택에서도 중년의 냄새가 풍겼다. 요즘 젊은이

가 '양해 부탁드립니다.' 따위의 정중한 말투를 쓸 것 같지는
않았다.

5

긴바샤는 규모가 꽤 큰 술집이었다. 일반인들은 형사가 긴자
에 술 마시러 갈 일은 평생 없으리라 여길지도 모르지만, 요시
키는 수사를 위해 어쩔 수 없이 종종 긴자에 오곤 했다. 긴바샤
가 그중에서도 고급 술집에 속한다는 사실 또한 알고 있었다.
이전에도 수사를 위해 두 번 정도 긴바샤를 찾았기 때문이다.
그러나 일하는 여자들은 당시와는 전혀 딴판이었다.

요시키는 코트를 벗겨 가게 안으로 안내하려는 여자를 제지
하고 직접 코트를 손에 든 채 카펫 위를 걸어 안쪽으로 향했다.

"아쉽게도 오늘 밤은 일로 와서."

두세 명의 여자가 뭐야, 하고 볼멘소리를 냈다. 마담을 부르
고 장사에 방해되지 않도록 가게 가장 구석에 있는 소파에 앉
았다.

얼마 지나지 않아 40대 정도쯤 되어 보이는 여자가 다가와
요시키를 보더니 눈을 동그랗게 떴다.

"당신, 정말 형사?"

요시키는 쓴웃음을 지었다. 밤거리에 나오면 호스티스들에
게 자주 듣는 질문이었다.

"시호 씨 맞으시죠? 제가 이곳에 온 것도 벌써 세 번째군요. 가장 최근에 온 게 벌써 7, 8년 전이고 그땐 선배와 함께 와서 알아보시지 못할 겁니다."

마담은 잠시 생각하더니 말했다.

"아, 그때 그 도련님! 어머, 미안해요. 기억나요. 저, 괜찮은 남자는 절대 잊어버리지 않으니까. 근데 이름이 뭐였더라?"

시호는 고급 술집의 마담보다는 수다스러운 도회지 아줌마 같은 분위기를 풍겼다.

"요시키."

"요시키. 그래, 맞아, 요시키 형사. 이제야 생각나네. 뭔가 예쁜 이름이어서 기억하고 있었어요."

"예쁜 이름일까요."

"좋은 이름이에요. 그런 이름 가진 사람 드물걸요? 근데 요새도 경시청에서 근무해요?"

"네. 1과 살인반. 살벌한 직장이지요."

"아직 독신? 아냐, 결혼했죠?"

"혼자 삽니다."

"어머! 왜?"

"인연이 없나 보지요."

"그래요? 실은 나도 아직 독신. 잘 부탁해요."

"아, 그렇습니까."

"자, 독신끼리 건배 한 번 해요."

"아닙니다. 오늘 밤은 일하는 중이어서."

"에이, 한잔 정도야 괜찮아요. 젊음은 바람처럼 사라지는 법. 미네야, 거기 술하고 잔 좀 가져오렴. 이 오빠는 오늘 밤 내 거야!"

"구조 지즈코 씨를 알고 계십니까?"

"지즈코? 네, 물론 잘 알고 있죠. 우리 가게 간판 중 하나니까."

"가게에서도 지즈코라는 이름을 사용했나요?"

"네, 맞아요. 그 아이는 본명을 썼어요. 우리 집은 아케미라든지, 루미라든지, 그런 촌스런 이름 따위 안 쓰니까. 근데 지즈코는 왜? ……설마, 무슨 일이라도?"

"살해당했습니다."

"살해?"

시호는 본능적으로 목소리를 죽였다. 충격을 받은 듯 어안이 벙벙한 눈치였다.

"몇 가지 좀 묻고 싶습니다만, 지즈코 씨는 여기 말고도 다른 일을 하고 있었습니까?"

"아뇨, 안 했던 걸로 알아요."

"혹시 원한을 샀던 사람이 있나요?"

"없어요. 아니, 없었던 것 같은데……. 그 아이는 성격 면에서 나처럼 억세지도 않았고, 다른 아이들하고도 잘 지냈으니까."

"마담하고도?"

"네, 물론 저하고도 잘 지냈어요."

"남자관계는 어땠습니까?"

"그야 물론 있었겠죠."

"애인? 아니면 스폰서?"

"스폰서겠죠. 근데 최근에 헤어진 걸로 아는데."

"그럼 최근에는 아무도 만나지 않았다?"

"설마요. 물론 남자는 계속 있었겠죠. 내가 모른다 뿐이지. 친했던 아이한테 직접 물어보실래요?"

"부탁합니다."

시호는 이쿠코라는 이름의 여자를 부르더니 구조 지즈코와 가장 친했던 아이라고 소개했다.

이쿠코의 입에서 두 남자의 이름이 나왔다. 한 사람은 미나토 구 신바시 1번지에 있는 소메야 외과병원의 원장인 소메야 다쓰오, 또 한 사람은 미나토 구 시바우라 3번지 S빌딩의 영업부장으로 있는 다카다테 게이고였다. 둘 중 소메야는 확실히 몸을 섞었던 관계라고 했다.

"두 사람에게 원한을 샀을 가능성은?"

요시키가 묻자 이쿠코는 그럴 리 없다고 대답했다. 두 사람 모두 신사적이었고, 그런 심각한 문제가 있었다면 분명 자기한테 와서 상담했을 거라는 말도 덧붙였다.

"최근에 헤어졌다는 남자는 누구죠?"

요시키가 물었다.

"기타오카 가즈유키. 택시회사 사장이에요."

이번에는 마담이 대답했다.

"오모리에 있는 덴엔교통이라는 택시회사의 사장이죠. 지즈코는 우리 가게로 오기 전까지 그 회사에서 사장실 비서로 일했어요."

"불륜 상대였군요."

"그렇죠. 뭐, 흔한 일 아닌가요?"

"남자와 헤어졌을 때는 아무 문제 없었습니까?"

"그야 뭐, 전혀 없었다곤 못하겠지만 괜찮게 끝낸 걸로 알아요. 뭔가 심각한 문제가 있었다면 나도 눈치챘을 테니."

"별다른 낌새는 없었나요?"

"없었어요. 헤어지고 우리 가게로 오면서 깨끗하게 정리한 것 같더라고요."

"그렇군요. 다른 남자관계는?"

시호가 이쿠코를 바라보았다. 이쿠코는 고개를 가로저었다.

"제가 아는 건 이 정도예요."

"알겠습니다. 참고가 되었습니다. 다른 특이사항은 없나요?"

"다른 건, 글쎄요……."

"지즈코 씨는 최근 3일간 가게에 나오지 않았죠? 혹시 걱정되진 않았습니까?"

"아, 그 아이가 모레까지 휴가를 내서요. 23일 월요일부터 다시 나오기로 약속한 상태라 특별히 걱정은 없었답니다. 혹시 지즈코가 규슈에서 죽었나요?"

"아뇨. 도쿄입니다. 규슈로 간다고 했었나요?"

"네. 블루트레인침대 객차가 달린 야간열차를 부르는 애칭-옮긴이 1인 침대 객실을 겨우 예약한 것 같더라고요. 얼마나 좋아하던지, 자긴 18일에 블루트레인을 타고 규슈로 떠난다고 가게 아이들한테도 무지 자랑했어요. 그치?"

이쿠코가 고개를 끄덕였다. 말수가 줄어있었다. 함께 일하던 동료의 죽음에 충격을 받은 것이 분명했다.

"규슈 어디로 간다고 했나요?"

"그거까지는 들은 게 없어서……. 뭐 여기저기겠죠."

"어째서 규슈에?"

"글쎄요. 그냥 예약한 블루트레인이 규슈로 가니까 그런 거 아닐까요. 평소에도 자긴 블루트레인 팬이라고 했으니까."

"혹시 지즈코 씨가 자기 고향이 규슈라고 했나요?"

"아뇨. 자기 고향은 에치고 쪽이라고 언젠가 말했던 것 같아요."

"에치고 어디죠?"

"음, 어디였더라……. 들었는데 잊어버렸네요."

"부모나 형제에 대해 말한 적은 없습니까?"

"음, 그러고 보니 한 번도 없네요. 뭔가 집안 사정이 복잡하다고 들은 건 있는데 그것뿐이에요."

"경력은 알고 있습니까?"

"네. 대충은 아는데, 고향에서 여고를 나와서 시부야에 있는 단기대학을 졸업한 걸로 알아요. 그 후에 하라주쿠에 있는 모델소개소에서 잠깐 일했던 것 같고. 거길 나와서 덴엔교통 사장실 비서를 거치고 우리 가게로 왔죠."

"생년월일은 언제죠?"

요시키가 메모를 해가며 물었다.

"그 아이가 말이죠. 가게에서는 스물다섯이라고 했는데, 실제로는 쇼와 25년1950년생이니까 올해로 서른셋이네요."

"그렇군요."

"어려 보이죠? 그 얼굴로 서른셋이에요. 쇼와 25년 5월생. 조금 과장을 보태면 나랑도 별 차이가 없는 수준?"

"지즈코 씨의 성격은 어땠습니까?"

"뭐, 어땠겠어요. 그냥 평범한 여자아이였어요. 이미 떠난 사람 나쁘게 말할 수도 없고."

"나쁜 것도 좋으니 좀 알려주시죠. 범인을 잡을 수 있는 단서가 될 수도 있으니 그녀도 원망할 이유가 없겠죠."

"그렇다고 해도 좀……."

"기가 셌나요?"

"에이, 이런 일 하는 여자치고 안 그런 여자 있겠어요? 그 아이도 뭐, 승부욕이 좀 강하긴 했죠. 자긴 모든 걸 다 알고 있다는 얼굴을 하고는 누군가 뭘 물어오면 단 한 번도 모른다고 한 적이 없어요."

"저런."

"그런 쪽으론 나랑 비슷할 만큼 승부욕이 강했어요. 그리고 그 아이, 조금 배려심이 부족한 아이였어요. 특히 함께 일하는 애들한테."

"예를 들자면?"

"글쎄요. 지즈코는 평소 맘에 안 드는 아이가 남자친구 사진을 가져오기라도 하면 '어머, 진짜 못생겼다.'라든지 '요새 만난다는 남자가 겨우 이런 남자야?' 하고 태연하게 말하곤 했어요."

"흠."

"그래서 그 아이가 화를 못 이겨 남잘 데려오기라도 하잖아요? 그 남자가 사진보다 훨씬 잘생겼다고 해도 털끝만치도 인정을 안 해요. 절대 자기 눈은 정확하다 이거죠."

"그렇군요. 동료들한테 조금 거북한 존재였겠군요."

"원래 성격이 그러니 어쩔 수 없죠. 친구도 한 명 없었어요. 오로지 돈이 친구였죠. 그리고 보니 그 아이, 손님한테 돈 뜯어내는 데도 일가견이 있어서 그 아이를 싫어하는 손님도 종종 있었어요.

비록 제가 좀 곤란했지만, 그래도 예쁘다 보니 그거 이상으로 손님을 끌어왔어요. 그리고 그 아이가 남자 보는 눈만큼은 정확했으니까.

뭐, 서른셋이나 먹었으니 당연하겠죠. 가게 아이들도 나이를 알고 나서는 함부로 못했어요. 그걸로 어떻게든 균형을 잡았죠. 그거라도 없었으면 벌써 내쫓았을 거예요. 긴자의 여자들은 원래 투우장의 소 같은 존재라서 신경에 거슬리는 무언가라도 있으면 바로 덤벼들죠.

그래도 서른셋이에요, 서른셋. 내 입장에서 보면 아직 어린 애예요. 아직 죽기는 이르죠. 나처럼 이렇게 할망구가 돼서도 끈질기게 살아가는 게 바로 여자라는 동물이니까.

그래도 생각해보면 행복할지도 몰라요. 이제 더 이상 나이를 먹지 않아도 되니까. 언제까지나 서른셋인 거죠. 가능하다면 운명을 바꾸고 싶기도 하네요.”

6

세이조 경찰서에 얼굴 없는 여자 살인사건 수사본부가 구성되었다. 요시키는 사쿠라다몬 1과에서 파견되는 형태로 사건이 해결될 때까지 세이조 경찰서에 남기로 했다.

사건의 모양새가 워낙 엽기적인 탓에 언론은 연일 떠들썩했다. 다음 날인 21일 아침에도 세이조 경찰서 복도는 몰려든 기자로 북새통을 이뤘다. 요시키는 언론에 대한 대응을 이마무라를 비롯한 세이조 경찰서 직원들에게 맡겼다.

21일 오전에 열린 수사회의에는 후나다가 참석해 피해자의 부검소견과 사망추정시각, 피해자 신원확인 경과를 설명했다.

이번 사건의 피해자 신원확인은 순탄치 않았다. 우선 니가타 현에 사는 피해자의 부모에게 사체를 확인시킨다 해도 얼굴이 존재하지 않아 그다지 효과가 있을 것으로 판단되지 않았다. 게다가 이마카와 파출소에서는 구조 지즈코가 이미 오래전에 집을 나갔기 때문에 부모가 딸의 신체적 특징을 잊어버린 상태라고 했다. 얼굴 없는 몸만 확인한다고 해도 자신들의 딸임을 알 수 없다는 것이다. 긴바샤에서 일한 동료들도 마찬가지였다. 이에 구조 지즈코를 최근에 진료한 바 있는 치과 의사가 경찰서로 소환되었다. 의사는 진료기록을 대조해보더니 사체가 구조 지즈코 본인이 확실하다고 증언했다.

구조 지즈코가 모델 생활을 한 덕분에 그녀의 집에서는 다량의 사진이 발견되었다. 사진을 본 의사는 그녀가 자신의 환자였음을 재차 확인했고, 수영복을 입은 사진을 본 후나다도 욕조에 죽어있던 여자가 구조 지즈코라고 단언했다.

더불어 피해자의 집 근처에 있던 내과와 산부인과 병원에서도 구조 지즈코의 혈액형 등의 자료가 남아있어, 이 모든 것을 종합해 얼굴 없는 여자 살인사건의 피해자는 구조 지즈코로 최종결론 내려졌다.

후나다는 부검소견을 통해 사체의 위 속 내용물을 검사한 결과 사망하기 약 4시간 전 빵과 소량의 채소를 섭취했다는 견해를 발표했다. 또 문제의 사망추정시각은 사체가 사후 36시간은 지났지만 50시간은 경과하지 않은 상태라고 조심스럽게 밝혔다. 요시키는 조금 의외라는 생각이 들어서 후나다에게 회의가 끝난 후 잠깐 남아달라는 사인을 보냈다.

의견교환시간에는 주로 범인이 얼굴 피부를 벗겨 낸 이유에 대해 갑론을박이 펼쳐졌다. 다양한 의견이 나왔지만 도움이 될 만한 것은 없었다. 대다수가 미치광이의 소행이라는 의견에 동의하는 눈치였고, 전례가 없는 사건인 탓에 갈피를 못 잡는 듯했다. 현장에서 나온 지문을 전과자 기록과 대조했지만 해당하는 인물 또한 존재하지 않았다.

세이조 경찰서의 주임이 앞으로 어떤 방향으로 수사를 진행할 생각인지 요시키에게 물었다. 요시키는 지금까지의 상황을 종합해보면 구조 지즈코가 18일 오후 3시 10분에서 25, 26분 사이에 살해당한 것으로 추정되며, 그 무렵 그녀의 집에서 도망친 젊은 남자를 찾는 것에 사건의 주안점을 둘 것이라고 대답했다. 그러나 현재 시점에서 남자를 추적할 수 있는 실마리가 없으므로 남자의 몽타주 포스터 제작을 서두르는 한편, 요시키 자신은 긴바샤 수사에서 나온 세 명의 남자를 차례로 만나볼 생각이라고 했다. 그러다 보면 여자의 인간관계도 밝혀질 듯 보였다.

주임은 재차 세 남자 중 범인이 있을 가능성에 대해 물었다. 요시키는 거기까진 아직 알 수 없다고 받아넘겼다. 또 다른 형사는 세 남자의 알리바이 성립을 중점적으로 수사할 생각인지 질문했고, 요시키는 가능하면 그럴 생각이라고 대답했다. 그렇게 하려면 사망추정시각을 좀 더 좁혀야만 했다.

회의가 끝나고 요시키와 후나다가 마주앉았다.

"사후 36시간이 지났지만 50시간은 안 됐다?"

요시키가 물었다.

"그래."

후나다가 대답했다.

"그럼 중간에 14시간이나 비는군."

"그렇지. 근데 이번 사건은 굉장히 특수한 경우라서 제아무리 실력 좋은 법의학자라도 그 이상 좁히는 건 무리야."

"왜? 좀 무리해도 좋으니 조금이라도 좁혀주는 게 이쪽으로선 고마운데 말이지."

"그래도 틀리는 것보단 낫잖아."

"36시간에서 50시간이라……. 우리가 20일 오후 5시쯤 사체를 발견했으니 사망추정시각은 1월 18일 오후 3시부터 19일 새벽 5시 무렵까지라는 소리군."

"그렇게 되나."

"너무 길어. 좀 더 줄여줄 순 없나? 체온 저하는 고려해봤어?"

"이번 사건에서 체온 저하를 고려하는 건 아무 도움도 안 돼. 평범한 상황에서도 사체의 체온은 24시간이 지나면 주위 온도와 비슷하게 변해. 따라서 사후 24시간 이내라야 고려해볼 만한 조건이지. 사체는 이미 이틀이나 지났어."

"시반사후 피부에 생기는 반점-옮긴이은 어떻지?"

"시반은 더 짧아. 대개 15시간이 정점이지."

"사후경직은?"

"그렇게 하나하나 설명하다 보면 시간 낭비 아닐까. 확실히 사후경직은 고려해볼 만하지. 보통 사후 2, 3시간 후면 나타나기 시작해서 5, 6시간까지는 재경직이 발생해. 즉 외부에서 압력을 가해 사체의 자세를 바꾸면 그 자세 그대로 재경직이 일어나는 거지. 그리고 대체로 6시간이 지나면 더는 재경직이 발생하지 않아."

"흐음."

"그렇게 12시간에서 15시간이 지나면 경직은 정점에 이르지."

"그렇군."

"24시간이 지난 시점부터는 경직이 풀리기 시작해. 이런 사후경직 패턴에서 보면 비교적 정확한 사후경과시간을 추정할 수 있지."

"응."

"그리고 사후 3일이 지나면 경직은 완전히 없어져."

"음."

"뭐, 한 가지 말할 수 있는 건 사체의 경직이 완화된 정도로 보면 사후 36시간은 흐른 걸로 추정하는 것이 안전한 범위라는 거야. 또 하나는 부패성 변색이 발생했다는 점. 사체의 하복부가 이미 녹색으로 변하고 있었어. 이 역시도 사망추정시각을 뒷받침하지."

"그렇군. 48시간이 지나면 어떻게 되지?"

"사후 48시간이 지나면 사체에는 다양한 특징적 변화가 일어나. 그런 사체를 부검하면 대개 폐나 위점막 등지에서 혈색소가 침윤된 것을 볼 수 있지. 그리고 대부분의 장기가 연화되고 용해돼버려."

"연화, 용해?"

"무르녹는단 소리야. 그 외에도 머리카락이나 손, 발톱이 살짝만 힘을 줘도 쉽게 뽑힌다든지 등의 이런저런 현상이 나타나. 근데 사체가 그 지경까지 가지 않은 건 확실해."

"알았어. 그럼 36시간에서 48시간 사이란 소리군."

"아니, 적어도 50시간이야. 지금은 겨울이니까."

"그렇군. 그래도 언제나 좀 더 좁혀지지 않았나."

"정확히 말하면 그건 사체에 눈目이 있었기 때문이야. 이거까지는 말하고 싶지 않았는데, 눈만큼 중요한 단서는 없어. 난 예전에 이 주제로 논문까지 썼었지. 각막의 혼탁 정도만 파악하면 굉장히 정밀한 추정이 가능. 근데 이번 사체에는 눈이 없지 않나."

"그건 그렇군."

"그래도 뭐, 원래 사망시각을 추정한다는 건 수많은 요소를 포함하는 거니까. 한가지만으로 딱 잘라 말하기는 어렵지."

"하지만 말이지. 18일 오후 3시를 지나 집에서 말다툼이 벌어졌다는 건 구체적인 증거가 있어. 집 안은 난장판에, 시계는 멈춰있었고, 이웃엔 말다툼 소리를 들은 사람도 있지. 그 후 가죽으로 된 손가방을 든 젊은 남자가 집에서 도망쳤고, 피해자가 집밖으로 나온 적도 없어. 미뤄보면 3시 10분쯤 구조 지즈코는 이미 살해돼있던 게 아닐까?"

"일리가 있군. 그걸 결정짓는 건 자네지만."

"벗겨 낸 얼굴 피부는 작은 손가방 안에도 들어갈 정도입니까?"

옆에서 조용히 지켜보고 있던 이마무라가 물었다.

"아, 충분히 들어갈 겁니다. 사람의 피부는 두께 5밀리 정도의 질긴 고무 같다고 생각하시면 됩니다."

"5밀리나 되나?"

"응, 벗겨 내 보면 꽤 두꺼운 편이지."

"사체가 구조 지즈코 본인은 확실해?"

"물론. 그건 다양한 조건으로 도출된 사실이야. 백 퍼센트라고 내 단언하지."

후나다가 말했다.

7

요시키는 이마무라와 함께 탐문수사에 나섰다. 우선 신바시에 있는 소메야 외과병원에 들러 소메야 다쓰오를 만나기로 했다.

소메야는 제법 덩치가 큰 남자로 키는 180센티미터를 훌쩍 넘어 보였다. 다소 살집이 있는 체형 탓인지 좁은 테이블을 사이에 두고 마주앉으니 압도당하는 느낌이 들었다.

이마무라가 소메야에게 1월 18일의 알리바이를 물었다. 유력한 용의자는 구조 지즈코의 집에서 도망친 젊은 남자였기 때문에 일단 들어나보자는 정도의 질문이었다.

소메야는 둥그스름한 코 위의 안경을 약간 실룩거리더니 깜짝 놀랄 만큼 큰 소리로 말했다.

"18일이라면……."

소메야는 육중한 몸집을 억지로 비틀더니 등 뒤의 달력을 확인했다.

"수요일이군요. 수요일이라면 병원에 있었지요. 바로 이곳 말입니다. 저희 병원은 원장인 제가 없으면 돌아가질 않아요."

"그걸 증명해주실 분이 있나요?"

이마무라가 물었다.

"그야 물론입니다. 필요하시다면 지금이라도 불러서 얼마든지 증언하도록 하겠습니다."

"18일에 무엇을 하셨는지 좀 더 구체적으로 설명해 주시겠습니까?"

"네, 그러죠. 저는 매일 오후 무렵 병원에 옵니다. 그리고 명색이 원장이라 정시에 바로 퇴근할 수는 없지요. 입원한 환자

분들도 계시고 하니 그날도 밤 9시가 넘을 때까지 병원에 있었습니다. 그리고……."

"그럼 9시까지 병원에서 한 발자국도 움직이지 않으셨나요?"

"네. 저녁에 잠깐 근처로 밥 먹으러 간 것 말고는 쭉 병원에 있었습니다."

"알겠습니다. 9시 이후에는 뭘 하셨나요?"

"이토라는 녀석과 함께 긴자에 갔습니다. 그리고 11시 정도까지 술을 마신 후 택시를 타고 집에 왔지요. 가게 이름도 알려드릴까요?"

"네. 부탁합니다."

요시키는 소메야의 입에서 나온 세 곳의 가게 이름을 받아적었다. 그중 긴바샤는 없었다.

"구조 지즈코 씨가 살해당했다고 하셨습니까?"

소메야가 요시키에게 물었다. 요시키는 고개를 끄덕였다.

"도쿄인가요? 아니면 여행지에서?"

"구조 씨가 여행을 간다는 사실은 알고 계셨습니까?"

"네, 긴바샤에 갔을 때 다른 여자에게 들었습니다. 18일에 블루트레인을 타고 규슈 방면을 여행하기로 했다더군요. 어디서 살해당했죠? 규슈?"

"도쿄입니다."

"아, 도쿄군요. 흐음."

소메야가 의외라는 표정을 지었다.

소메야는 구조 지즈코가 살해당했다는 이야기를 들어도 전혀 동요하는 모습을 보이지 않았다. 요시키는 의사라는 직업을 가진 자로서 죽음은 이미 익숙할지도 모른다는 생각이 들었다.

"짚이시는 거라도 있습니까? 혹시 구조 씨가 원한을 산 사람이 있나요?"

이마무라가 물었다.

"음, 아마 없을 겁니다. 근데 살해당한 게 분명한가요? 어떻게 살해당했죠?"

"칼에 찔렸습니다."

"아, 그렇군요."

"구조 씨와 꽤 친분이 있으셨죠?"

"아뇨, 다 옛날이야깁니다. 흔히들 말하는 그런 거죠. 친구라고 말하긴 좀 뭐한, 그런……."

요시키와 이마무라는 직접 묻기보다 소메야가 먼저 말을 꺼낼 때까지 가만히 기다렸다. 그는 말문이 막힌 사람처럼 괴로운 표정을 지었다. 그의 둥근 콧잔등 위로 땀방울이 맺혔다. 안경 너머에 있는 작은 눈이 알아서 해석해달라고 말하는 듯했다.

"구조 씨 주변에 적이 많았나요?"

요시키가 묻자 소메야는 의자로 등을 젖히더니 힘주어 말했다.

"그런 건 모릅니다. 그런 부분까지 알 만한 사이는 아니었어요."

소메야는 이제 그만 돌아가 달라는 말이 목구멍까지 올라온 듯 보였다.

"조금만 더 시간을 내 주시죠. 피해자가 어떤 사람이었는지 알고 싶습니다. 구조 씨의 성격은 어땠습니까?"

"아까도 말했듯이 저는 그 정도로 친하진 않았습니다. 그래도 뭐, 한마디 하자면 남을 배려할 줄 아는 여자라는 느낌? 상냥하고 센스가 있었죠."

"흠, 긴바샤에서 물어본 바로는 꼭 그런 것 같지만은 않던데요. 손님 중에서는 싫어하는 사람도 있었다더군요."

"그거야 뭐, 인간이니까 당연한 거 아닙니까. 좋아하는 사람이 있으면 싫어하는 사람도 있는 법이지요. 자연스러운 겁니다."

"조금 드센 면이 있었다고 말한 사람도 있습니다."

소메야는 또다시 등을 뒤로 젖혔다.

"그렇군요. 근데 전 그런 느낌은 못 받았네요."

"소메야 씨, 댁은 어디시죠?"

이마무라가 물었다.

"덴엔초후 끝자락입니다. 다마가와 강변의 제방과 가까운 곳이죠. 주소를 말씀드릴까요?"

"네, 부탁합니다."

둘은 주소를 받아적었다. 그리고 몇 명의 의사와 간호사를 불러 18일 오후부터 9시까지 원장이 병원에 있었는지를 확인했다.

소메야 다쓰오와 대조적으로 다카다테 게이고는 몸집이 작았다. 소메야의 첫인상이 약간 거만하고 당당했던 것에 반해, 다카다테는 성실하고 말이 잘 통할 것 같은 분위기를 풍겼다.

그는 작은 몸집에 어울리지 않을 만큼 크고 부리부리한 눈을 지니고 있었다. 웃을 때는 눈이 작아지는 대신 눈가에 자글자글 주름이 잡혔고 살짝 튀어나온 치아 때문인지 이를 거의 드러내고 있었다. 담뱃진 때문에 갈색으로 변색된 이 사이사이에는 벌어진 틈새가 두드러졌다. 그다지 청결해 보이는 인상은 아니었다. 요시키는 한눈에 봐도 그가 여자에게 인기가 있을 만한 타입은 아니라고 판단했다.

요시키는 다카다테에게 구조 지즈코를 알고 있는지 물었다. 그는 천장을 물끄러미 바라보더니 잠시 생각에 잠겼다. 비록 의도된 몸짓일지라도 소메야보다 깊은 관계가 있던 것처럼은 보이지 않았다.

"아, 긴바샤의?"

다카다테는 꽤 오랫동안 생각한 후에 대답했다.

"네, 기억나네요. 근데 무슨 일이죠?"

"친분이 있으셨나요?"

이마무라의 질문에 다카다테는 소파에 반사적으로 몸을 젖히더니 다소 과장된 몸짓으로 손을 내저었다. 여자와의 친분을 물으면 어째서인지 다들 몸을 뒤로 젖혔다.

"아뇨, 아닙니다. 한두 번 만나서 밥만 먹은 사이예요."

다카다테는 옅은 미소를 띤 얼굴로 말을 이었다.

"솔직히 말하면 이제 슬슬 본격적으로 해볼까 싶던 참이었죠."

"살해당했습니다."

옆에 있던 요시키가 거침없이 말하자 다카다테는 순간적으로 드러낸 이를 감추더니 의자의 팔걸이에 양팔을 얹었다.

"뭐라고요? 뭐라고 하셨죠?"

"살해당했습니다."

다카다테가 말을 멈추고 넋 나간 표정을 지었다. 요시키는 그 모습을 주의 깊게 관찰했다. 살짝 연기하는 느낌도 들었다.

"어디서 살해당했죠? 어떻게?"

"구조 씨가 여행할 계획이었다는 건 알고 계셨습니까?"

다카다테가 잠시 머뭇거리더니 크게 고개를 내저었다.

"아뇨, 몰랐습니다!"

다카다테는 적잖이 당황하는 것처럼 보였지만, 어떻게 보면 자신이 이 사실을 알고 있는 것이 유리한 상황인지 계산하고 있는 듯 보이기도 했다.

요시키는 다카다테가 짐짓 모른 체하고 있다는 생각이 들었다. 그는 구조 지즈코의 입을 통해 직접 전해 들은 이야기를 그녀와 친하지 않은 위장을 하려고 일부러 모른다고 대답하는 것처럼 보였다. 그러나 확인할 방법은 없었다. 다카다테는 생각보다 능글맞은 남자였다.

"구조 지즈코 씨는 어떤 여자였습니까? 아는 대로 말씀해 주시죠."

"그렇게 물으셔도……. 아까 말씀드렸듯이 저는 한두 번 식사 정도만 한 사이라서요."

"전 식사 한 번조차 못 해봤습니다만."

요시키가 퉁명스럽게 말했다. 다카다테는 곤란한 듯 큰 소리로 웃더니 지당하다며 고개를 끄덕였다.

"음, 뭐, 한마디로 말하면 괜찮은 여자였죠. 일단 예쁘고 성숙했어요."

"성숙하다?"

"거, 뭐랄까. 막 촐싹대지 않는 거 있잖아요. 분위기 있다는 느낌이랄까?"

"그렇군요. 말수가 적은 편이었나요?"

"글쎄요……."

"농담 같은 걸 잘 안 하는 타입?"

"네, 맞아요. 실없는 얘긴 잘 안 했어요. 목소리도 좀 허스키했고. 그리고 이쪽에서 먼저 수작을 걸어도 잘 넘어오지 않을 것 같은 묘한 분위기가 풍겼어요. 그런 게 남자를 더 끌어당기는 법이지만."

요시키는 쓴웃음을 지었다.

"기가 센 여자였나요?"

"아뇨, 오히려 온순한 사람이었던 것 같은데요. 얌전하고."

"그렇군요."

"어딘가에 머슴이라도 거느리고 있을 법한 고풍스러운 타입 이었죠."

생각해보면 지금까지 만난 이들은 구조 지즈코에 대해 다양한 평가를 내렸다. 하지만 요시키는 묘하게 일맥상통하게 들렸다. 수사를 거듭할수록 어렴풋이 죽은 여자의 모습이 그려지기 시작했다.

"주소 좀 알려주시겠습니까?"

옆에 있던 이마무라가 진지한 얼굴로 물었다.

"오타구 니시가마타 5의 XX, 스카이메존 가마타 801호예요."

둘은 주소를 받아적었다. 전화번호까지 듣고 나서야 다카다테의 18일 알리바이를 물었다. 특별한 문제가 있을 것 같지는 않았다. 평범한 회사원이라면 근무시간이라는 완벽한 알리바이가 존재하기 때문이다.

다카다테는 회사에 6시 반까지 있었다고 했고, 이를 증명할 사람도 많아 보였다. 이후에는 회사 접대로 아카사카에 있는 요정에서 10시까지 술을 마셨다고 했다. 요시키는 가게 이름을 받아적었다. 요정을 나와서는 아카사카의 다른 술집에서 11시 반까지 마신 후 택시를 타고 귀가했다고 했다.

소메야와 마찬가지로 다카다테도 일을 마치고 술자리를 가졌다. 술을 마시지 않는 요시키로서는 이런 사실이 조금 의아했지만, 어떤 일이 발생했을 때 알리바이를 제공해주기도 하니 좋은 점도 있다는 생각이 들었다.

어느덧 시간은 점심 무렵을 가리켰다. 두 사람은 오모리 역 앞에 있는 라멘 집에서 식사를 마친 후 덴엔교통으로 발길을 돌렸다. 요시키는 라멘을 매우 좋아하는 남자였다.

소메야와 다카다테는 지즈코가 살해당한 사실을 알지 못했다. 이는 그들이 범인이 아닌 이상 자연스러운 일이었다. 21일 아침신문에는 아직 얼굴 없는 여자 살인사건이 보도되지 않았기 때문이다. 사건은 석간신문에 실릴 것이다.

덴엔교통은 예상보다 규모가 큰 회사였다. 수많은 택시가 주차된 넓은 부지 한편으로 3층 정도 되어 보이는 건물이 세워져 있었다. 사장실은 건물의 3층이었다. 회사가 소유한 택시 주차장은 여기 말고도 두세 곳 정도 더 있다고 했다.

사장인 기타오카는 키가 크지 않았지만 살집이 있어 풍채가 당당한 남자였다. 머리숱은 적었고 안경을 쓰지 않은 얼굴에는 볼살이 두툼했다.

소파에 앉자마자 요시키는 기타오카에게 구조 지즈코에 대해 물었다. 그는 물론 구조 지즈코를 알고 있었다.

"여기서 비서 생활을 했다더군요."

요시키가 물었다.

"네, 맞습니다."

기타오카가 대답했다. 그의 표정에는 웃음기라곤 찾아볼 수 없었다. 형사들이 불쑥 자신을 찾아온 상황을 찬찬히 분석하는 듯 보였다.

"구조 씨를 비서로 채용하신 이유가 무엇입니까?"

"아, 그건, 좀 말씀드리기 부끄럽습니다만……."

감정을 숨기려는 듯 기타오카는 담배를 꺼내 불을 붙였다.

"그 아이가 하라주쿠에 있는 M모델소개소에서 일했던 건 아시죠? 꽤 오래전 일입니다만, 한 10년쯤 됐을까요? 그 아이가 회사 캘린더를 촬영하러 여기 왔던 적이 있습니다. 꽤 괜찮은 여자라는 생각이 들어서 다음 날 밥이라도 한 끼 하자고 했었죠. 그 자리에서 제가 비서 얘기를 꺼냈습니다. 그 아이도 나이상 슬슬 모델 일을 접을 생각이었던 것 같아 솔깃해하는 것 같더군요. 저도 충분히 매력적인 조건을 제시했고요."

그때 새로 뽑은 걸로 보이는 비서가 차를 내어왔다. 살펴보니 그녀 역시 꽤 귀여운 외모의 소유자였다. 기타오카는 상당히 여자를 밝히는 남자임이 분명했다.

"비서로서 얼마나 근무했죠?"

"음, 한 4, 5년 정돈 것 같네요."

"성격은 어땠습니까?"

"괜찮았어요. 하지만 비서로서는 낙제점이었죠."

"낙제점?"

"뭐, 얼굴이 예쁘긴 했는데 일단 글자를 잘 못썼어요. 그리고 욕심이 많았죠. 물욕. 뭔가를 손에 넣으려고 맘먹으면 반드시 가져야만 직성이 풀렸어요. 계산에는 밝았습니다. 숫자에 강했다고 할까요. 그게 장점이자 동시에 단점이기도 했지요."

"단점이라고 한다면?"

"음, 그건……. 아니, 괜히 말했네요."

기타오카는 육중한 몸을 흔들어가며 과장스럽게 웃었다.

"뭐, 대충 짐작하셨죠? 사장과 직원 사이에 있을 법한 관계, 그런 게 있었습니다."

기타오카는 언뜻 엉뚱하다고 생각되는 서론을 말했다.

"예를 들면 그 아이가 모피코트를 가지고 싶어했다고 치죠. 질릴 때까지 같은 얘기를 반복합니다. 밥을 먹을 때도 모피, 술을 마실 때도 모피 타령이죠. 그다음에 무슨 일을 하나 부탁하잖아요? 나중에 물으면 하나도 안 했다더군요. 그래서 왜 안 했느냐고 물으니, 하긴 할 건데 모피코트를 입으면 더 빨리할 수 있을 것 같다더군요. 와, 그럴 때마다 정말 애먹었습니다."

"농담에 능숙한 여자였군요."

"아뇨, 그럴 때뿐이죠. 기본적으로 어두운 아이였습니다. 보시다시피 제 성격이 이래서 서로 안 맞는 부분도 있었죠. 또 조금 외골수 같은 면도 있었어요."

"그래서 구조 씨를 긴바샤에 추천했군요."

"그래요, 맞습니다. 어딜 봐도 긴자에 어울리는 여자였으니까요. 얼굴 예쁘고, 몸, 아니 스타일도 좋겠다. 여기 있는 거보다 금전적으로도 훨씬 나았죠. 모피코트 정도야 쉽게 살 수 있으니까요. 본인도 의욕이 있어 보이더군요. 때마침 자주 가던 긴바샤 마담이 새로운 아이를 구한다는 말이 들려와서 데려가서 인사를 시키니 바로 오케이 사인이 떨어졌어요. 솔직히 저로서도 그런 사치스러운 여자를 감당하긴 좀 벅찼습니다."

기타오카의 말투에 종종 오사카 사투리가 섞였다.

"그 이후에도 가끔씩 긴바샤에 들르긴 했는데 잘 지내는 듯해서 안심하고 있었습니다만……. 무슨 일이라도 생겼나요?"

"살해당했습니다."

요시키가 망설임 없이 대답했다.

"설마요."

기타오카는 말문이 막힌 듯 보였다.

"죽었단 말입니까? 누구한테 살해당했죠?"

"짚이시는 거라도 있습니까?"

요시키가 물었다.

"아뇨, 모르겠네요. 이미 만난 지도 오래됐고요. 전 잘 모르겠습니다. 그렇지만 살해라니……."

"구조 씨가 여행할 계획이 있었다는 건 알고 계셨나요?"

"여행? 아뇨, 처음 듣습니다. 혹시 여행지에서 살해당했나요?"

세 남자에게서 한결같은 질문이 나왔다. 여자가 살해당할 만한 장소로는 여행지 쪽이 어울린다고 무의식적으로 생각하는 걸까.

"아뇨, 도쿄입니다."

"도쿄군요. 도쿄 어디죠?"

"세이조에 있는 자택입니다."

"그렇군요. 언제 살해당한 겁니까?"

"18일로 추정되고 있습니다. 말 나온 김에 18일에 뭘 하셨는지 알려주실 수 있습니까?"

"아, 네, 물론이죠. 18일이라……. 어이, 내가 18일에 뭘 했었지?"

기타오카는 뒤에 있던 비서에게 물었다.

"18일 수요일은……."

비서가 메모를 훑어보았다.

"아무 일도 없으셨어요. 쭉 이곳에 계셨습니다."

"그래, 그랬었군. 그러고 보니 너도 증인이군."

"아, 네……."

"생각났습니다. 그날은 계속 여기 있었어요. 이 아이 말고도 밑에 수많은 증인이 있습니다."

"몇 시까지 여기 계셨죠?"

"8시 정도였던 것 같은데……. 아니, 9시였나?"

"그때까지 전혀 회사 밖으로 나가지 않으셨나요?"

"아뇨, 7시쯤 이 아일 데리고 저녁을 먹으러 갔었죠. 한 시간 정도 있다가 돌아왔습니다."

"그렇군요. 출근은 몇 시에 하셨죠?"

"11시쯤일 겁니다."

"점심은?"

"점심은 늘 회사 앞에 있는 도시락집에서 시켜먹습니다. 수요일도 마찬가지였지요."

"8시, 아니, 9시였나요. 그 이후엔 뭘 하셨죠?"

"오모리 역 부근에서 잠깐 한잔하고 바로 집에 갔습니다. 회사 차를 한 대 불러서요."

"그건 몇 시쯤이죠?"

"10시쯤이었던 것 같네요. 집에 도착하니 11시가 되기 전이었으니까요."

"댁은 어디십니까?"

이마무라가 즉시 물었다.

"오모리입니다. 여기서 가깝습니다만, 정확한 주소를 알려드릴까요?"

"부탁합니다."

"오타구 산노 4의 X의 X. 전화번호도?"

"네, 알려주시죠."

둘은 재빨리 받아적었다.

그 후 둘은 아래층에 내려가 사원들을 불러 기타오카가 11시부터 밤 9시까지 회사에 있었는지 확인했다. 그의 말은 사실이었다.

세 남자의 알리바이는 일단 확인된 셈이었다. 그러나 가장 궁금한 구조 지즈코의 살해 이유에 대해서는 아무런 단서도 얻을 수 없었다.

8

1월 23일 월요일이 되어도 니가타의 유족들에게는 아무런 연락이 없었다. 수상하게 여긴 요시키는 이마카와 파출소로 연락을 취했다.

후쿠마라는 이름의 남자가 전화를 받았다. 직책은 순경인 듯했다. 말하는 속도가 느린데다 전화의 감도도 먼 탓에 그가 무슨 말을 하는지 잘 들리지 않았다. 요시키는 새삼 도쿄와 니가타 사이의 거리감을 느꼈다.

구조 지즈코의 시신에 대해 묻자 후쿠마는 흠칫 놀라더니 유족에게 아직 연락을 받지 못했느냐고 되물었다. 받지 못했다는 요시키의 대답에 그는 유족에게 분명히 전달한 상태라며 이상하다고 했다. 그리고 구조 지즈코의 집에 가서 확인해본 후 다시 전화하겠다며 잠시 기다려달라고 했다.

요시키는 전화를 끊으려던 참에 "얼마나 걸리죠?" 하고 물었다. 그러자 다시 "네?" 하는 대답이 돌아왔다. 수화기 너머로 지직거리는 잡음이 들렸다. 요시키는 재차 "얼마나 걸리실 것 같나요?" 하고 물었다. 후쿠마는 그제야 겨우 알아차린 듯 잠시 뜸을 들이더니 "두 시간쯤이요."라고 대답했다. 전화기 앞에서 기다릴 작정이었던 요시키는 미리 물어서 다행이라고 생각했다.

구조 지즈코의 몸에 폭행의 흔적은 없었다. 이는 성적性的인 것을 의미한다. 현금이나 귀중품들도 무사했다. 요시키는 유족이 시신을 양도받으러 상경했을 때 이 같은 사실이 어느 정도 위로거리가 될 것으로 생각했다. 그러나 아무리 기다려도 유족에게서는 연락이 오지 않았다.

2시간이 더 지나 이마카와 파출소에서 겨우 전화가 왔다. 의외의 회답이었다.

—여보세요, 방금 다녀왔습니다.

후쿠마가 말했다. 그의 목소리가 떨리고 있었다. 필시 바깥에는 한파가 몰아쳤을 것이다. 말투에서 느껴지는 사투리도 아까보다 심해져 있었다.

—여긴 지금 눈보라가 치고 있어서 말이죠. 차나 오토바이를 탈 수도 없는 지경이라 조금 늦었습니다. 죄송합니다.

"아뇨, 저야말로 귀찮게 해 드려서 죄송합니다."

요시키가 말했다.

"어떻게 됐나요?"

—그게 말이죠. 구조 씨의 아버지께서 시신을 가지러 갈 수 없다고 하시는군요. 그쪽에서 알아서 처분해달라고 하시네요.

"여기서요? 어째서?"

―구조 씨가 이미 집을 나간 딸, 그러니까 출가한 자식이라
더군요.

"아무리 집을 나갔다고 해도 자식이 죽었는데요."

―으음, 그게……. 구조 씨 일가가 사연이 좀 많은 집안이더군요.

"그렇습니까? 어떤?"

―그게 말이죠, 영감님이 재혼을 한 것 같습니다. 후처를 들
인 거죠. 구조 씨는 전처에게서 얻은 딸이고요. 둘 사이엔 말썽
이 많았던 것 같습니다. 그러다가 결국 구조 씨가 집을 나간 거
죠. 현재는 후처와의 사이에 새롭게 얻은 자식도 있습니다. 게
다가 형편도 그리 여유롭지 않아서 도쿄에는 도저히 갈 수 없
다고 하는 것 같습니다.

요시키는 "그렇습니까."라고만 대답했다. 머릿속에 죽은 여
자의 모습이 더욱 선명하게 그려졌다. 고독한 여자, 구조 지즈
코는 고독한 여자였음이 분명했다.

요시키는 혼자 하라주쿠의 M모델소개소를 찾았다. 그러나
밥 먹듯이 사람이 바뀌는 이쪽 세계에서 이미 10년 전의 수많
은 모델 중 한 명이었던 구조 지즈코를 기억하는 이는 없었다.
사장이라면 기억하고 있을지도 몰랐지만 때마침 부재중이었다.

자리를 지키고 있던 남자직원은 당시의 얼굴 사진첩과 자료
들을 통해 구조 지즈코가 A급 모델은 아닌 것 같다고 추측했다.

그녀의 일감은 주로 지방 쪽에 쏠려있었고, 그것도 백화점이나 슈퍼마켓에서 전단을 나눠주는 일이 대부분이었다. 남자는 "전단지 전문모델이었다고 해도 과언이 아니네요." 하고 말했다.

요시키는 남자에게 구조 지즈코가 A급 모델이 되지 못한 이유를 물었다. 요시키가 보기에 사진첩에 있는 그녀의 모습은 매우 아름다웠다. 수많은 여자 중에서도 구조 지즈코는 단연 돋보이는 외모를 지니고 있었다.

"개성이 없잖아요."

남자가 딱 잘라 말했다.

"뭔가 강렬한 게 없죠? 이런 얼굴은 이쪽 세계에서 성공하기 힘들어요. 시대에 뒤처진 얼굴이에요. 시골 아저씨들이나 좋아할 법한 얼굴이죠."

요시키는 그런건가 하고 생각했다. 듣고보니 기타오카는 확실히 아저씨였다.

"그리고 A급이 되기 위해선 이런저런 조건들이 필요해요. 아무리 의상모델이라고 해도 거래처에서 늘 머리부터 발끝까지 준비해주는 건 아니거든요. 그러니까 구두라든지, 특히 액세서리 같은 건 센스 있게 알아서 모아둬야 해요. 액세서리점을 적어도 네다섯 곳쯤은 오픈할 정돈 돼야죠. 대충대충 하다가는 절대 못합니다. 정말 A급 모델이 되려고 마음먹고 오는 여자랑 아르바이트로 적당히 돈 좀 벌다 떠나려는 여자는 처음부터 확실히 갈려있는데, 이 여자는 분명 후자 같네요."

마지막으로 요시키는 구조 지즈코가 어떤 계기로 이쪽 세계에 발을 들이게 됐는지 물었다. 남자는 자료를 보더니 "스카우트네요. 오모테산도에서 스카우트됐어요."라고 대답했다. 그녀를 스카우트한 사람을 묻자 아르바이트라 이미 그만뒀다는 대답이 돌아왔다.

　그때 사장이 가게로 들어왔다. 남자는 살짝 고개를 숙여 사장에게 인사하더니 자신의 자리로 돌아갔다. 그는 다소 머리가 길었고 사장치고는 아직 젊어 보였다. 요시키는 한눈에 자신과 동년배쯤으로 생각했지만, 나이를 물어보니 이미 마흔여덟이었다.

　요시키는 남자가 책상 위에 두고 간 사진들을 가리키며 사장에게 구조 지즈코에 대해 물었다. 사장은 자신의 명함을 건네더니 명함케이스를 다시 집어넣으며 사진을 쳐다보았다. 그리고선 바로 "아, 이 여자군요. 기억납니다."라고 말했다.

　"어떤 여자였습니까?"

　요시키가 물었다. 사장은 가만히 팔짱을 낀 채 대답했다.

　"음, 그게 말이죠. 이 여자에 대한 특별한 기억이랄 게 없어요."

　"존재감이 없는 사람이었나요?"

　"흐음, 네. 보시면 아시겠지만 이목구비가 뚜렷하긴 하죠? 근데 우리 회사엔 그런 여자들이 차고 넘칠 만큼 있어서 오히려 별로 눈에 띄지 않는 법이죠."

사장은 말을 마치더니 주머니 속을 뒤져 담배를 찾았다.

"특징은 없었나요? 예를 들면 기가 셌다든지…….."

"아뇨, 그런 인상은 없었어요. 오히려 그런 게 있었다면 기억했겠죠."

"처음 왔을 땐 어떤 모습이었나요?"

"그건 기억나네요. 그냥 얌전한 아이였어요. 이 짓도 오래 하다 보니 첫 대면에 크게 될 아이는 단박에 알 수 있거든요."

"아, 그렇군요."

"말하기 좀 그렇긴 한데……. 그 아인 미인이었지만 크게 될 구석은 없었어요. 근데 무슨 일이라도?"

요시키는 구조 지즈코가 살해당했다고 말했다. 사장은 충격을 받은 듯 담배를 손에 쥔 채 잠시 동안 움직이지 않았다.

"뭐 때문이죠?"

사장이 물었지만 요시키도 알 수 없었다. 오히려 뭔가 짚이는 게 없느냐고 되물었다. 사장은 고개를 가로저었다. 그러더니 구조 지즈코가 가게에 있는 여자 중에서도 가장 그런 사건에 휘말리지 않을 것처럼 보였다고 했다.

"얌전했다고 하셨습니까?"

"네. 굳이 따지자면 평범한 보통 여자였어요. 빨리 시집가는 편이 좋을 타입이었죠."

"남자관계는 어땠죠?"

"저는 모델들의 사생활에는 관여하지 않습니다. 그러다 보면 한도 끝도 없거든요. 근데 뭐, 대부분 알고 있긴 하죠. 그런 면에서도 아무런 문제가 없던 걸로 기억합니다."

"정말 평범했군요."

"네, 맞아요. 제가 평범한 여자라는 건 주로 그런 의미로 하는 말입니다. 그 아이는요. 그런 의미에서 정말 재미없는 아이였어요. 센스 있는 농담 한마디 하는 걸 들어본 적도 없고 특출난 재능이 있던 것도 아니었어요. 역시 시골 출신이라는 생각이 들게 했죠. 어디 촌구석 고등학교 도서위원 같은 느낌이랄까? 근데 살해당했다니 사람 일은 정말 모르겠군요. 뭐라 할 말이 없습니다. 좀 딱하네요."

"혹시 구조 씨에게 원한을 품었던 사람이 있었나요?"

"아뇨, 전혀 없었어요. 만약 원한을 사서 살해당한 거라면 그건 여기 있을 때 이야기는 아닐 겁니다. 그걸로 살해를 당한다면 여기 아이들 모두 당해도 이상하지 않죠. 참 얌전한 아이였어요. 여기 처음 왔을 때도 얼굴 예쁘고 말 잘 듣는 여학생 같은 느낌이었습니다. 말수도 적었어요. 제가 이렇게 담배를 꺼내서 피려고 하면 라이터를 들고 불을 붙여야 하나 말아야 하나 머뭇대던 모습이 아직도 기억납니다. 원한을 살 만한 타입과는 거리가 멀었어요. 그 이후로 어떻게 변했는지는 모르겠지만 말이죠."

그린하임에 사는 도야 씨의 증언을 중심으로 18일 오후 3시

27, 8분경 구조 지즈코의 집에서 도망친 젊은 남자의 몽타주 포스터가 제작되었다. 요시키는 M모델소개소에서 가져온 구조 지즈코의 사진을 포스터 오른쪽 아랫부분에 피해자 얼굴로 삽입해 수배용 포스터로 만들기로 했다.

보통이라면 유족을 고려해 피해자 사진을 넣지 않지만 이번 경우는 그럴 염려가 없었다. 요시키는 또 피해자가 미인이라 더욱 사람들의 시선을 끌 수 있을 것으로 생각했다. 그리고 결과적으로 요시키의 예상은 적중했다.

남자의 몽타주 옆에는 '나이 24~25세, 길고 가는 눈, 언뜻 보면 잘생긴 얼굴. 신장은 178센티미터 전후. 머리에 젤을 발라 뒤로 빗어 넘긴 리젠트 스타일. 표정에 따라 조직폭력배처럼 보이기도 함.' 등의 글귀가 적혔다. 완성된 포스터는 즉시 도쿄를 중심으로 배포되었다.

요시키는 포스터를 들고 다시 소메야와 다카다테, 기타오카를 만났다. 남자의 몽타주를 본 그들은 하나같이 모르는 사람이라고 입을 모았다.

실은 요시키는 세 남자의 주변인물과도 몰래 접촉하고 있었다. 그리고 몇 가지 흥미로운 이야기를 들을 수 있었다. 덴엔교통의 기타오카가 자수성가한 인물인데 반해, 소메야 병원의 원장 소메야 다쓰오는 데릴사위로 들어와 가업을 물려받은 인물이라는 이야기였다. 요시키는 병원 간호사들에게서 좀 더 자세한 사정을 들었다.

소메야 다쓰오의 아내인 모에코는 소메야 가문의 무남독녀였다. 그런 소메야 가문에 부친의 눈에 든 소메야 다쓰오가 뒤늦게 데릴사위로 들어오게 되었다. 모에코의 부친인 소메야 다쓰키치는 이전부터 뛰어난 실력을 지닌 의사로 유명했지만, 다쓰오는 그 밑에서 꽤 오랜 세월 냉대를 받은 듯했다. 그러던 중 최근 4, 5년 사이에 다쓰키치와 그의 부인이 차례대로 세상을 떴다. 그러자 다쓰오의 여성 편력이 수면 위로 드러나면서 부부관계가 원만하지 못하다는 소문이었다.

소메야 가문은 전전戰前부터 대대로 신바시에서 병원을 운영해왔지만 모에코 대에 이르러 후계자를 찾지 못해 전전긍긍했다고 한다. 모에코의 위아래로 두 명의 아들이 태어났지만 둘 다 세 살 무렵 병으로 죽었다고 했다. 데릴사위를 들일 수밖에 없는 상황이었던 것이다.

모에코는 쇼와 5년1930년생이었다. 소메야가 수사를 통해 쇼와 9년생으로 밝혀졌으니, 소메야는 4살 연상 여자의 집에 데릴사위로 들어온 셈이다.

결혼은 쇼와 44, 45년 무렵이라고 했다. 계산해보면 당시 다쓰오는 서른다섯 혹은 여섯이었고, 모에코는 이미 마흔이 가까워져 오는 나이였다.

사정을 전해 듣고 흥미가 동한 요시키는 혼자 오타 구 덴엔초후에 있는 소메야의 집을 방문해 모에코를 만나기로 했다.

소메야의 집은 다마가와 강가에 있는 제방과 매우 가까운 언덕길에 있었다. 거무스름한 돌덩이가 담을 이뤄 나란히 늘어선 모습이 유서 있는 집이라는 사실을 알렸다. 돌담 중 일부는 차고로 활용되고 있었고 안쪽으로 고급 벤츠가 보였다.

돌담 뒤로는 넓게 펼쳐진 잔디밭이 철조망에 둘러싸여 있었다. 안으로 더 들어가자 고풍스러운 검은빛이 감도는 일본식 집이 보였다.

소메야 모에코는 머리가 희끗희끗한 초로의 부인이었다. 나이는 올해로 쉰넷이라고 했다. 다쓰오와의 사이에는 늦은 나이에 얻은 중학생 아들이 한 명 있었다. 결혼 후 바로 얻은 늦둥이였다.

모에코는 매우 조용한 여자였다. 우선 말수가 거의 없었다. 마른 몸에 볼 아래로는 살이 늘어져 있었지만 독특한 기품이 느껴졌다. 한눈에 봐도 곱게 자란 여자라는 것을 알 수 있었다.

가정부를 따로 두지 않았기 때문에 모에코는 직접 차를 내어왔다. 다쓰오와의 관계에 대해 묻자 그녀는 부친의 친구였던 한 대학교수가 제자 중에서 소개해준 사람이라고 간략하게 대답했다. 요시키가 다쓰오에 대해 좀 더 물으려고 치면 모에코는 은근슬쩍 언급을 피했다. 그곳에 초로에 든 아내가 오랜 세월 함께한 남편에 관해 이야기할 때 전해지는 따스함은 티끌만큼도 느껴지지 않았다.

하지만 일련의 이야기들은 결국 구조 지즈코 살해사건과는 아무런 관계가 없었다. 현재 사건의 초점은 어디까지나 리젠트 머리를 한 젊은 남자에게 쏠려있는 상황이었다.

수사를 거듭할수록 구조 지즈코가 고독한 여자였다는 사실은 점차 명확해져 갔다. 세이조 경찰서의 형사들이 사방팔방 뛰어다녔지만 그녀의 친구나 애인을 자처하는 인물은 나타나지 않았다. 이토록 외로웠던 여자가 어째서 살해까지 당해야만 했을까. 아니, 단순히 살해된 것뿐만 아니라 얼굴의 피부까지 벗겨지는 비참한 죽음을 맞이해야만 했던 것일까.

제2장 블루트레인의 유령

1

사건은 아직까지는 일반적인 모양새를 띄고 있었다. 비록 엽기적인 색채가 짙지만 전대미문의 미스터리 사건이라고 부를 정도는 아니었다.

하지만 포스터를 배포한 후 처음으로 걸려온 신고전화는 이 사건을 단숨에 기괴한 것으로 만들었다.

2월 16일 목요일 오후, 세이조 경찰서 수사본부에 한 통의 전화가 걸려왔다. 요시키가 수화기를 들자 매우 점잖고 예의바른 목소리가 들려왔다. 노인을 연상시키는 목소리였다.

—간다 쪽에서 스포츠용품점을 운영하고 있는 사람입니다만…….

전화를 걸어온 이는 먼저 자신을 소개했다. 요시키는 네, 하고 짧게 응수했다.

　—실은 저희는 대대로 가게를 꾸려온 덕에 가게 뒤편으로 작은 토지와 집을 가지고 있습니다.

　요시키가 다시 네, 하고 대답했다.

　—다름이 아니라 저도 말씀드리기 조금 애매합니다만, 얼마 전부터 경찰분들이 이 주변 일대에 방범 포스터를 돌리고 있더군요. 그래서 저번에는 그 세이조에서 살해당한 여자, 아니, 범인의 몽타주 포스터라고 해야겠지요. 그걸 저희 집에도 가지고 오셨더군요. 그 이후로 포스터를 매일 유심히 보고 있습니다만, 그 여자분, 구조 지즈코 씨라고 하셨나요? 실은 제가 그분을 뵌 적이 있어서요.

　요시키는 아, 그렇습니까, 하고 말했다. 있을 법한 이야기였다. 구조 지즈코는 살아있을 때 당연히 이곳저곳을 돌아다니며 여러 사람을 만나고 다녔을 것이다. 요시키는 그가 무슨 말을 하려는 건지 도통 파악이 되지 않았다.

　"구조 지즈코 씨를 보셨군요."

　—네.

　"어디서 보셨죠?"

　—그게 말이지요, 정말 기묘한 일입니다만……. 그분이 돌아가신 시각 이후에 출발한 열차 안에서입니다.

　요시키는 귀를 의심했다. 무심코 탄식이 흘러나왔다. 머릿속이 하얘지는 느낌이었다.

"방금 뭐라고 하셨습니까?"

—포스터에는 구조 지즈코라는 분이 1월 18일 오후 3시 20분쯤 세이조 자택에서 살해당했다고 적혀있습니다만…….

"네, 맞습니다."

요시키가 대답했다.

—저는 그보다 늦은 시각인 오후 4시 45분에 도쿄 역에서 출발한 블루트레인 '하야부사' 안에서 구조 지즈코 씨를 봤습니다.

요시키는 혼란스러워지기 시작했다.

—그래서 말인데요. 그 18일이라는 날짜는 정확한 건가요?

"그보다 우선 여성분이 구조 지즈코 씨라는 건 확실합니까?"

—예, 그건 확실합니다. 그럴만한 이유가 있어서요. 확실합니다.

"하지만 그건 좀……. 혹시 블루트레인의 종착역은 어디였죠?"

—니시가고시마입니다.

"니시가고시마라, 흐음……. 그럼 18일 밤에도 구조 씨의 모습을 보셨겠군요."

—네, 정확히 말하면 19일에도 봤습니다.

요시키는 간다에 가기 위해 경찰서를 나서며 만약을 대비해 후나다에게 연락을 취했다. 후나다는 바로 전화를 받았다.

요시키는 우선 구조 지즈코의 사망추정시각을 19일 새벽 5시가 아닌 19일 오후나 20일까지 늘릴 수 있느냐고 물었다. 후나다는 수화기 너머로 웃음소리를 내더니 절대 불가능하다며 잘라 말했다. 19일 새벽 5시가 그가 보장할 수 있는 최대한의 경계선인 듯했다. 만약 구조 지즈코의 사망시각이 19일 점심 혹은 오후 너머로 밝혀진다면 후나다는 미련 없이 감식반 일을 그만둘 기세였다.

　요시키는 열차 속에서 생각했다. 아마 잘못 본 것이리라. 세상에 닮은 사람은 얼마든지 있고, 특히 최근에는 성형 수술의 보급과 짙은 화장으로 비슷하게 보이는 여자들이 굉장히 많다.

　노인이 여자와 대화를 나눠본 것도 아니었다. 그는 단지 비슷한 사람을 봤을 뿐이고, 또 구조 지즈코의 모습이라고는 수배용 포스터에 있는 사진밖에 못 본 인물이었다. 그래서 블루트레인 안에서 본 여자가 포스터 사진 속 여자와 동일인물이라고 착각하고 있는 것이 분명했다.

　노인의 이름은 나가오카였다. 나가오카 스포츠용품점은 찾기 쉬운 곳에 있었다. 요시키가 자동문을 지나 점포 안으로 들어서자 오른편에 서 있던 나가오카가 먼저 말을 걸어왔다. 그는 요시키의 용모를 보고 조금 의외라고 생각하는 듯했다. 이는 요시키도 마찬가지였다. 요시키는 일흔 정도의 백발노인을 상상하고 있던 참이었다. 그러나 눈앞에 있는 남자는 생각보다 훨씬 젊었다. 그는 비록 머리숱은 적었지만 검은 머리칼의 소유자였다. 요시키가 전화를 주신 분이냐고 묻자 그는 그렇다며 고개를 끄덕였다.

나가오카는 잠시 기다려달라고 하더니 안쪽으로 들어가 둥글게 말린 잡지를 가져와서 대로 건너편에 있는 커피숍을 가리켰다. 자리를 옮길 기세였다. 나가오카는 앞장서서 가게를 나와 건널목을 건넜다.

커피숍의 가장 구석자리에 마주앉자 나가오카는 먼저 명함을 건넸다. 요시키는 힐끗 명함을 확인하고 주머니에 넣으면서 성급하게 물었다.

"하야부사에서 구조 지즈코 씨와 닮은 여자를 보셨다고요."

나가오카가 고개를 끄덕였다.

"단지 보신 겁니까? 아니면 대화를 나눠보신 겁니까?"

"아뇨, 대화도 나눴습니다."

나가오카가 대답했다.

"저는 예전부터 침대 객차가 달린 블루트레인에 타보고 싶었지만 꽤 오랫동안 기회가 없었습니다. 이번이 태어나서 처음 타보는 거였고요. 구조 씨와도 그런 식의 대화를 나눴습니다. 그분도 처음 타봤다고 하더군요."

"하지만 그분이 구조 씨라는 건 어떻게 아셨죠? 이름을 물어보셨나요?"

"아, 네, 서로 명함을 교환했습니다."

"명함? 혹시 지금 가지고 계십니까?"

"예, 이겁니다."

나가오카는 가슴 언저리에 있는 주머니에서 명함을 한 장 꺼냈다. 요시키는 명함을 받아들었다. 명함에는 구조 지즈코의 집 주소와 이름이 적혀있었다.

이게 대체 무슨 조화란 말인가. 요시키는 생각에 잠겼다. 만약 나가오카의 말이 사실이라고 해도 여자는 구조 지즈코로 위장한 다른 사람일 것이다. 그는 수배 포스터의 조그만 흑백 사진밖에 못 본 사람이다. 그런 사람 한 명쯤이야 엇비슷하게 성형수술을 한다면 간단히 속일 수 있다. 하지만 무엇을 위해?

"하야부사가 오후 4시를 지나 도쿄 역을 출발했다고 하셨죠?"

"4시 45분입니다."

"열차가 움직인 이후에도 구조 씨를 보신 겁니까?"

"물론입니다. 계속 1호차 안에 있었습니다."

"이상한 걸 묻는다고 여기실지도 모르지만, 19일, 즉 하룻밤 지난 다음 날 새벽 5시 이후에도 구조 씨를 보셨습니까?"

"그야 물론입니다. 그분이 구마모토에서 내렸으니 19일 점심시간 전까지는 쭉 하야부사에 함께 타 있었습니다. 제 눈으로 직접 확인했습니다."

요시키는 여자가 역시 다른 사람일 것이라고 확신했다. 19일 새벽 5시라면 아슬아슬하게 사망추정시각 허용범위 안이지만, 이 시점을 넘어서면 구조 지즈코는 죽어있지 않으면 안

된다. 즉, 여자가 정말 구조 지즈코라면 이는 유령이라는 말
이 된다.

"그렇군요. 하지만 그분은 아마 구조 지즈코 씨가 아닐 겁니
다. 구조 씨가 18일 오후에 살해당한 건 명백한 사실입니다."

"그건 그렇지만……."

나가오카는 납득할 수 없다는 눈치였다.

"나가오카 씨 본인도 여자 분이 세이조에서 살해당한 구조
씨라는 확증은 없지 않습니까? 그전에 구조 씨를 만나보셨던
것도 아니고요. 구조 씨의 사진을 몇 장 더 보여 드릴까요?"

요시키는 모델소개소와 집에서 가져온 구조 지즈코의 사진들
을 꺼냈다. 그녀가 모델소개소에서 일한 덕분에 사진은 충분히
확보된 상태였다. 사건의 피해자가 모델로 활동했다는 사실은
형사로서 감사할 만한 일이었다.

나가오카는 사진들을 유심히, 그리고 주의 깊게 살펴보았다.
꽤 시간이 흐르고 고개를 든 나가오카의 얼굴에는 왠지 모를
미안함이 서려있었다.

"맞습니다. 제가 말한 여자 분이 확실하네요."

요시키는 망연자실한 표정을 지었다. 현실적으로 불가능한
이야기였다.

"자세히 한 번 보시죠. 그럴 리 없습니다."

그러나 나가오카는 이미 충분하리만큼 사진을 살펴본 후였다.

"지금 이렇게 사진을 몇 장 더 보고나니 더욱 확신이 들기 시

작했습니다. 절대 잘못 본 게 아닙니다. 여기 좀 보세요. 왼쪽 볼에 점 두 개가 보이시죠? 이것 역시 선명하게 기억납니다. 이분이 확실해요."

나가오카가 거짓말을 하는 것처럼 보이지는 않았다. 그는 한눈에 봐도 선량해 보이는 남자였다. 그리고 무엇보다 거짓말을 할 이유가 없었다.

하지만 요시키는 눈앞에 있는 쉰 즈음의 남자를 미심쩍은 눈초리로 쳐다볼 수밖에 없었다. 도저히 이해할 수 없는 주장을 펼치고 있기 때문이다. 그는 진지한 얼굴로 세상에 존재할 법하지 않은 이야기를 하고 있었다. 논리적으로 생각해보면 그가 거짓말을 하고 있음이 분명했다.

"나가오카 씨. 지금 제가 보여 드린 사진으로 하야부사에서 본 여자를 구조 지즈코 씨라고 확신하셨죠? 하지만 그전까지만 해도 구조 지즈코 씨의 사진을 본 적은 없으셨을 겁니다. 결국 포스터에 있는 작은 사진밖에 못 보신 거죠. 단지 그것만으로 이미 한 달 정도 전에 하야부사에서 본 여성을 살해당한 구조 씨라고 확신하시게 된 겁니까?"

"네, 맞아요. 실은 저도 포스터를 보고 그때 그 여자와 닮았다고는 생각했지만, 전화를 걸어야겠다고 마음먹을 정도의 확신은 없었습니다. 근데 실은 오늘 이런 게 나와서……."

나가오카는 찻잔을 테이블 옆으로 치우더니 의자 구석에 놓아두었던 잡지 한 권을 올려서 펼치고는 페이지를 뒤적거리기 시작했다. 해당 페이지는 왼쪽 윗부분을 접어 표시해둔 상태였다. 나가오카는 잡지의 접힌 부분을 손바닥으로 두어 번 누르더니 반대편으로 돌려 요시키 쪽으로 들이밀었다.

"이건 무슨 잡지죠?"

요시키는 잡지를 들어 표지를 확인했다.

"《카메라A》라는 사진 전문잡집니다. 이 잡지는 늘 아마추어 사진작가의 사진작품을 공모하지요. 입선작으로 뽑힌 사진은 잡지에 실립니다. 여기가 그 페이지입니다만, 이것 좀 보시죠. 우수작으로 뽑힌 이 사진 말입니다."

요시키는 나가오카가 손가락으로 가리키는 사진을 확인하고는 낮은 신음을 내뱉었다. 우수작은 입상작 중 평가점수가 낮은 탓인지 작게 실려있었다. 그러나 작은 사진 속에는 구조 지즈코의 얼굴이 선명하게 찍혀있었다.

무의식적으로 고개를 들어 나가오카를 바라보았다. 처음과 같은 표정의 그는 "여기 날짜도 있습니다."라고 했다. 확실히 그곳에는 '1월 18일, 블루트레인 하야부사에서 만난 여자'라는 타이틀이 붙어있었다.

요시키는 사진작가의 이름을 확인했다. 고이데 다다오, 지바현이라고 적혀있었다.

"고이데 씨는 알던 분입니까?"

"아뇨, 저도 이날 하야부사에서 처음 만났습니다. 원래부터 잡지에 자주 실리는 분이긴 하죠. 저도 취미 삼아 카메라를 좀

만지느라고 잡지를 종종 사보는 편인데, 고이데 씨의 이름이 자주 눈에 띄어서 알고 있었습니다.

고이데 씨 역시 18일 하야부사의 침대 객차 안에 있었습니다. 열심히 플래시를 터뜨려가며 구조 씨를 찍고 있더군요. 저는 그녀가 함께 온 사진모델이라고 생각했지만 듣자하니 두 사람은 서로 처음 만난 사이라고 했습니다. 고이데 씨가 아름다운 여성을 만난 김에 사진을 찍고 싶다고 그녀에게 요청해서 정식으로 허락받은 모양이더군요.

그 후 저는 그와 대화를 조금 나눠보고 나서 남자가 고이데 씨라는 사실을 알게 되었습니다. 그리고 구조 씨와도 조금 이야기를 나누었습니다.

그때 고이데 씨는 사진을 《카메라A》에 보낼 거라고 했습니다. 그래서 만약 이번 호에 사진이 실리면 수배 포스터에 실린 사진과 비교해볼 수 있다는 생각에 잡지가 나오기만을 기다렸습니다. 오늘 나온 잡지를 보니 역시 우수작으로 사진이 실려있더군요. 그리고 아무리 봐도 두 사진 속 여자는 동일인물이라는 확신이 들어 오늘 큰맘 먹고 전화를 드린 겁니다."

2

자신의 것을 가져가라는 나가오카의 권유를 거절하고 요시키는 간다 역 근처의 서점에서 《카메라A》를 샀다.

요시키는 역 앞의 벤치에 앉아 문제의 사진을 다시 한 번 찬찬히 살펴보았다. 흥미로운 사진이었다. 과장된 노출 때문에 얼굴은 새하얬지만 코가 있는 부분은 마치 펜으로 그린 양 선명하게 찍혀있었다. 얼굴과 머리칼의 윤곽은 마치 유령처럼 부옜다. 카메라가 흔들렸던 것인지 정확하게는 알 수 없었다.

사진 속 여자는 웃고 있었다. 아름다운 미소였다. 얼굴에 그다지 외로워 보이는 기색은 보이지 않았다. 평소 요시키가 상상했던 구조 지즈코의 이미지와는 조금 다른 모습이었다.

잡지에는 작품에 대한 평가도 몇 줄가량 적혀있었다. 주로 기술적인 요인에 대한 언급이었다.

'극히 일순간을 포착하는 사진작품에 우연히 나타난 매력을 담아내는 능력도 사진작가의 재능 중 하나다. 후략.'

아마도 여자의 윤곽이 흐릿하게 찍힌 것을 두고 하는 말인 듯했다.

사진에 대한 정보도 실려있었다. F5.6, 60분의 1초, 플래시 사용. 요시키는 무의식적으로 중얼거렸다. 그래, 이 사진은 60분의 1초의 허상이다. 앞으로 이 허상의 미로 속에서 헤매게 될지도 모른다는 느낌이 들었다.

사진 속 여자가 구조 지즈코라는 점은 확실했다. 미소 짓고 있는 여자는 요시키가 세이조 맨션에서 발견한 사진 속 여자와 동일 인물이었다. 누군가가 사진을 보여주며 직접 눈으로 판단하라고 해도 반박할 여지는 없었다.

그러나 어째서 이런 불가사의한 일이 일어난 것일까. 그것을 알 수 없었다. 상식적으로 생각해봐도 여자가 18일 오후 4시 45분 도쿄 역을 출발한 하야부사에 탔을 가능성은 만무했다.

　생각해보면 나가오카와 사진을 찍은 고이데가 서로 입을 맞춰 거짓말을 하고 있을 가능성도 있었다. 《카메라A》의 출판사로서는 사진작가가 18일 하야부사에서 찍었다는 설명을 곁들인다면 별다른 의심 없이 그대로 잡지에 실을 것이 분명했다.

　일리가 있는 가설이었지만 문제는 두 사람이 그런 작당을 할 만한 이유가 없다는 데 있다. 구조 지즈코가 사건의 가해자라면 가설은 일정 부분 성립한다. 그녀의 알리바이를 만들어내고자 나가오카와 고이데가 공범으로서 도울 수 있다. 하지만 그녀는 피해자였다.

　《카메라A》의 출판사는 스이도바시에 있었다. 요시키는 곧바로 자리에서 일어나 출판사로 발걸음을 옮겼다. 《카메라A》에 고이데의 정확한 주소가 실려있지 않은 탓에 출판사에 찾아가 직접 물을 수밖에 없었다. 나가오카는 블루트레인에서 고이데와 만났을 때 명함을 건넸지만 때마침 고이데가 명함이 다 떨어져 받지는 못했다고 했다.

　출판사의 응접실에서 《카메라A》의 일반인 공모코너를 담당하는 편집자를 만났다. 고이데 다다오의 이름을 듣자마자 그는 알고 있다는 듯이 반응했다. 요시키가 주소를 알고 싶다고 말을 꺼내자 그는 동료에게 내선 전화를 걸더니 자료를 가져오라고 했다. 요시키는 고이데가 어떤 인물인지 물었다.

"그분. 연세가 좀 있는 분이죠."

흡사 고이데를 만나본 적이 있는 것 같은 대답이었다.

"원래는 철물점을 하고 계셨던 걸로 아는데 아들 부부에게 가게를 맡기고 나서는 교토쿠에 있는 맨션에서 부부 둘이서만 살고 있어요. 지금은 유유자적 여행을 다니면서 부지런히 사진을 찍고 계신 걸로 압니다."

그때 고이데의 주소가 적힌 메모가 도착했다.

요시키는 고이데가 믿을 만한 사람인지 남자에게 간접적으로 물었다. 그는 웃음을 짓더니 묘하게 자신 있는 얼굴로 대답했다.

"직접 만나보시면 압니다."

요시키는 우선 전화로 고이데가 집에 있는지 확인하고 도자이 선 열차에 몸을 실어 교토쿠 역으로 향했다.

고이데의 맨션은 역 바로 앞에 있어서 쉽게 찾을 수 있었다. 요시키는 맨션 아래 공중전화부스로 들어가 전화를 걸었다. 전화를 받은 고이데는 집으로 오라고 했다. 안온한 노인의 목소리였다. 목소리만으로 판단하자면 범죄에 발을 담글 만한 자의 목소리는 아니었다. 승강기를 타고 올라가 현관 앞에서 고이데와 마주하자 그러한 생각은 더욱 확고해졌다.

고이데는 요시키를 응접실로 안내한 후 차를 내어왔다. 집을 방문하는 손님이 그다지 없어서 그런지 얼굴에는 반가운 기색이 역력했다. 요시키의 손에 둥글게 말린 《카메라A》를 보더니 비슷한 취미를 가진 손님이라고 생각하는 듯했다. 처음 전화를 걸 때 자신이 분명 형사임을 밝혔던 요시키는 묘한 기분이 들었다.

"사진 속에 찍힌 구조 지즈코 씨에 대해 여쭤볼 것이 있습니다만."

요시키는 단도직입적으로 말했다.

"혹시 잡지에 실린 사진 말고 다른 사진이 있습니까?"

"그야 많이 있지요."

고이데가 대답했다.

"보여주실 수 있나요?"

"네, 물론입니다."

고이데는 필름 한 통하고도 절반 정도 더 있다고 했다. 그의 말처럼 구조 지즈코의 사진은 매우 많았다. 대다수가 흔히 볼 수 있는 표준형의 작은 크기였지만, 선명하게 찍힌 사진 중 몇 장은 가로 11.9, 세로 16.5센티미터의 캐비닛판도 있었다.

사진은 대부분 열차 내부의 통로에서 촬영한 것들이었다. 창밖 풍경으로 요코하마, 시즈오카 등의 간판이 보이는 사진이 보였다. 침대에 앉아 편안하게 쉬는 구조 지즈코의 모습을 담은 사진도 있었다.

"이 사진들은 광각 렌즈를 썼지요."

옆에 서 있던 고이데가 말했다. 요시키는 노인 특유의, 일종
의 그리운 체취를 느꼈다.

"사진의 셔터 속도는 모두 60분의 1초인가요?"

"네, 그렇습니다."

노인은 눈을 가늘게 뜨고 말했다. 요시키는 조용히 한숨을
쉬었다.

그 후 요시키는 분위기도 전환할 겸 고이데의 사진 실력을
칭찬했다. 그리고 이 사진이 가장 잘 나온 것 같다며 구조 지즈
코의 옆얼굴이 찍힌 사진을 가리켰다. 잡지에 실린 사진도 물
론 좋다는 말을 곁들였다.

고이데는 사진을 보더니 기쁜 듯 고개를 끄덕였다. 그러더니
자신도 그 사진이 괜찮다고 생각해 잡지사에 보낼 때 조금 고
민했지만, 아무래도 심사위원에게는 통하지 않을 것 같아 포기
했다고 말했다.

"사진을 어떤 순서로 찍으신 거죠?"

요시키가 물었다.

"밀착 인화_{현상한 필름을 크기 그대로 인화지에 인화한 것-옮긴이}한 걸 보여 드릴까요?"

고이데의 말에 요시키는 그럼 감사하지요, 하고 대답했다.

잡지에 실린 사진은 밀착 인화지 위에 실린 사진 중 두 번째
에 있었다. 요시키가 잘 나왔다고 말한 사진이 가장 마지막이
었다. 사진이 뒤로 가면 갈수록 구조 지즈코의 얼굴에서 웃음
기가 사라지는 것이 느껴졌다.

"구조 씨는 어떤 분이셨죠?"

요시키는 사진을 손에 든 채 물었다.

"음, 첫인상은 조용한 분이라는 느낌을 받았지요. 당신은 어땠어?"

고이데는 소파에 앉아있던 부인에게 물었다. 그제야 요시키는 여행이 부부동반이었다는 사실을 눈치챘다.

"예쁜 분이셨어요. 근데 어딘가 능숙해 보이는 느낌을 받았답니다."

부인은 말끝에 웃음소리를 섞어가며 말했다.

"능숙해 보였다는 건, 사람을 대하는 게 능숙하다는 말인가요?"

"네, 맞아요. 왠지 그런 쪽 일을 하는 사람인 것 같다는 느낌을 받았지요."

웃음소리가 이어졌다. 요시키는 구조 지즈코가 긴자의 한 술집에서 일했다는 사실을 털어놓았다.

"아, 역시 그렇군요."

역시 여자끼리는 통하는 게 있는 걸까.

"대화도 나누셨나요?"

요시키가 부인을 향해 물었다.

"네, 서로 이야기가 잘 통해서 재미있게 대화했어요. 제법 화술에도 능숙한 분이더군요."

"고이데 씨가 먼저 말을 거셨나요?"

"네, 그렇죠. 구조 씨는 열차가 도쿄 역을 출발하기 전부터 통로에 서서 창밖을 바라보고 있었어요. 그 모습이 매우 아름다워서 제가 먼저 말을 걸었죠. 나는 아마추어 사진작간데, 사진 한 장 찍어도 괜찮겠냐고 말이죠."

"흐음."

"저는 이런저런 사진촬영 이벤트에 종종 갑니다만, 우리처럼 초보 사진작가들이 모이는 자리에는 그다지 괜찮은 모델이 오지 않아요. 근데 그분은 그런 모델들보다 훨씬 예쁘고 아름다웠답니다."

"구조 씨는 뭐라고 대답했나요?"

"그냥 가만히 고개를 끄덕이더군요. 뭔가 귀찮아하는 느낌도 들고 해서 두세 장 정도 찍고 그만두자고 생각했어요. 근데 사진을 찍다 보니 갑자기 그쪽에서 먼저 마음을 열더군요. 카메라에 대해 이야기를 하는가 하면, 예전에 모델 일을 했다고 하면서 그때가 그립다는 식의 이야기도 했어요. 저는 역시 그런 쪽 일을 했었구나, 하고 생각했지요. 덕분에 열차 여행이 즐거웠습니다."

요시키는 불현듯 마음에 걸리는 게 있어 물었다.

"구조 씨가 도쿄 역에서 창밖을 바라보고 있었다고 하셨죠?"

"네, 맞습니다."

"혹시 열차 플랫폼 쪽을 바라봤나요? 누군가 올 사람이라도 있는 것처럼?"

"아뇨, 그런 느낌은 없었습니다. 멀리 보이는 시내 풍경을 가만히 내다보고 있었어요."

"시내 쪽을?"

"네. 네온사인 같은 것들을 보고 있는 것 같았어요. 뭔가 그립다는 눈빛으로."

"네온사인이라……."

"음, 뭐랄까, 외로워 보이는 표정이었어요. 그렇다고 심한 건 아니고 살짝 뭔가 생기가 없는 느낌이랄까."

요시키는 갑자기 한기가 느껴졌다.

"다른 특이점은 없었나요?"

"아, 그러고 보니 자주 객실 옆 출입문이 있는 통로에 서 있었어요."

"복도를 말씀하시는 건가요?"

"아뇨, 복도가 아니라 차량 연결부 쪽입니다."

"그곳에 서서 뭘 했죠?"

"그게, 저도 한 번 물어보긴 했는데 속이 안 좋을 때 여기 있으면 괜찮아진다고 하더군요. 목소리에 힘이 없어서 걱정되긴 했습니다만."

부부는 입을 모아 대답했다. 요시키는 무의식적으로 심호흡을 한 번 하고 생각에 잠겼다. 집 안에는 잠시 침묵이 흘렀다. 그때 부인이 입을 열었다.

"구조 씨한테 무슨 일이 생겼나요?"

질문을 받고도 요시키는 한참 동안 입을 열지 않았다. 그리고 갑작스럽게 물었다.

"그날이 18일인 건 확실합니까?"

부부는 동시에 고개를 끄덕였다.

"18일에 어떤 열차를 타신 거죠?"

"하야부사입니다."

"몇 시 출발이었습니까?"

"도쿄 역에서 4시 45분에 출발하는 열차였습니다만……."

"구조 씨의 모습은 몇 시까지 보신 거죠?"

"음, 글쎄요. 그 후에도 구조 씨는 계속 연결부 쪽에 서 있었어요. 그래서 화장실을 갈 때마다 마주치긴 했지요. 그러다 한번은 9시쯤이었을까요? 약이라도 드릴까요, 하고 물으니 괜찮다고 하더군요. 곧 잘 거라고 했어요. 근데 그렇게 말하고도 계속 그 자리를 지키더군요."

요시키는 한숨을 쉬었다.

"그 이후로는 본 적이 없나요?"

"네, 그 이후론 저도 잠들어서……."

"다음 날은 어땠죠?"

"식당 칸에 있는 걸 멀리서 봤어요. 말을 걸어볼까 했는데 혼자 있고 싶어하는 것 같아서 그만뒀지요."

"저는 말을 걸었어요. 그분이 1호차에 돌아오고 나서 말이죠. 근데 뭐랄까, 사람을 피하는 느낌이 들었어요."

"구조 씨는 종점인 니시가고시마까지 갔습니까?"

"아뇨, 구마모토에서 내리더군요."

고이데가 대답했다.

"플랫폼에 내려서 걸어가는 뒷모습도 찍었습니다. 창문에서요. 바로 이겁니다. 아직 확대 현상하진 않았습니다만."

고이데는 필름의 밀착 인화지를 보여주었다. 구조 지즈코의 뒷모습이 작게 찍혀있었다.

"제가 나이가 들어서 그런지, 멀리서 찍은 사진이라 초점이 잘 안 맞긴 합니다."

"여긴 구마모토 역의 플랫폼인가요?"

"네."

"구마모토에 도착한 건 몇 시쯤이지요?"

"정확한 건 시간표를 봐야 알 수 있겠지만 아마 11시쯤일 겁니다. 점심시간이 되기 전이었어요."

요시키는 깊은 한숨을 내쉬었다. 오전 11시쯤에 규슈의 구마모토에 있었다면 바로 도쿄로 돌아온다고 해도 19일 밤 무렵이된다. 사건이 점점 꼬여가는 느낌이었다.

요시키가 침묵하고 있자 고이데가 무슨 일이냐고 물어왔다.

"아뇨, 아무것도 아닙니다."

요시키가 대답했다.

"자주 부부 동반으로 여행을 다니십니까?"

요시키는 일단 화제를 돌리기로 했다.

"동반으로 간 경우는 거의 없었던 것 같네요."

고이데가 대답했다.

"아니요, 전혀 없었어요."

부인이 대답을 바로잡았다.

"이번 블루트레인 여행은 아들 내외가 선물해준 거랍니다. 1월 18일이 제 생일이었거든요."

고이데가 말했다. 그렇다면 18일이라는 날짜는 정확할 것이다. 비록 입 밖으로 꺼내진 않았지만 18일은 요시키의 생일이기도 했다.

"구조 씨한테 무슨 일이라도 생겼나요?"

부인이 다시 한 번 물어왔다. 뭔가 이상한 낌새를 눈치챘음이 분명했다.

"네, 실은 돌아가셨습니다."

요시키가 대답하자마자 부부는 눈이 휘둥그레진 채 입을 벌렸다.

"언제 돌아가셨죠?"

시간이 꽤 흐르고 나서 고이데가 물었지만 요시키는 대답할 수 없었다. 요시키도 그 부분을 알 수 없었기 때문이다.

"어쩐지……."

고이데가 말했다. 그 말에 부인도 덩달아 고개를 끄덕였다.

"그분 말이죠, 생기가 없어 보였답니다."

요시키는 그 말이 조금 다른 의미로도 들렸다.

"어찌 됐든 안됐네요. 사고였나요?"

"아뇨, 살해당했습니다."

요시키의 말에 부부는 다시 눈을 휘둥그레 떴다.

"누구한테요? 범인이 누구죠?"

"그걸 밝혀내려고 지금 수사하고 있습니다."

부부는 요시키의 대답을 듣고 나서야 형사가 자신들의 집에 찾아온 이유를 알아챈 듯 보였다. 참으로 무사태평한 이들이었다. 그러나 이것이 평범한 사람들의 모습이라는 생각도 들었다. 문득 《카메라A》의 편집자가 고이데를 만나보면 안다고 말한 것이 떠올랐다.

"어떻게 이런 일이……. 그때 주소도 물어본 상태라 슬슬 사진을 보내려고 마음먹고 있었는데……. 잡지도 함께 넣어서 말이지요."

"명함을 교환하셨다고 하더군요."

요시키가 말했다.

"간다에서 나가오카 씨에게 들었습니다."

고이데는 그가 누군지 잠시 생각하는 것처럼 보였다. 그러더니 잠시 후 "아, 그때 차 안에서 만났던 분이군요."라고 하더니 "근데 그때 전 명함이 다 떨어진 상태여서……."라며 말끝을 흐렸다. 아무래도 구조 지즈코의 소식을 듣고 기분이 가라앉은 듯 보였다. 요시키도 더는 물을 수 없었다.

3

고이데의 집에서 나오니 밤은 벌써 깊어 있었다. 요시키는 교토쿠 역 앞에 있는 공중전화부스로 들어가 긴바샤에 전화를 걸었다. 시호를 바꿔달라고 하고 지즈코가 18일에 탄 블루트레인의 이름을 물었다. 시호는 자신은 모르겠다며 이쿠코를 바꿨다. 이쿠코에게 같은 질문을 하자 그녀의 입에서 오후 4시 45분에 출발하는 하야부사라는 대답이 나왔다. 지즈코는 하야부사를 타게 되었다고 몇 번이나 기쁜 듯이 말했다고 했다. 요시키는 한기를 느꼈다.

괴담 같은 이야기였다. 아니, 진짜로 한겨울에 벌어진 괴담이었다. 이전부터 블루트레인의 팬이었던 구조 지즈코는 가까스로 열차 티켓을 손에 넣어 탑승일을 손꼽아 기다리고 있었다. 그러나 블루트레인에 타기 바로 직전 그녀는 생각지도 못한 사건에 휘말려 살해당한다. 하지만 영혼이 되어서도 포기하지 못한 그녀가 유령이 되어 도쿄 역에서 예정대로 하야부사에 몸을 실었다?!

요시키는 다음 날 일찍 사쿠라다몬 감식반으로 출근해 후나다의 자리에서 그가 오기만을 기다렸다. 30분 정도 지나서 온 후나다는 자신의 자리에 앉아있는 요시키를 보고 눈이 휘둥그레지더니 이내 미소를 지었다.

"어이, 요시키. 요새 의욕이 넘치는군. 세이조 살인사건 때문인가?"

요시키는 고개를 끄덕였다. 그러나 미소로 답할 여유는 없었다.

"최근 잠을 잘 못 자는 것 같군. 눈이 충혈됐어."

후나다가 말했다.

"아무래도 앞뒤가 안 맞아. 구조 지즈코의 사망시각을 좀 더 뒤로 늦출 순 없나?"

"늦춘다니, 얼마나?"

"19일 밤까지."

"그건 불가능해."

후나다가 딱 잘라 말했다.

요시키는 머리를 쓸어 올리며 "왜지?" 하고 되물었다.

"여러 가지 이유가 있어. 특히 저번엔 말하지 않았지만 표모피漂母皮란 걸 생각하면 더욱 그러하지."

"표모피?"

"그래. 자네도 알다시피 물속에 오래 있던 사체는 손발의 피부가 하얗게 부풀어 오르지. 구조 지즈코의 사체가 대표적인 예야. 욕조 밖으로 손이 나와 있었지만, 물속에 있던 발의 피부 각질층은 잔뜩 부풀어 오른 상태였어. 발톱도 외부에서 힘을 가하면 쉽게 떨어질 정도였지. 자네가 말한 것처럼 사체가 19일 밤부터 물속에 있었다면 우리가 현장에 처음 간 날이 20

일 오후 5시 무렵이니 아직 24시간이 지나지 않은 것이 되겠지? 길어야 20시간 정도야. 근데 그 정도론 그만큼 피부가 부풀어 오를 수 없어. 조금 확신을 담아 말하자면 사체는 물속에 적어도 30시간은 있었어."

"30시간?"

"응. 30시간은 내 확신하지. 적어도 30시간이 지나야 그 지경까지 될 수 있어. 내가 여태껏 수많은 익사체를 접해온 건 알고 있겠지?"

"그건 사후를 말하는 건가?"

"맞아, 사후."

"살아있던 시간을 포함할 순 없나?"

"불가능해."

"30시간이라⋯⋯."

요시키는 책상 위에 있던 메모지에 계산을 시작했다.

"우리가 처음 현장에 간 게 20일 오후 5시 무렵. 거기서 30시간 전이라면 19일 오전 11시가 되는군."

순간 요시키는 고이데의 얼굴을 떠올렸다. 19일 오전 11시는 구마모토에 도착한 구조 지즈코가 열차에서 내린 시각이었다.

열차 시간표를 펼쳐 든 요시키는 하야부사가 구마모토에 도착하는 정확한 시각을 살폈다. 오전 11시 8분이었다.

"실은 30시간이라는 숫자도 많이 양보한 거야. 아마 더 오래 됐을 걸로 예상해. 단지 30시간은 절대적으로 보장할 수 있다는 거지.”

요시키는 손을 머리에 얹은 채 생각에 잠겼다.

그 후 후나다는 사망추정시각을 산출해내는 데 필요한 다양한 조건들을 설명했다. 가장 중요한 조건 중 하나로 ‘부패성 변색’이 있었다. 사체의 하복부는 사후 24시간에서 36시간에 걸쳐 청록색으로 변하기 시작해 시간이 지날수록 몸 전체로 퍼져나간다. 구조 지즈코의 사체에는 이미 이 같은 현상이 나타나고 있었다. 따라서 사체는 적어도 사후 24시간은 지났다고 판단해야 한다고 후나다는 강조했다.

후나다가 다른 조건들도 설명했지만 요시키의 귀에는 들어오지 않았다. 표모피만으로 충분하다고 생각했기 때문이다.

구조 지즈코의 사체는 적어도 30시간 이상 욕조 물속에 잠겨 있었다. 사체를 발견한 것이 20일 오후 5시라고 하면 19일 오전 11시부터 사체가 욕조 안에 있었다는 말이 된다.

불현듯 요시키의 머릿속에 그때까지 잊고 있던 중요한 사실 하나가 떠올랐다. 사체 발견? 생각해보면 사체를 처음 발견한 사람은 경찰이 아니다. 그보다 먼저 사체를 발견한 사람이 있었다. 그를 만나면 좀 더 정확한 정보를 얻을 수 있지 않을까.

요시키는 다시 세이조의 그린하임으로 발걸음을 옮겼다. 사건이 일어난 집을 올려다보며 일단 맨션 주변을 한 바퀴 돌아보기로 했다. 주위 건물들도 다시 한 번 확인했지만 층수가 높은 건물은 없었다.

집주인을 찾아가 304호의 열쇠를 빌렸다. 현관문을 열어보니 바닥에 쌓여있던 신문은 이미 자취를 감춘 상태였다. 아무도 살지 않는 집에서 나는 특유의 냄새가 풍겨왔다.

욕실로 들어가 보았다. 욕조를 채우고 있던 물은 이미 빠져 있었고, 욕실 바닥에 깔린 타일에는 먼지가 약간 쌓여있었다.

욕실 벽에 붙은 작은 창문은 닫힌 상태였다. 창문은 불투명한 유리 재질이었다. 닫혀있다면 밖에서는 안을 볼 수 없다. 요시키는 욕조 위로 올라가 창문을 열었다. 상부에 있는 손잡이를 아래로 끌어당기자 창문은 안쪽을 향해 쓰러지듯 열렸다. 순간적으로 외부의 냉기가 흘러들어왔다.

공기는 매우 잘 통했다. 하지만 창문은 단지 그것만을 위해 달린 듯했다. 수증기를 밖으로 내보내기 위한 것이리라. 틈새가 좁은 탓에 바깥 풍경은 그다지 보이지 않았다. 하지만 밖에서 안쪽을 본다면?

요시키는 욕조에 기댄 자세로 죽어있던 구조 지즈코의 모습을 떠올렸다. 사체는 허리가 제법 밑으로 내려와 깊숙이 앉아 있는 상태였다. 턱은 약간 뒤로 젖혀진 채 후두부는 벽의 타일과 맞닿아있었다.

요시키는 구조 지즈코의 참혹했던 머리 부분이 있던 곳으로 얼굴을 들이밀었다. 그리고 그곳에서 작은 창문 사이의 V자 모양 틈새를 바라보았다. 겨울의 차가운 냉기를 담은 바람이 창문을 넘나들며 윙윙거렸다. 그 소리 너머로 마치 망망대해에 커다란 섬 하나가 떠있는 것처럼 우뚝 솟아있는 맨션 한 채가 보였다. 저것은?

두 맨션 사이에는 거리가 꽤 있었다. 적어도 50미터 이상은 되어 보였다. 맨션의 베란다로 나온 사람들의 모습이 눈에 띄었지만 얼굴은 물론 성별조차 구분되지 않았다.

건너편에서 이곳을 본다면 그 이상일 것이다. 작은 창문, 게다가 V자 모양의 얼마 되지 않는 틈새 사이로 얼굴을 확인하는 건 불가능에 가깝다.

하지만 이곳에는 사체가 있었다. 사체는 어떠한 미동을 보이지 않는다. 적당한 위치에서 바라보려고 마음먹는다면 얼마든지 두고두고 관찰할 수 있다. 물론 육안으로는 불가능하다. 망원경이라도 사용할 경우의 이야기다.

요시키는 아래층으로 내려가 집주인에게 키를 건네고 후나다에게 전화를 걸었다. 자신의 기억을 다시 한 번 확인하고 싶었다. 수화기 너머로 후나다는 단언했다. 욕실의 창문은 분명히 열려있었다고.

4

그 무렵 야스다는 불안한 하루하루를 보내고 있었다. 슬그머니 쌍안경을 들고 잔설이 쌓인 여자의 맨션을 다시 관찰했을 때,

여자의 집 커튼은 활짝 열려있었고, 방 안에는 제복을 입은 투박한 남자들이 무언가 바쁜 듯 작업을 하는 모습이 보였다. 그중 한 사람은 창문을 열고 베란다로 걸어나와 몇 번이고 주변을 미심쩍은 듯 둘러보았다. 심장이 멎을 뻔한 광경이었다. 동시에 조만간 자신의 정체가 밝혀질 것 같은 불안감이 엄습했다. 야스다는 익명의 신고전화를 건 자신의 행동을 뼈저리게 후회했다.

야스다가 사는 집에서는 부엌의 싱크대 위에 있는 작은 창문에서도 여자의 집이 보였다. 그러나 V자 모양의 틈새로 여자의 모습을 볼 수 있는 곳은 베란다뿐이었다.

따라서 야스다는 늘 추위를 무릅쓰고 일부러 눈 쌓인 베란다까지 나가 여자의 집을 관찰했다. 하지만 어느 순간인지 심한 감기에 걸려버렸다. 원고를 쓰기 위해 자리에 앉아도 코만 팽팽 풀다가 코끝이 빨개질 지경이었다. 게다가 타고난 소심한 기질 탓에 신경증으로 위장까지 쓰렸다. 감기약을 먹어도 낫기는커녕 복통과 함께 심한 설사가 몰려왔다. 무엇하나 되는 일이 없는 나날이었다.

사건이 발생한 지 한 달이 지나자 여자의 집에서 사람들은 자취를 감췄다. 이대로라면 원래의 평온함을 되찾을 수 있을 것 같은 기분에 야스다가 안심하고 있을 무렵, 현관의 초인종이 울렸다.

처음에는 지나가던 신문 판매원이라는 생각에 문을 열 생각이 없었다. 하지만 야스다는 왠지 영업사원들을 응대하는 것에는 자신이 있었다. 그래서 현관문 외시경으로 밖을 확인하지도 않은 채 벌컥 문을 열었다.

문 앞에는 몸에 딱 들어맞는 깔끔한 양복 차림을 한 남자가 서 있었다. 남자는 예상했던 것보다 훨씬 준수한 모습이었다. 나이는 서른을 넘긴 것처럼 보였지만 이십 대 후반으로도 보였다. 영업사원에 잘 어울리는 번듯한 용모의 소유자였다.

"뭘 팔러 오셨죠?"

야스다가 먼저 입을 열었다. 탐탁지 않다는 목소리였다. 그도 그럴 것이 머리에서는 열이 났고 설사 때문에 몸에는 힘이 없었다. 도저히 현관문 앞에 서서 장시간 이야기를 나눌 만한 상태는 아니었다.

그러나 상대는 야스다의 말에 반응하지 않은 채, 이미 수천 번은 해본 능숙한 자세로 양복 안쪽 주머니에서 수첩을 꺼내 보였다. 수첩 속에 금빛의 경시청이라는 글자가 보였다. 야스다는 반쯤 넋이 나간 눈으로 글자를 바라보았다.

"경찰서로 익명의 신고전화를 거신 분입니까?"

도저히 형사로는 보이지 않는 남자가 거의 확신한다는 어투로 야스다에게 물었다.

야스다는 충격을 받은 나머지 멍하니 있었다. 눈앞으로 불똥이 튀었다. 무슨 상황인지 도저히 감이 잡히지 않았다. 잠시 후 정신이 들자, 그는 고개를 크게 두 번 끄덕이고 있었다.

야스다는 현관문에 선 채 대화를 하다 보니 감기 기운이 더

심해지는 것 같아 형사를 집 안으로 불러들였다. 붙임성 있는 말투 덕분에 형사 특유의 강압적인 느낌은 들지 않았다. 그가 지금껏 상상해온 형사의 이미지와는 전혀 다른 인물이었다.

"호오, 글을 쓰시나 보군요?"

형사는 탁자 위에 놓인 원고지를 보더니 야스다를 향해 물었다.

"네, 뭐."

야스다는 대답과 동시에 서둘러 원고지를 정리했다. 원고지 위에 적힌 소설에는 야스다 본인으로 생각되는 주인공이 술집 호스티스를 설득해 드라이브를 즐기고 지금 막 모텔 침대로 골인하려는 참이었다.

"실은 제가 익명으로 전화를 건 이유도 이런 일을 하기 때문입니다."

야스다는 괴로운 듯이 털어놓았다. 한겨울이었지만 등 뒤로는 식은땀이 흘렀다.

"변변치 않지만 작가라는 직업상 이런 걸로 세상에 알려지긴 싫었어요. 게다가 남의 집을 엿보는 사람이라고 소문이라도 나면……"

형사는 미소를 띤 채 고개를 끄덕였다. 웃는 얼굴이 매력적인 남자였다.

야스다는 탁자 위 정리를 마치고 자리를 고쳐 앉아 형사의 얼굴을 힐끔힐끔 쳐다보았다. 보면 볼수록 잘생긴 남자라는 생각이 들었다.

"저기, 성함이 어떻게 되시죠?"

야스다가 물었다.

"요시키라고 합니다."

"요시키?"

요시키는 이름의 뜻을 설명했다. 멋스러운 이름의 소유자는 나이 또한 자신보다 훨씬 젊어 보였다. 야스다는 왠지 모르게 화가 치밀어오는 것을 느꼈다. 질투심이었다. 이 정도 남자라면 술집에 가서도 얼마든지 여자를 꾀어낼 수 있으리라.

"다른 곳에 가서 내 이름을 알리지 마."

야스다는 묘하게 고압적인 어투로 말했다.

"네?"

요시키는 황당하다는 표정을 지었다. 야스다의 머릿속이 순간적으로 혼란스러워졌다. 괜한 말을 했다는 생각이 들었다.

"아니, 실은 제 이름을 비밀로 해주셨으면 해서요. 전 순수한 의도로 전화를 건 거라⋯⋯."

야스다는 이번에는 자신의 비굴한 모습에 화가 치밀었다. 그러더니 생각지도 못한 말이 입에서 튀어나왔다.

"잔말 말고 내 이름을 알리지 말라고! 못 알아들어?"

야스다는 얼굴이 새빨개져서 씩씩거렸다. 요시키는 이상한 사람이라도 본 것처럼 그를 바라보더니, 이윽고 손을 뻗어 그의 이마에 갖다 댔다.

"뭐하는 거야!"

야스다가 다시 히스테리를 부렸다.

"한심한 중년 남자가 치한 짓 따위 한다고 우습게 보면 큰코 다칠 줄 알아!"

야스다는 난폭하게 요시키의 손을 뿌리쳤다.

"열이 있군요."

요시키가 말했다.

"열이 심합니다. 침대에 눕는 편이 좋지 않겠어요?"

그제야 야스다는 펄펄 끓는 열 때문에 머릿속이 혼란스러워졌다는 사실을 깨달았다.

요시키는 침대에 누운 야스다의 이마 위에 젖은 수건을 올렸다. 온순해진 야스다는 방금 전의 언행에 대해 거듭해서 사과했다. 그러더니 천천히 흥분을 억눌러가며 자신의 목격담을 요시키에게 들려주었다. 요시키는 묵묵히 그의 말을 경청했다.

"근데 몇 번이고 다시 봐도 여자가 움직이지 않아서……."

"욕실에 있는 구조 씨의 모습을 쌍안경으로 처음 봤을 때가 언제였죠?"

"새벽 무렵이었습니다."

"날짜가 어떻게 되죠?"

"그게……. 아마 19일일 겁니다. 맞아요, 생각나네요. 19일 새벽이었어요. 확실합니다."

야스다의 말을 들은 요시키는 갑자기 곤란한 표정을 지었다.

"19일이 확실합니까?"

"맞아요. 19일이 목요일이니까, 그날은 제 원고 마감일이어서 밤을 새웠거든요. 결국 다 못 써서 마감을 연장하긴 했지만……. 그래서 확실히 기억하고 있어요."

요시키의 표정이 더욱 어두워졌다.

"19일 몇 시쯤이죠?"

"음, 동이 틀 무렵입니다. 밤이 한창 깊었을 때 머리를 좀 식히러 베란다에 나갔었거든요. 요즘 같은 계절에 동틀 무렵이니, 아마 아침 6시를 조금 지났던 것 같습니다."

"그렇군요. 잠깐 괜찮겠습니까?"

요시키는 몸을 일으켜 베란다로 향했다. 그리고 야스다에게 받은 쌍안경을 자신의 눈에 갖다 댔다. 그의 말대로 구조 지즈코의 집이 뚜렷이 보였다.

방으로 돌아와 질문을 몇 가지 더 하고서 그만 돌아가겠다고 했다. 야스다가 침대에서 몸을 일으키려고 하자 요시키는 그대로 있으라며 손으로 제지했다.

"저기, 오늘 일은 비밀로 해주시는 건가요?"

야스다가 물었다.

"네, 아마도요."

요시키가 불확실한 어투로 대답했다.

"상황이 허락하는 한 비밀로 해 드리겠습니다."

야스다의 얼굴에 일순 불안감이 감돌았다. 요시키는 미소를 띤 얼굴로 고쳐 말했다.

"괜찮습니다. 그런 상황이 생길 것 같진 않네요."

야스다는 안도한 듯 한숨을 내쉬었다. 그리고 몸을 잘 추스르라며 돌아서는 요시키를 갑자기 불러세웠다.

"할 말이 더 있으신가요?"

야스다는 잠시 머뭇거리더니 물었다.

"저기, 저 맨션에 살았던 여자, 역시 몸매는 괜찮았죠?"

요시키는 질린 표정으로 잠시 생각하더니 대답했다.

"글쎄요, 전 잘 모르겠던데요."

5

2월이 어느새 끝나갈 무렵, 세이조 경찰서에서 고민에 빠져 있던 요시키에게 생각지도 못한 인물이 찾아왔다. 그의 이름은 나카무라 기치조. 요시키와 같은 소속인 사쿠라다몬 1과의 형사로, 요시키가 아직 어리고 경험이 부족한 시절 많은 도움을 준 선배이기도 했다. 그는 올해부터 1과의 미해결사건반으로 배속된 상태였다.

"오, 나카무라 선배. 선배가 행차하시긴 아직 이르지 않나요."

"자네가 이번 사건으로 꽤나 고전하는 것 같다며 나보고도 가보라더군. 환상의 콤비 다시 한 번 결성해볼까."

나카무라는 자신의 트레이드마크인 하프코트에 검은 베레모를 쓴 차림이었다. 예전에 베레모를 쓰고 하얀색 스포츠카에 여성들을 태워 살해한 연쇄살인마가 세상에 드러나자 그의 옷차림도 덩달아 입방아에 올랐던 적이 있었다. 그럼에도 그는 꿋꿋이 베레모를 벗지 않았다. 어지간히도 베레모를 좋아하는 사람임이 분명했다.

나카무라는 하프코트를 벗고 의자에 앉더니 잡지 한 권을 꺼내 책상 위로 올렸다.

"이거 혹시 읽어봤나?"

평범한 여행 잡지였다. 나카무라는 요시키의 옆자리로 옮겨 앉아 자신이 표시해둔 페이지를 펼쳐 보였다.

"이 에세이, 자네도 흥미가 동할 거야."

나카무라의 말대로 에세이의 내용은 매우 흥미로웠다. 전문을 옮기자면 다음과 같다.

나는 유령과 식사를 했다

나가오카 시치헤이

올해 1월 18일, 나는 고대하던 블루트레인의 1인 침대 객실 티켓을 구했다. 그리고 열차 안에서 참으로 신비로운 한 여자를 만났다.

열차가 아직 도쿄 역에서 출발하지 않았을 때부터 그녀는 카메라 플래시 세례를 받고 있었다. 회색의 스웨터를 입은 여배우 같은 아름다운 여자였다. 모델일까 생각했지만 그건 아니었다.

열차가 아타미를 지날 무렵, 나는 해 저무는 창밖을 바라보고 있었다. 그때 등 뒤로 여자의 목소리가 들려왔다.

"혹시 식당 칸이 어딘지 알고 계시나요?"

돌아보니 그곳에는 아까 보았던 여자가 서 있었다. 이상하리만큼 뚜렷한 이목구비가 한눈에 들어왔다.

내 입에서 "식당 칸까지는 꽤 긴 여정이 될 겁니다."라는 외국영화에서 들을 법한 대사가 튀어나왔다. 그리고 조금 모험을 할 기분이 들었다.

"근처에 식당 칸보다 몇 배는 향긋한 커피를 파는 곳이 있는데, 한 잔 어떠신지?"

"어머, 그런 곳이 있나요?"

여자는 장난스럽게 눈빛을 반짝였다.

"물론이지요."

그렇게 말하고 나는 객실 문을 열었다.

집 근처의 커피전문점에서 산 특제 커피를 담아온 보온병을 꺼냈다. 샌드위치도 있었다. 두 가지 모두 내가 여행을 떠날 때마다 챙기는 필수품인 동시에 어디 내놓아도 자신 있는 음식들이었다. 여자가 나의 객실로 들어왔다. 그녀도 어느 정도 나에게 호감을 느낀 듯했다.

커피를 잘 마셨다고 하며 객실을 나선 그녀는 이후 오랜 시간 열차의 연결부 쪽에 서 있었다. 가서 물어도 별다른 이유 없이 이곳에 있고 싶다는 대답이 돌아왔다. 그러고는 수수께끼 같은 말을 입에 담았다.

"저는 밤이 좋아요. 부드러운 달빛과 형광등 불빛을 볼 수 있으니까. 태양이 내뿜는 빛은 너무 강렬하답니다."

나는 여행할 때 일찍 잠드는 편이다. 여행지에서 떠오르는 태양을 보고 싶기 때문이다. 그날도 일찍 잠들었고 이른 시간에 눈을 떴다. 그러나 열차 연결부에 그녀의 모습은 이미 사라지고 없었다.

그 후 식당 칸에서 다시 그녀와 만났다. 연지색 스웨터로 갈아입고 짙은 선글라스를 쓴 모습이었다. 어젯밤 그녀가 했던 말이 떠올랐다. 햇빛을 피하려는 걸까? 나는 "식사는 제가 대접하겠습니다." 하며 그녀에게 말을 건넸다.

오전의 따사로운 햇볕 아래 그녀의 모습은 더욱 눈부셨다. 투명한 피부는 마치 죽은 자의 것 마냥 새하얬다.

"도쿄에서 다시 만날 수 있을까요?"

나는 무심코 그녀의 손을 잡고 과감히 내뱉었다.

"그건 좀 어려울 것 같네요."

여자가 대답했다. 그리고 다시 수수께끼 같은 말을 남겼다.

"이 모든 건 꿈이랍니다."

여자는 구마모토에서 내렸다. 그 후 나는 다시 그녀를 만날 수 없었다. 운이 없어서 따위의 흔해빠진 이유가 아니다. 그녀는 정말로 죽은 사람이었기 때문이다.

후일, 나는 그녀를 살해했다는 남자의 지명수배 포스터를 보았다. 그리고 그 속에는 피해자로 실린 그녀의 사진이 있었다. 보고 나서 머리가 울릴 정도로 강렬한 충격을 받은 건 물론이다.

그러나 이는 단지 그녀가 살해당했기 때문만은 아니다. 문제는 그 날짜와 시간이었다. 1월 18일 오후 3시 20분쯤. 이는 그녀와 내가 탔던 하야부사가 도쿄 역에서 출발한 오후 4시 45분보다 이른 시간이다.

결국, 내가 그녀를 처음 만났을 때 그녀는 이미 죽은 사람이었다. 나는 죽은 이와 함께 식사를 했다.

6

"이 사람, 이미 만나본 적이 있습니다."

요시키는 잡지를 내려놓으며 말했다.

"근데 하야부사 안에서 구조 지즈코와 식사를 했다는 이야기는 금시초문이네요."

"어떤 남자지? 여자한테 인기가 많게 생겼나?"

나카무라의 질문에 요시키는 쓴웃음을 지었다. 작은 몸집에 살이 통통하게 오른 나가오카의 모습이 떠올랐다. 뱁새눈을 가진 그의 얼굴은 평범한 축에 속했다. 나이는 이미 쉰에 가까웠고, 성격도 온순한 듯 보였다. 그런 그가 열차 식당 칸에서 처음 만난 여자의 손을 덥석 잡았다? 요시키는 비록 입 밖으로 내지는 않았지만 에세이가 나가오카가 쓴 것이라고는 믿기 어려웠다. 평소의 염원을 담아 쓴 픽션 같다는 생각도 들었다.

도쿄 토박이인 나카무라는 신랄하고 직설적인 화법의 소유자였다. 만약 이 이야기를 듣는다면 손뼉을 치며 나가오카를 조롱할지도 몰랐다. 요시키는 일단 나카무라의 질문에 대답하지 않기로 했다.

요시키는 손을 뻗어 눈앞의 전화기를 들었다. 그리고 메모 속에서 나가오카의 번호를 찾아 다이얼을 돌렸다.

—나가오카 스포츠용품점입니다.

여자 점원의 목소리였다. 나가오카를 바꿔달라고 하자 잠시 기다려달라는 대답이 돌아왔다. 얼마 지나지 않아 점잖은 어투의 남자가 전화를 받았다. 요시키는 자신이 일전에 만났던 1과의 형사이며 잡지에 실린 에세이를 읽고 연락했다고 밝혔다. 나가오카는 "아, 그렇습니까. 좀 부끄럽네요." 하고 겸연쩍은 듯 대답했다.

"에세이가 요즘 장안의 화제더군요."

요시키는 우선 그를 추어올렸다.

—아닙니다. 어쩌다 보니 괜찮은 게 나와서…….

나가오카는 그다지 겸손하다고는 보기 어려운 반응을 보였다.

"꽤 가까운 사이셨군요?"

요시키의 질문에 나가오카는 "네?" 하고 되물었다. 요시키는 자신이 이해하기 어려운 질문을 했다고는 생각되지 않았다. 이 때 나가오카가 당황한 나머지 수화기를 들고 쩔쩔매고 있었다는 사실을 요시키는 일절 짐작하지 못했다.

"하야부사 안에서 구조 씨와 제법 친분을 쌓으신 거 아닌가요? 식사까지 함께하신 사이인 줄은 몰랐습니다."

ㅡ그, 그게…….

나가오카는 잔뜩 움츠러든 목소리로 말했다.

요시키는 나중에야 자신이 너무 직설적이었다는 것을 깨달았다. 나가오카가 자신의 연애감정을 내보이는 것을 부끄러워하는 면이 있다고 요시키는 생각했다.

"아침 식사를 함께하셨군요."

ㅡ네?

나가오카는 재차 못 들은 것처럼 반응했다. 요시키의 기억대로라면 예전에 그는 단지 식당 칸에서 구조 지즈코의 모습을 봤다는 수준의 이야기를 한 듯했다.

"함께 식사하신 거 아닌가요?"

ㅡ아, 네, 마……맞습니다…….

나가오카의 목소리는 쑥스러운 듯 떨리고 있었다.

"흥미진진한 사건이군."

나카무라가 전화를 내려놓기를 기다렸다는 듯이 말했다.

"정말 기괴하다고밖에 할 수 없네요. 도무지 이해가 안 돼요. 이런 이상한 사건은 처음 봅니다."

요시키가 말했다.

"《카메라A》를 좀 보여주겠나?"

나카무라가 물었다. 요시키는 서랍에서 잡지를 꺼내 나카무라에게 건넸다.

"오, 듣던 대로 미인일세."

나카무라는 베레모 윗부분을 손끝으로 꾹 누르며 말했다.

"이 여자, 무슨 일을 했다고 했지?"

"긴자에 있는 술집에서 일했습니다."

"그렇군. 고향은 아키타 쪽인가?"

"아뇨, 에치고 방면이라고 하더군요. 웬 아키타인가요?"

"에치고 미인인가. 원래 긴자에서 일하는 미인 중에는 아키타의 오모노가와 출신이 많다고 알려졌지. 그다음이 하카타 쪽이고."

나카무라는 가끔 희한한 잡학상식을 뽐내곤 했지만 확인해보면 대부분 케케묵은 정보인 것이 문제였다.

"여자의 얼굴 피부가 벗겨져 있었다지?"

"네, 맞습니다."

"마치 공포영화 같은 이야기로군."

요시키는 아무 말도 하지 않았다. 자신도 그렇게 느꼈기 때문이다. 그러나 한편으로는 나카무라의 말을 부정하고 싶은 생각도 들었다.

"벗겨 낸 피부로 뭘 한 거지?"

나카무라가 말했다.

"이 에치고 미인은 열차가 출발한 시각에 이미 죽어있던 게 확실한가?"

"음, 그건 단언할 수는 없지만 오전 5시쯤에 하야부사는 이미……."

그렇게 말하고 요시키는 열차 시간표를 펼쳐 들었다.

"히로시마에서 출발했을 무렵이네요. 구조 지즈코의 사망추정시각 허용범위가 이때까지입니다. 살아있는 상태로 다음 정차역인 이와쿠니까지 가는 건 불가능하죠."

"여자가 내린 곳은?"

"구마모토입니다."

"구마모토에 도착한 시간은 몇 시지?"

"오전 11시 8분입니다."

"11시 8분이라, 19일이겠지?"

"네."

"서둘러 도쿄로 올라온다고 해도 19일 저녁이 되겠군. 사망추정시각을 19일 저녁 무렵까지 늦출 수는 없나?"

"저도 그렇게 생각했습니다만, 감식반에서 절대 불가능하다고 말하더군요. 후나다 녀석은 만약 사체의 사망시각이 19일 오후로 밝혀진다면 미련 없이 사표를 쓰겠다고 했습니다."

"그래. 그건 그만한 자신이 있다는 얘기겠지. 믿을 수밖에 없군."

"그리고 말이죠. 여자의 사체는 19일 새벽, 그러니까 오전 6시 반쯤에 이미 발견되었습니다."

"뭐라고?"

"피해자 집에서 50미터 정도 떨어진 맨션에 작가 나부랭이가 한 명 살고 있는데, 평소 쌍안경으로 여자의 방을 훔쳐봤던 모양이더군요."

"치한인가. 지금 같은 상황에선 기특한 양반이군."

"그날도 밤을 새우고 동이 틀 무렵에 쌍안경을 들고 나갔다더군요. 그리고 욕실에서 여자가 죽어있는 걸 발견했답니다. 선배 말처럼 여자가 19일 저녁에 사망했을 가능성은 없다고 보시면 됩니다."

"참 희한한 일이로군. 오전 6시 반이라는 시간은 정확한 건가?"

"확실합니다."

"그렇다면 이건 완전히 초자연현상이라고밖에 할 수 없군. 오전 6시 반에 하야부사는 어디를 달리고 있었지?"

요시키는 재차 열차 시간표를 펼쳐 들었다.

"도쿠야마 부근이군요. 열차는 5시 24분에 이와쿠니를 출발해서 6시 57분에 오고오리에 정차합니다. 그리고 두 역 사이에는 정차역이 없고요. 계산해보면 그 무렵 도쿠야마 역 근처를 지나고 있던 게 분명합니다."

"그 시간에 구조 지즈코는 이미 욕조에 몸을 담근 채 죽어있었고, 그 모습을 근처의 치한이 훔쳐봤다……. 아까 내가 말한 가설은 절대 성립할 수 없군."

"그렇게 되는군요."

"……어쩌면 조금 어린애 같은 발상일 수도 있고, 말하는 내 기분도 썩 좋진 않지만……."

나카무라는 잠시 침묵에 잠겼다. 이윽고 입을 연 그는 자신의 말을 하나하나 확인해나가는 식으로 이야기를 시작했다.

"한 여자가 있었다고 치지. 여자는 오래전부터 블루트레인의 1인 침대 객실에 타보고 싶어 했어. 그러나 열차가 출발하기 한 시간 반을 남기고 여자는 누군가에게 살해당하지. 여기까진 분명한 사실이야. 근데 여자의 사체는 얼굴 피부가 벗겨져 있었어. 그리고 죽어있는 여자와 같은 얼굴을 한 여자가 블루트레인에서 목격되지."

나카무라는 다시 입을 다물었다.

"선배, 뭘 말하고 싶으신 거죠?"

"무슨 말이냐고? 자넨 이미 알고 있을걸."

"터무니없어요."

"터무니없나?"

"이대로는 완전 괴기영화예요."

"……요새는 매우 정교한 성형수술이 가능하네."

"설마 성형수술을 통해 여자의 얼굴 피부를 이식했다는 말인 가요? 에이, 말도 안 됩니다."

"그건 모르는 거야. 우리는 의사가 아니니까. 최신 성형기술 을 시험해보고 싶었을지도 모르지."

"아니면 벗겨 낸 피부로 가면이라도 만든 걸까요."

요시키는 자기가 말하고도 실소를 터뜨렸다. 하지만 가슴 한 구석에서 왠지 모를 두근거림이 느껴졌다. 순간 나가오카의 에 세이가 떠올랐다. 에세이 속의 여자 유령은 말했다.

"저는 밤이 좋아요. 부드러운 달빛과 형광등 불빛을 볼 수 있으니까. 태양이 내뿜는 빛은 너무 강렬하답니다."

갑자기 여자의 말이 묘하게 신경 쓰이기 시작했다. 그녀는 단순히 햇빛 아래에 설 수 없는 이유를 말하고자 한 건 아닐 것 이다.

"그렇지만 대체 뭣 때문에 그런 짓을 하죠?"

질문과 동시에 요시키는 무언가 떠오른 듯 급히 후나다에게 전화를 걸었다. 나카무라가 "그건 그래." 하고 중얼대는 소리 가 들렸다.

전화를 받아든 후나다에게 방금 나눈 이야기를 전달했다. 이 야기를 전해 들은 그는 어이가 없는 듯 코웃음을 쳤다.

―나한테 먼저 말한 걸 다행으로 알아.

후나다가 말했다.

—만약 그 얘기를 주임이나 경찰병원 사람한테 한다면, 자네에게 당분간 어디 공기 좋은 곳으로 휴양을 권할걸?

"얼굴 피부를 이식하는 건 불가능하다는 소리군."

—당연하지. 그런 얘긴 들어본 적도 없어.

요시키는 수긍하며 전화를 끊었다.

"불가능하다고 하나?"

"한 번 더 물으면 절교라도 할 기세였습니다."

"뭐, 상식적으로 생각해도 그렇긴 하지. 그럼 이제 남은 가설은 하나군. 두 여자가 처음부터 다른 사람이라는 것. 즉, 판에 박은 듯 닮은 타인이라는 거지. 이렇게 생각하는 수밖에 없지 않나?"

"흐음, 근데 말이죠. 만약 쌍둥이라고 하더라도 그 정도로 닮는 건 불가능하지 않나요? 완전히 똑같이 생겼는데요."

요시키는 서랍을 열어 구조 지즈코의 다른 사진들을 꺼냈다. 그곳에는 고이데에게 받아온 밀착 인화지도 있었다.

"그렇게 생각하면 앞이 더욱 캄캄해질 뿐이야."

"지금도 충분히 아무것도 안 보입니다."

"생각을 바꿔보게. 단정해버리면 더는 아무것도 볼 수 없어. 내가 한 말을 가능한 이야기라고 생각해보는 거야. 어쨌든 있을 법한 이야기 아닌가?"

"네, 그렇긴 합니다."

"자네는 지금 이 수수께끼를 풀어야만 하는 거야. 어떤 뚱딴지같은 가설이라도 그냥 넘기면 안 되지. 어쩌면 거기서 사건을 해결할 수 있거나 적어도 도움이 되는 실마리를 찾을 수 있을지도 모르니까. 나는 지금 똑같은 얼굴의 여자가 둘이 있다는 가설을 든 거야. 현재로선 이렇게 생각할 수밖에 없지 않은가?"

"으음, 그건 그렇지만……."

"뭐가 그렇게 마음에 걸리지?"

"흐음, 쌍둥이라도 이만큼이나 닮을 수 있느냐는 거죠. 아무리 쌍둥이라도……."

"그게 맘에 안 든다면 이건 어떨까?"

"또 있습니까?"

"아아, 이것도 말하기 좀 그렇긴 한데……. 이 기묘한 사건을 성립하게 하는 또 하나의 가설이 있지."

"꼭 듣고 싶어지는군요."

"그러니까 말이지. 지금껏 만난 이들이 모두 짜 맞춰서 거짓말을 한 거야. 한패라는 거지. 에세이를 쓴 나가오카, 사진작가 고이데 부부……. 그래, 생각해보면 이뿐이지 않은가? 이 정도라면 충분히 뒤에서 입을 맞췄을 가능성도 생각해볼 만해. 《카메라A》의 편집자라고 해봐야 열차 출발일이 17일인지 18일인지 확인했을 리도 없으니, 고이데가 사진에 첨부한 소개문 그대로 잡지에 실었을 테지.

즉, 여자가 탄 하야부사는 17일 것이 아닐까? 나가오카와 고이데는 17일에 출발한 하야부사에서 그녀와 만나 사진을 찍고 밥도 먹었지만 나중에 그걸 18일이라 증언한 거지. 아니, 어쩌면 열차가 하야부사가 아닐 수도 있어. 침대 객차가 달린 블루트레인은 하야부사말고도 있으니까. 이 가설은 어떻게 생각하나?"

"음, 그건 불가능합니다."

"왜지?"

"승무원의 증언이 있었거든요. 저도 그런 생각이 들어 18일 오후 4시 45분에 출발한 하야부사의 객실 승무원을 직접 만나 확인했습니다."

"구조 지즈코를 기억하던가?"

"네, 기억하고 있었습니다. 어쨌든 눈에 띌 만한 외모의 소유자니까요. 심지어 복장까지 기억하고 있더군요. 회색 코트에 회색 정장 바지, 그리고 짙은, 아니, 거의 검정에 가까운 회색의 성긴 스웨터⋯⋯. 마치 패션지에 실린 모델이 걸어나온 인상을⋯⋯."

"뭔가 떠올랐나?"

"아니, 갑자기 맘에 걸리는 게 있어서요. 뭐랄까, 그다지 중요한 건 아니지만⋯⋯."

"말해보게."

"음, 일단 나중에 말씀드리겠습니다. 어쨌든 여자가 19일에 구마모토에서 내린 것까지 기억하는 듯했습니다. 헌데 좀 이상한 느낌이 들었다더군요."

"뭐지?"

"여자가 가지고 있던 티켓의 도착지에는 종점인 니시가고시마가 적혀있었다는 거죠. 그러니까 여자는 도중에 내린 셈이죠."

"승무원이 그런 것까지 기억하고 있나?"

"네, 뭐, 1인 침대 객실 손님들은 귀빈이라고 해도 과언이 아니니까요. 게다가 여자가 미인이기도 했고."

"그렇군."

"그리고 17일에 구조 지즈코는 자신이 일하던 술집인 긴바샤에 출근했었습니다. 가게에 직접 가서 증언을 확보했지요. 전날인 16일에도 출근했다더군요."

"흠, 그래. 그럼 이 가설은 성립하지 않는군. 역시 같은 얼굴의 두 여자가 있다고 생각할 수밖에 없나. 근데 아까 말하려던 건 뭐지?"

"음, 그게 말이죠. 아까 제가 말했던 여자의 복장 말인데, 하야부사 승무원뿐 아니라 나가오카와 고이데도 그렇게 증언했고, 심지어 사진에도 그 복장은 찍혀있습니다. 여자가 살해당한 맨션에서도 같은 옷이 발견됐어요. 회색 코트, 회색 정장 바지 그리고 속옷. 근데 단 하나, 스웨터는 분홍색이었습니다."

"분홍색?"

"그렇습니다. 회색 스웨터는 없었어요. 근데 분홍색 스웨터를 입고 있다가 욕실에 들어가기 전에 벗고 욕실에서 나온 다음에는 회색 스웨터로 갈아입었는지도 모르죠. 응? 잠깐, 갑자기 헷갈리는군요. 그럼 혹시 그때가 열차를 타기 전이었을지도……?"

"흠, 아직 사건의 시간 배열이 확실치 않으니 헷갈리는 것도 어쩔 수 없지. 그나저나 회색 코트, 회색 정장 바지에 분홍색 스웨터는 좀 이상하지 않나?"

"이상한…… 것 같긴 하군요. 잘은 모르겠지만 말이죠."

"일단 그건 나중에 천천히 생각해보지. 우선 얼굴이 똑같은 두 여자가 있다는 가설에 초점을 맞추는 거야. 지금 당장 확인해보고 싶어지는걸. 자넨 어떤가?"

"저도 그렇습니다."

"가장 먼저 확인해야 할 건 구조 지즈코라는 여자의 쌍둥이가 존재하느냐는 점이야. 제발 있었으면 좋겠군."

"확실히 집안 사정이 좀 복잡한 것 같긴 하더군요. 의외로 있을 법한 이야기인 것 같습니다."

"한 번 가볼 텐가? 여행이라도 할 겸."

"그래야겠군요."

"여자의 고향이 정확히 어디지?"

"에치고의 이마카와라는 곳입니다."

둘은 자리에서 일어나 한쪽 벽에 붙은 지도 쪽으로 향했다.

그러나 이마카와라는 지명은 지도에 실려있지 않았다.

　책상으로 돌아온 요시키는 열차 시간표를 집어 들고 지도가 그려진 페이지를 펼쳤다.

　"이거 놀랍군. 작년에 내가 여행했던 곳 부근이잖아."

　나카무라가 지도 위를 가리키며 말했다.

　"여기 바로 옆에 있는 에치고칸가와라는 곳에 다녀왔지. 아무것도 없는 황량한 곳이더군. 그야말로 살풍경이었어."

　나카무라는 머릿속으로 그때를 떠올리는 듯 보였다.

제3장 또 한 명의 지즈코를 찾아

1

　요시키는 조에쓰 신칸센을 타고 니가타에서 내려 무라카미 행 특급열차로 갈아타기 위해 육교를 건넜다. 바닥은 거무스름하게 젖어있었다. 스쳐 지나가는 사람들의 형형색색 옷으로 젖은 부분이 반짝거렸다.

　눈이 온 것일까. 요시키는 육교를 지나다 말고 밖을 내다보았다. 지붕 위에 눈 쌓인 열차가 멈춰서 있었지만 눈발은 날리지 않았다. 이슬비였다. 이슬비가 니가타의 거리를 부옇게 흐리고 있었다.

　역 앞에서 간단하게나마 끼니를 때우려 했지만 이미 열차 출발 시각이 가까워져 오고 있었다. 요시키는 승강장에 있는 매점에서 커다란 조릿대 잎사귀에 둘러싸인 스시 도시락을 샀다. 열차가 출발하자 요시키는 시끌벅적한 중년 여성 무리 옆에 앉아 허겁지겁 도시락을 먹었다.

요시키는 스스로 여행을 좋아하는 사람이라고 생각했다. 그러나 최근에는 좀처럼 기회가 없었다. 특히 형사가 되고 나서 열차 여행을 떠난 횟수는 손가락으로 꼽을 정도였다.

여행을 떠날 때마다, 아니, 여행 생각이 머리를 스쳐 지날 때마다 요시키는 고향을 떠올렸다. 한 번쯤은 가볼 때도 되었다고 느꼈지만 늘 생각뿐이었다. 언제나 생각만하다 끝나 어느덧 10년 가까이 고향을 찾지 못했다.

요시키의 고향은 세토 내해를 옆에 낀 오노미치라는 항구 마을이었다. 작은 시골 마을인 오노미치는 역에서 나와 1, 2분만 걸어도 눈앞으로 바다가 펼쳐지는 곳이었다. 요시키는 고등학교를 졸업할 때까지 오노미치에서 살았다.

하지만 정작 요시키가 태어난 곳은 오카야마 현에 있는 구라시키라는 곳이었다. 요시키 가족은 요시키가 초등학교를 마치고 중학교에 입학하자마자 오노미치로 이사했다.

그 후 중학교까지 오노미치에서 다녔지만 고등학교는 또 달랐다. 어머니의 바람에 따라 요시키는 인접도시인 후쿠야마에 있는 고등학교에 입학했고, 등하교는 늘 전철을 이용했다.

생각해보면 요시키의 젊은 시절은 늘 여행 일색이었다. 굳이 따지자면 여행이라고까지는 할 수 없지만 줄곧 열차를 타고 다닌 기억으로 가득했다.

요시키는 오노미치로 이사 오고 난 후에도 늘 구라시키에서 보냈던 어린 시절을 그리워했다. 이따금 학교 서클 활동이 없는 날이면 반대편 플랫폼에서 오카야마 행 전철을 타고 구라시키로 가서 수로 부근을 걷거나 오하라 미술관 앞을 서성거리기도 했다.

미술관 옆으로 마주 보이는 언덕길에는 창밖으로 나무로 된 격자가 있는 일본식 찻집이 있었다. 당시에는 고등학생 신분으로 출입이 금지된 곳이었지만, 요시키는 가게 여주인과 어렸을 적부터 아는 사이인 덕분에 가끔 창가에 자리를 잡고 앉아 격자 너머로 보이는 수로의 돌담이나 물 위로 비치는 버드나무 잎사귀가 바람에 살랑거리는 모습을 바라보곤 했다.

그 시절 요시키는 이런 시간이 좋았다. 한 번 자리에 앉으면 언제까지나 그렇게 바깥 풍경을 바라보거나 책을 읽었던 탓에 손님이 많은 시간대를 피해서 가는 것은 필수였다. 가게 앞을 지나다가 자기 자리에 다른 사람이 앉아있거나 가게가 손님들로 붐비면 요시키는 하릴없이 수로 주변을 어슬렁대다가 오노미치로 돌아오곤 했다.

돌이켜보면 신기할 정도로 요시키의 고교 시절 일상은 늘 그것의 반복이었다. 가끔 턱을 괸 채 그때의 추억을 떠올리면, 돌담 위 버드나무가 내뿜는 선명한 녹음과 그 아래를 지나는 사람들의 셔츠가 유난히도 새하얬던 여름, 그리고 산발한 머리카

락처럼 힘없이 늘어진 버드나무 이파리가 매서운 바람에 나풀거리던 겨울 풍경이 금세 떠올랐다. 조금 과장을 섞어 말하자면 요시키의 학창시절은 찻집 창가에 앉아 구라시키의 사계를 관찰했던 것이 전부였다.

가끔 자신도 의아할 정도로 그 시절의 요시키는 고독한 아이였다. 물론 지금은 친구도 많고 매사에 소극적이거나 사람과 쉽게 어울리지 못하는 타입은 아니다. 오히려 타인과 친해지는 것만큼은 자신이 있고, 이는 그때도 비슷했다. 어린 시절 자신이 특별히 내향적이었다는 생각은 들지 않았다. 그러나 어째서인지 요시키는 늘 외톨이었다.

그렇게나 정문 앞을 어슬렁거렸는데도 정작 오하라 미술관에 들어가 본 적은 단 한 번뿐이었다. 그것도 구라시키에 살았던 어린 시절의 희미한 기억이었다. 언제든지 갈 수 있는 곳이라고 생각했던 탓인지, 고등학생 때는 딱히 들어가고 싶은 생각이 들지 않았다. 그리고 그것이 마지막이었다.

오노미치에서도 비슷한 기억이 있다. 오노미치 역 뒷산 정상에는 센코우지라는 절이 있었고 구불구불 올라가는 길목에는 곳곳에 문학비가 세워진 '문학의 소경小徑'이라는 이름의 오솔길이 나 있었다.

어째서 그런 이름이 붙었는가 하면, 오노미치는 소설가인 시가 나오야志賀直哉의 《암야행로暗夜行路》가 탄생한 곳이기 때문이다. 시가 나오야는 오노미치의 뒷산 중턱에 있는 가택에서 체류하며 대표작 《암야행로》를 완성해 세상에 내놓았다.

요시키는 종종 아버지와 둘이서 문학의 소경을 걸어 산 정상에 오르곤 했다. 정상의 전망대에서 내려다보면 발밑으로는 바다가 있었고, 맞은편으로 무카이시마라는 큰 섬이 보였다. 산 정상과 섬 사이로 펼쳐진 바다는 마치 하천 마냥 폭이 좁았다. 그리고 섬에는 조선소의 뱃도랑과 함께 커다란 배가 한두 척씩 보이기도 했다.

그럴 때마다 아버지는 정박된 배를 가리키며 《암야행로》에도 조선소에서 망치 두들기는 소리가 들려왔다는 대목이 있다고 요시키에게 가르쳤다. 그리고 그 기억은 요시키의 머릿속에 오롯이 자리 잡았다. 이후 대학에 들어가서도 요시키는 몇 번이고 《암야행로》를 읽어보려고 시도했지만 결국 실패에 그쳤다. 형사가 된 지금은 더욱 장편소설을 읽을 만한 여유가 생기지 않았다. 열차의 좌석 팔걸이 위로 턱을 괸 채 히터에서 나오는 따뜻한 온기를 맞으며, 요시키는 문득 책을 가져왔다면 좋았을 거라는 생각을 했다.

무라카미에서 내려 완행열차로 갈아타고 십 분 정도 지나자 좌측 창문으로 우중충한 빛깔의 니혼카이日本海, 우리나라의 동해-옮긴이가 모습을 드러냈다. 드넓게 펼쳐진 회색의 바다 저편으로 안개나 구름으로는 보이지 않는 뿌연 연무煙霧가 짙게 깔려 수평선을 삼키고 있었다.

니가타에 다다르자 그때까지 내리던 이슬비가 어느새 눈으로 바뀌었다. 음울한 바다 너머의 대륙으로부터 매서운 바람을 타고 온 눈발이 요시키의 눈앞에 있는 차창을 두드렸다.

요시키는 손수건을 꺼내 부채꼴 모양으로 창문의 성에를 닦아내고 얼굴을 가까이 댔다. 광활한 잿빛 바다 위쪽으로 시선을 향하면 향할수록 눈발은 더욱 거칠게 몰아치고 있었다.

열차 내부에는 승객이 거의 없었다. 어느덧 열차가 이마카와에 가까워져서 요시키는 자리에서 일어나 선반 위의 가방을 내렸다. 현지인인 듯한 젊은 여자 승객 한 명이 요시키의 모습을 물끄러미 쳐다보았다.

요시키는 출입문 쪽 통로에 몸을 기댄 채 열차가 정차하기를 기다렸다. 눈 쌓인 낡은 지붕이 띄엄띄엄 보이며 역이 가까워져 온 것을 알렸다. 그리고 요시키는 당혹감을 느꼈다. 열차가 이마카와 역을 그냥 지나쳐버린 것이다. 요시키의 눈앞으로 인기척 하나 없는 플랫폼과 이마카와라고 적힌 간판이 스쳐 지나가더니 점차 멀리 사라져갔다. 그러고는 다시 황량한 겨울 바다가 펼쳐졌다. 놀란 요시키는 승무원을 불러 열차가 완행열차가 맞는지 확인했다.

열차가 모든 역에서 정차하는 완행열차임은 틀림없었다. 그러나 승무원은 열차가 겨울철에는 이마카와 역에 정차하지 않고 여름철에만 해수욕장을 찾는 손님들 때문에 한시적으로 정차한다고 했다. 그 정도로 이마카와는 작은 역이었다.

지금부터 찾아갈 구조 지즈코의 집은 이마카와 역에서 내린다고 해도 다음 역인 에치고칸가와 역과의 중간 지점에 있다는 이야기였다. 거리상 이마카와 역과 가까울 수도 있지만, 에치고칸가와 역에 내린다고 해도 갈 수 있을 것 같았다. 승무원은 에치고칸가와 역에서는 확실히 열차가 정차한다고 했다.

나카무라는 열차가 여름철에만 이마카와에 정차한다는 사실을 모르고 있었다. 그는 비록 작년에 이 부근을 여행한 덕에 시간대가 괜찮은 열차편을 요시키에게 알려주었지만, 정작 열차가 이마카와 역에서 서지 않는다는 중요한 사실은 알려주지 않았다.

더불어 나카무라는 주변의 교통편이 매우 열악한 편이라고 했다. 그것만큼은 정확한 사실로 보였다. 낮 시간대에 이곳에 도착하는 열차편은 하루에 겨우 두세 편이 전부였다. 그것도 대다수가 바다를 낀 조그마한 역 따위에는 정차할 리 없는 급행열차나 특급열차였다. 심지어 이마카와는 완행열차조차 서지 않을 만큼 작은 역이었다.

에치고칸가와 역에서 내렸다. 함께 내리는 승객은 없었다. 차가운 기운이 가득한 플랫폼 한구석으로 분설이 작은 원을 그리며 소용돌이를 만들고 있었다. 파도소리도 들려왔다.

나카무라가 말한 대로 역 앞은 휑하니 아무것도 없었다. 찻집, 술집은커녕 여관이나 민가조차 보이지 않았다. 택시의 모습도 눈에 띄지 않았다. 정면으로 50미터쯤 떨어진 산등성이 위로 민박이라는 글씨가 작게 적힌 건물 한 채가 덩그러니 있었지만 안쪽으로 사람의 모습은 보이지 않았다. 요시키는 일단 선로를 옆에 끼고 이마카와를 향해 발걸음을 재촉했다.

스쳐 지나가는 사람은 없었다. 조금 걷다 보니 길 왼편으로는 산이 모습을 드러냈고, 오른편으로는 바다가 펼쳐졌다. 그 사이로 열차가 다니는 선로와 국도로 보이는 도로 하나가 끼어 있는 형국이었다.

요시키는 무심결에 고개를 들어 하늘을 보았다. 주위가 어두컴컴했다. 잿빛 구름이 천장처럼 낮게 깔려있었다. 마치 저녁 무렵처럼 보였다. 손목시계를 확인했지만 겨우 오후 2시를 막 지났을 뿐이었다. 시계의 눈금판 위로 눈송이가 하나둘 떨어졌다.

택시가 보이는 대로 멈춰 세울 생각이었지만 그럴 낌새는 전혀 보이지 않았다. 매서운 추위로 두 뺨의 감각이 사라질 무렵이 되어서야 전방으로 파출소의 간판이 보였다. 나카무라는 작년 이곳을 여행했을 때 관할 파출소의 순경에게 많은 도움을 받았다며 소개장을 한 장 써주었다. 순경의 이름은 와타나베였다. 요시키는 파출소 앞으로 가서 미닫이문을 열었다.

안으로 들어선 요시키는 우선 코트에 쌓인 눈을 털어내며 사람이 있는지 불러보았다. 그러나 인기척은 느껴지지 않았다. 상체를 숙이자 안쪽으로 다다미가 깔린 방이 보였다. 방 한구석에 놓인 화로 위 주전자의 김을 내뿜는 소리가 아스라이 들려왔다. 밖에서 부는 눈보라 소리는 이미 잠잠해져 있었다.

여러 번 불러봐도 돌아오는 대답은 없었다. 요시키는 옆에 놓인 의자에 앉아 바람에 흔들리는 창문을 바라보며 가만히 기다렸다.

이윽고 제복을 입은 순경 한 명이 파출소 안으로 들어왔다. 40대 정도로 보이는 몸집이 작은 남자였다. 요시키는 이름과 신분을 밝히고, 나카무라에게 받아온 소개장을 보이며, 이마카와까지 가려했지만 열차가 역을 그냥 지나쳐버린 것도 모자라 택시조차 없어서 현재 매우 곤란한 상황이라고 했다. 그러자 그는 원래 이 부근에는 택시가 서지 않는다며 자신의 지프를 빌려주겠노라고 친절하게 말했다.

바쁘게 움직이는 와이퍼 너머로 무수한 눈발이 지프의 앞창을 향해 맹렬히 달려들었다. 차량의 시속이 40킬로도 채 되지 않은 상황이었다.

얼마간은 바다와 눈 덮인 산 이외에는 아무것도 보이지 않았다. 구불구불한 국도를 달려 터널을 몇 개쯤 빠져나와서야 비로소 좌우로 민가가 모습을 드러냈다. 지프는 미끄러지듯 마을 중앙을 지나쳤다.

인적이 없는 마을의 집들은 문이 굳게 닫혀있었다. 집 사이사이로 대나무로 짠 허술한 울타리가 있었고, 울타리가 없는 부분으로는 바다가 보였다.

창밖으로 마을이 보인 것은 겨우 1분 남짓이었다. 금세 다시 바다와 산이 좌우에 있는 단조로운 풍경이 펼쳐졌다. 요시키는 뒤를 돌아보았다. 마을 옆으로 펼쳐진 바다에는 육지로 인양된 채 눈을 뒤집어쓴 어선들이 삐걱대고 있었다.

"이 부근은 대부분 어촌이지요."

와타나베의 말에 사투리가 느껴졌다.

"요새는 추워서 바다로 못 나가고 있습니다."

요시키는 가볍게 고개를 끄덕였다.

이마카와 파출소에 도착한 요시키는 이미 몇 차례의 전화통화로 목소리를 익힌 후쿠마 순경을 만났다. 전화상으로는 40대 정도를 예상했지만 실제로 만나보니 생각보다 젊은 남자였다.

파출소에서 구조 지즈코의 본가까지는 걸어서도 갈 수 있는 거리였다. 그리고 파출소에도 차량이 있었기 때문에 요시키는 감사를 표하고 와타나베를 돌려보냈다.

집으로 향하는 길은 그다지 어렵지 않아 보였다. 후쿠마는 왔던 길을 다시 조금 돌아가면 금세 집이 보일 거라고 설명했다. 아무래도 아까 지나쳐온 마을 안에 있는 듯했다.

후쿠마가 자신도 따라가서 안내하겠다고 했지만, 요시키는 잠시 생각하고 나서 거절했다. 구조 지즈코의 가족에게 같은 지역의 사람에게는 말하고 싶지 않은 사정이 있을지도 몰랐다.

요시키는 코트의 깃을 빳빳이 세우고는 결심을 굳히고 다시 눈이 춤추는 밖으로 나섰다.

2

후쿠마의 말대로 구조 지즈코의 본가는 찾기 쉬운 곳에 있었다. 집은 예상보다 면적이 넓은 이층 건물로, 일렬로 늘어선 민가의 중앙쯤에 자리 잡고 있었다. 겉으로 풍기는 분위기로는 마을에서 꽤 영향력이 있는 집으로 보였다. 찬찬히 둘러보니 마을에 이층집은 두세 채에 불과했다. 당당하게 솟은 구조 지즈코의 본가 양쪽으로 지붕에 돌을 얹은 허술한 집들이 몸을 기댄 것처럼 세워져 있는 모습이었다.

요시키는 현관문에 들어서려다 멈칫했다. 자물쇠가 채워져 유리문이 열리지 않았다. 이름을 불러가며 몇 차례 문을 두드렸다. 유리에서 달칵대는 소리가 났지만 파도와 바람 소리에 금세 묻혀버렸다. 안쪽에서는 들리지 않는 것이 분명했다.

요시키는 부엌 쪽으로 발걸음을 옮겼다. 뿌연 유리문 너머로 왜소한 체구의 여자가 식사를 준비하는 모습이 보였다. 문에는 넘실대는 바다가 반사되고 있었다.

요시키는 똑똑 두드리고 나서 유리문을 열었다. 여자가 놀란 듯 이쪽을 봤다. 여자의 양 볼과 이마에는 붉은 기가 돌았다. 여자는 눈이 가늘고 나이는 50대 즈음으로 보였다.

수첩을 꺼내 자신이 도쿄에서 온 형사임을 알렸다. 분설이 요시키의 몸을 지나 부엌의 화덕 쪽으로 향했다. 요시키는 안쪽으로 들어가 살짝 문을 닫았다.

여자는 자신은 잘 모르는 일이니 남편을 부르겠다며 요시키에게 현관 쪽에서 기다려달라고 했다. 그녀의 말은 매우 빠르면서도 사투리가 심하게 섞여 있었다.

요시키는 현관의 유리문에 몸을 기댄 채 기다렸다. 여자가 앞치마에 손을 닦으며 부랴부랴 부엌을 나오는 모습이 보였다. 그러고는 슬리퍼로 갈아신고 요시키 옆으로 다가와 자물쇠를 열었다.

마당으로 들어선 요시키가 손을 뒤로 뻗어 문을 닫자 안쪽에서 남편으로 보이는 노인이 모습을 드러냈다. 노인의 나이는 60대 정도로 보였다. 양쪽 끝이 벗겨진 머리는 가운데 부분 또한 숱이 적었다. 양 볼이 붉은 것이 시골노인 같은 느낌도 들었지만, 그는 오똑하게 솟은 매부리코와 깊게 팬 눈꺼풀의 부리부리한 눈을 지닌, 실로 뚜렷한 이목구비의 소유자였다. 요시키는 역시 구조 지즈코와 닮았다고 생각했다. 노인이 다다미 위에 앉자 요시키도 안으로 들어섰다. 여자가 종종걸음으로 방석을 내어왔다.

"내가 말할 수 있는 건 아무것도 없네."

노인은 먼저 기선을 제압하려는 듯 갑자기 말했다. 이상할 만큼 딱딱한 말투였다. 노인은 딸의 유체를 거둬가기를 거부한 것도 모자라, 딸의 사망원인을 밝혀내기 위해 도쿄에서 먼 길을 찾아온 형사에게 갑자기 이렇게 말했다.

"이미 집을 나간 따님이라 그렇습니까?"

요시키가 물었다.

"그런 셈이지."

노인은 지체하지 않고 대답했다.

"이미 우리랑은 관계없는 아이일세."

"그래도 같은 피가 흐르고 있지 않습니까? 따님의 사망 소식이 비통하지 않으신지요?"

노인은 굳게 입을 다물었다. 그러고는 얼마 후 "그다지 슬픈 건 없네." 하고 신음하듯 말을 이었다.

"……그 아이는 그렇게 될 운명이라고 생각했지."

"음, 뭔가 사정이 있었던 것처럼 들리는군요. 말씀해주실 수 있습니까?"

요시키가 말했다.

"사정이라고 해봐야 별거 없네. 다만……."

노인은 그렇게 말하며 부엌 쪽을 가리켰다. 부엌에서는 차를 준비하는 소리가 들렸다.

"실은 나한테는 전처가 있었지. 지즈코는 그 사이에서 얻은 자식이고. 그런데 전처와 갈라섰을 때 지즈코는 아비인 나에게 저주에 가까운 악담을 퍼붓고 집을 나갔어. 그 말은 아직도 가슴에 비수처럼 꽂혀있네."

"얼마나 된 이야깁니까?"

"벌써 14, 5년쯤 된 거 같군."

"14, 5년이라면, 쇼와 45년1970년입니까?"

"그렇네. 45년인지 44년인지는 확실치 않지만."

쇼와 44, 5년이라면 구조 지즈코가 열아홉 아니면 스무 살 때라는 것이다.

"전 부인과 갈라서신 이유는 뭡니까?"

노인은 고개를 옆으로 돌리더니 잠시 아무 말도 하지 않았다.

"별다른 이유는 아닐세. 이제 와서 별로 말하고 싶지 않군."

"자신을 낳아준 어머니와 갈라선 바람에 지즈코 씨도 상심했겠군요."

"그랬겠지. 근데 나도 좋아서 그런 건 아닐세. 게다가 금이야 옥이야 키워준 아비한테 어디 그런……."

"어떤 말을 들으신 겁니까?"

"음, 아니야. 이제 잊었어."

말이 이어지기를 기다렸지만 노인은 입을 열 기세를 보이지 않았다.

"전 부인은 따님과 함께 집을 나갔습니까?"

"그렇지. 아니, 정확히 말하면, 전처가 조금 일찍 나갔네."

"두 사람은 이후에 함께 살았나요?"

"그런 건 모르는 일일세."

"전 부인은 지금 어디서 무얼 하시죠?"

"알 턱이 있나."

"이 지역은 떠난 건가요?"

"그야 그렇겠지."

"혹시 도쿄로 가신 건 아닙니까?"

"모르겠네."

"성함이 어떻게 되죠?"

"단조, 단조 요시에."

"고향은 어딥니까?"

"홋카이도에서 온 거까진 아는데, 자세히는 모르네."

요시키가 메모를 써내려가던 손을 멈췄지만 노인은 더는 말을 잇지 않았다. 창밖으로 윙윙대는 눈바람 소리가 들려왔다.

"혹시 홋카이도로 돌아간 건 아닐까요?"

"그럴지도 모르지."

"아직 살아 계십니까?"

"나한테 물어봤자 모르는 일일세."

요시키는 고개를 들어 노인의 얼굴을 정면으로 바라보았다.

"수사에 좀 협력해 주시지요. 아니면 근처 집들을 하나하나 돌아다니면서 물어보길 원하십니까?"

노인은 휙 하고 고개를 돌렸다. 요시키의 말에 한풀 기세가 꺾인 듯 보였다.

"하지만 정말로 모르는 일이야."

노인은 낮은 목소리로 내뱉었다.

"따님은 단순히 돌아가신 게 아니라 살해당했습니다. 아무리 내놓은 자식이라고 해도 범인은 잡아야 하지 않겠습니까?"

요시키의 말에 노인은 눈을 밑으로 깔았다.

"……그야 물론 나도 잡고 싶네. 살해당했다는 것도 불쌍하고. 그 아인 아마 편히 잠들 수 없을 거야. 준코 문제도 있으니."

순간적으로 자극을 느낀 요시키는 무심코 노인에게 날카로운 시선을 보냈다. 준코? 역시 구조 지즈코에게 여동생이 있었다는 말인가.

"준코라는 분은 누구죠? 여동생입니까?"

"맞네."

"지금 이곳에 계십니까?"

"아니, 대학에 입학하면서 도회지로 나갔어."

"어디로 갔죠?"

"도쿄."

요시키의 가슴이 두근거렸다. 구조 지즈코의 여동생이 도쿄에 있다! 혹시 그녀가 구조 지즈코의 쌍둥이 여동생은 아닐까?!

"그 준코란 분은 언니인 지즈코 씨와 얼굴과 체형이 많이 닮았습니까?"

부인이 차를 내어왔지만 요시키의 눈에는 들어오지 않았다.

"완전히 똑같지는 않더라도 두 자매의 모습이 쌍둥이처럼 닮은 건 아닙니까?"

요시키가 집요하게 묻자 노인은 부인의 얼굴을 흘깃 보더니 대답했다.

"아닐세."

노인이 말했다.

"우선 두 아이는 나이 차가 많이 나지. 그리고 어렸을 때부터 닮았다는 소린 들어본 적이 없어."

부인도 옆에서 고개를 끄덕였다.

"남남이라고 할 정도로 전혀 다르게 생겼네. 뭐, 최근 몇 년간 지즈코를 본적이 없어서 뭐라 말은 못하겠네만."

"혹시 준코 씨의 사진을 가지고 계십니까?"

요시키는 지푸라기라도 잡는 심정으로 물었다. 노인이 부인에게 눈짓을 보내자 부인은 고개를 끄덕이더니 자리에서 일어섰다.

"형제는 총 몇 명이죠?"

부인의 모습이 안으로 사라지자 요시키가 물었다.

"지즈코까지 포함해서?"

노인이 되묻자 요시키는 답답한 듯 고개를 끄덕였다.

"세 명일세. 지즈코가 맏언니고, 다음이 준코. 그 밑으로 남동생인 사다오가 있지."

"세 사람은 생년월일이 어떻게 됩니까?"

"그러니까 지즈코가……."

"쇼와 25년1950년 맞나요?"

"그래, 맞네. 준코가 쇼와 38년이고 사다오는 쇼와 46년에 태어났지."

요시키는 빠르게 손을 움직여가며 받아적었다.

"세 명 모두 나이 차가 꽤 있군요."

노인은 아무 대답도 하지 않았다.

쇼와 38년생인 준코는 올해 스물하나로, 서른셋인 지즈코와는 나이 차가 많이 났다. 지즈코의 대역을 하기에는 어려울 것 같다는 생각이 스쳐 지나갔다.

"준코 씨는 현재 도쿄 어디에 살고 있습니까?"

"시부야에 있는 K여자대학에 입학했지. 도큐도요코 선인가 뭔가를 타고 다닌다고 들었는데……."

부인이 준코의 사진을 들고 방으로 돌아왔다. 요시키는 사진을 하나하나 뜯어보며 유심히 관찰했다. 실망감이 밀려들었다. 사진 속 여자는 구조 지즈코와는 도저히 닮았다고 할 수 없는 얼굴이었다.

요시키는 무심코 사진을 바닥에 내려둔 채 생각에 잠겼다. 노부부도 입을 다물자 방 안에 미묘한 공기가 흘렀다.

"지즈코 씨와 준코 씨는 물론 한 핏줄이겠지요?"

노인은 한참 동안 입을 열지 않았다. 대답하기 곤란한 질문이라도 받은 눈치였다.

"실은, 준코는 이 사람이 낳은 아일세."

노인이 옆에 앉은 부인을 가리켰다.

"배다른 자매라는 말이군요."

요시키는 마치 예상했다는 듯이 중얼거렸다.

하지만 그렇다고 해도 뭔가 이상했다. 노인은 구조 지즈코가 상심해서 집을 나간 것이 쇼와 44, 45년 무렵이라고 했다. 그러나 이미 그보다 6, 7년 전인 쇼와 38년에 노인은 후처와의 사이에서 준코를 얻었다. 요시키는 자세한 내막을 알고 싶은 기분이 들었다.

그렇지만 지금은 구조 지즈코의 정보를 최대한 확보해두는 것이 중요했다. 여동생의 존재는 예상 밖의 일이었고, 이는 도쿄로 돌아가서 조사해도 충분할 것 같다는 느낌이었다.

한 가지만은 확실했다. 준코는 지즈코의 대역이라고 할 수 없었다. 사진 속 두 사람은 전혀 다른 외모를 지니고 있었다.

"형제는 셋이 전붑니까?"

부부는 동시에 고개를 끄덕였다.

"자매는 둘 뿐이고요?"

두 사람은 재차 수긍했다.

"제가 이상한 질문을 한다고 여길지도 모르겠지만……."

요시키는 천장 쪽으로 눈을 향하더니 이내 말을 이었다.

"하지만 굉장히 중요한 사안입니다. 혹시 지즈코 씨에게 쌍둥이 형제가 있었던 건 아닙니까?"

노인은 흠칫 놀라며 요시키를 바라보았다. 잠시 침묵이 흐른 뒤 노인이 입을 열었다.

"맞네. 실은 그 아이는 쌍둥이 중 한 명이었어."

요시키는 온몸의 피가 역류하는 느낌이 들었다.

"뭐라고요? 역시 쌍둥이였던 겁니까?!"

"그래, 하지만 말이지. 다른 하나는 태어나자마자 죽었어."

요시키는 순간 말문이 막혔다. 머릿속이 하얘지는 느낌이었다. 희미하게나마 보였던 희망을 누군가가 가로채 간 기분이 들었다. 그런 기분은 얼마간 지속되어 쉽게 말이 나오지 않았다.

"확실한 겁니까?"

"뭐가 말이지?"

"쌍둥이 중 하나가 태어나자마자 죽었다는 이야기 말입니다."

"그야 물론일세. 장례식도 치렀어. 내가 직접 화장터의 화로 속으로 관을 넣었지."

"그때 관 속은 확인해 보셨습니까?"

"당연한 소리를 하는군."

"혹시 사망진단서를 써준 의사를 기억하고 계십니까?"

"물론 기억하고 있네. 무라카미에 있는 무라카미 병원의 히구치라는 성을 가진 의사였지. 가끔 마을에 왕진을 오기도 했네."

"이름은 어떻게 되죠?"

"그게, 가즈오였던 걸로 기억하네. 히구치 가즈오."

"지금도 무라카미 병원에 계실까요?"

"아니, 이미 돌아가셨다고 들었네."

"가족분들은?"

"아마 찾기 어려울 거야. 부인이랑은 일찍 사별했고 아들이 하나 있는데 구제불능의 난봉꾼이거든."

노인은 살짝 밉살맞은 말투로 말했다.

"아드님을 무라카미에 가면 만날 수 있을까요?"

"아니, 지금은 무라카미에 살지 않는 걸로 알아. 행방이 묘연한 상태지."

"어쨌든 지즈코 씨의 쌍둥이 형제가 일찍 죽었다는 건 확실한 사실이겠군요. 어딘가에 살아있을 가능성은 없습니까?"

노인은 묘한 얼굴로 고개를 저었다.

"죽은 아이를 내 손으로 직접 보냈다니까. 살아있을 리가 있나."

노인은 자꾸 이상한 걸 묻는다는 눈치였다. 요시키는 온몸에서 힘이 빠져나가는 것을 느꼈다.

요시키는 어느 순간부터 쌍둥이의 존재에 집착하고 있는 것을 깨달았다. 자신도 모르는 사이에 나카무라의 영향을 받은 것 같았다. 요시키는 바로 어젯밤까지만 하더라도 나카무라 앞에서 쌍둥이의 존재를 부정했었다.

순간 요시키는 노인의 전처, 즉 구조 지즈코의 생모와 만나보고 싶다는 기분이 들었다. 혹시 직접 쌍둥이를 낳았던 당사자의 입에서는 새로운 이야기가 나오지 않을까.

"전 부인인 단조 요시에 씨의 고향 집 주소는 기억하십니까?"

노인은 천장으로 눈을 향하며 기억을 끄집어내는 듯 보였다.

"홋카이도의 도미카와 출신일세. 신다쿠마치인가 하는 마을인 것 같은데, 번지수가 1307번지인가, 1703번지인가 그랬어. 다른 건 기억이 안 나는군."

그때 현관문이 열리더니 중학생 정도 되어 보이는 남자아이가 들어왔다. 부인이 손짓을 보내자 아이는 요시키를 향해 꾸벅 허리를 굽혀 인사했다. 막내아들인 사다오로 보였다. 아이는 인사를 마치자마자 서둘러 방으로 들어갔다.

"지즈코 씨가 집을 나간 건 도쿄에서 대학을 다닐 때였습니까?"

"그렇지. 졸업을 앞두고 있었어."

"독립해서 살아갈 만한 나이였군요."

"맞아. 다 큰 상태였지."

"지즈코 씨는 친어머니와 서로 연락을 주고받았습니까?"

"그건 나도 모르네."

요시키는 부인 쪽으로 얼굴을 돌렸다.

"저도 잘 몰라요."

부인도 고개를 저었다.

"준코와 사이는 어땠습니까? 서로 친하게 지냈나요?"

"별로 친하진 않았어."

노인은 딱 잘라 말했다. 요시키는 다시 부인 쪽을 보았지만 그녀 역시 남편의 말에 수긍하는 눈치였다.

구조 노인의 집에서 나온 요시키는 근처 집들을 돌며 탐문수사를 펼쳤다. 그러나 쓸 만한 정보는 나오지 않았다. 정보를 캐내는데 능숙한 요시키 앞에서도 이웃들은 하나같이 입을 꾹 다물고 아무것도 알려주지 않았다. 마을에서 구조 가문의 위세가 상당하다는 사실을 증명하고 있었다.

유일하게 한 집의 젊은 남자가 자신도 어머니에게 들은 이야기라며 노인의 전처가 어떤 젊은 남자와 눈이 맞아 도망갔다는 소문을 알려주었다. 그러나 남자의 정체에 대해서는 모르는 눈치였다.

구조 지즈코의 쌍둥이 여동생이 태어나자마자 죽었다는 말은 정확한 듯했다. 많은 이들이 장례식에 참석해 죽은 아이를 보았다고 증언했다. 그들의 증언에 의심할 만한 구석은 없었다.

마을을 한 바퀴 돌고 나니 어느새 해가 저물고 있었다. 주위에 어둠이 깔렸다. 눈발은 점차 약해지고 있었지만 바람과 파도소리는 더욱 거세게 들렸다. 마을을 벗어날수록 집 사이사이로 눈보라가 휘몰아치는 모습이 보였다.

요시키는 마을을 벗어나 잠시 걷다가 다시 뒤를 돌아보았다. 일렬로 늘어선 민가의 창문에 불빛이 들어와 있었다. 마을 앞으로는 산이 우뚝 솟아있었고 뒤로는 끝없이 펼쳐진 바다가 보였다. 마을은 그 사이에 얼마 되지 않는 작은 공간에 있었다. 해안가에 여러 채의 집들이 옹기종기 모여 둥근 원을 그린 모습은, 흡사 사람의 아래턱과 비슷한 모양새를 띠고 있었다. 집

하나하나는 틈새가 조금씩 벌어진 치아처럼 보였다.

그 사이로 대륙에서 바다를 타고 온 강풍이 몰아쳤다. 바람 때문에 지면에 쌓인 눈이 다시 한 번 하늘을 향해 높게 솟구쳤다. 그제야 요시키는 곳곳의 지붕에 하나같이 눈이 별로 쌓여있지 않은 이유를 눈치챘다. 거센 바람이 눈을 옆으로 쓸어내리고 있었다.

자연 앞에서 한없이 무력한 인간들이 꼬리를 길게 늘어뜨리며 무서운 소리로 위협하는 강풍을 견디며 잠자리에 들려는 참이었다.

'왜 인간은 이런 곳에서도 살아가야만 하나요.'

요시키는 만약 구조 지즈코가 옆에 있다면 그렇게 속삭일 것 같은 기분이 들었다.

3

요시키는 파출소로 돌아가 도쿄에 전화를 걸었다. 나카무라에게 구조 지즈코의 쌍둥이 여동생이 있다고 하자 수화기 너머로 그는 "역시!" 하고 흥분한 목소리로 말했다.

"그런데 말이죠. 태어나자마자 죽었답니다."

요시키가 말하자 그도 말문이 막혀버렸다.

—죽은 게 확실한가? 어딘가에 살아있는 건 아니고?

나카무라는 체념하듯 말했다.

"그럴 가능성은 없어 보입니다. 많은 이들이 장례식에 참석해서 죽은 아이를 봤다고 하더군요. 아이의 사망진단을 내린 의사 이름도 기억하는 걸 보니 사망진단서도 확실히 나와 있는 듯합니다. 아직 확인해보진 않았습니다만."

─그렇군. 확실해 보이는군. 분명 서류상의 절차도 밟았겠지. 다만……

전화의 감도가 멀어서 나카무라의 목소리가 점점 작아지자 금세 바깥의 눈보라 소리와 뒤섞여 버렸다. 갑자기 나카무라의 목소리가 세상의 끝에서 들려오는 것처럼 느껴졌다.

─이건 가정이지만 말이지. 혹시 아이가 다른 집 아이와 바꿔치기 됐을 가능성은 생각해봤나? 서양에서는 흔히 있는 이야기지. 즉, 아이를 간절히 원한 집이 있었고, 우여곡절 끝에 아이를 가지게 되었지만 태어나자마자 아이가 죽은 거야. 그때 다른 집에서는 쌍둥이가 태어나지. 그리고 아이를 잃은 집 부모는 쌍둥이라면 한쪽 정도는 없어도 괜찮다고 판단하고 의사와 내통해 아이를 바꿔치기하는 거야. 어때. 있을 법한 이야기 아닌가?

요시키는 일리가 있다고 생각했다. 기구한 운명으로 따로 살게 된 쌍둥이 자매가 성인이 되어 재회한 후 같은 살인사건에 휘말린다……. 언뜻 들으면 귀가 솔깃해지는 전개였다.

수화기를 내려놓고 잠시 생각한 후 요시키는 구조 노인의 집에 다시 전화를 걸었다. 마을에는 전화기가 없는 집이 대다수였지만 구조 가에는 있었다.

노인을 바꿔달라고 한 요시키는 어떤 식으로 물어야 할지 잠시 고민했다. 그러나 결국 병원에서 아이가 바꿔치기 당했을 가능성에 대해 단도직입적으로 물었다.

요시키의 말을 들은 노인은 어이가 없다는 듯 코웃음을 쳤다. 그런 일은 있을 수 없는 일이라고 했다. 그러더니 그는 쌍둥이의 출산이 집에서 이뤄졌으며 아이를 받은 사람도 의사가 아닌 산파라고 했다. 게다가 아이의 사망도 산후가 아닌 사산死産이었고 거의 모든 과정을 자신의 눈으로 확인했다고 했다. 산파가 다급하게 부르는 소리에 방 안에 들어가니 두 명의 아이가 있었고, 산파가 그중 하나를 거꾸로 든 채 엉덩이를 찰싹찰싹 때리고 있었다고 했다.

산파가 바꿔치기 하려고 했다면 그녀는 다른 아이를 데리고 와야만 한다. 그러나 그녀는 그런 큰 짐을 가져오지 않았고, 가져왔다 해도 우는 갓난아기를 가방 안에 숨길 수도 없다. 또 그런 일을 할 이유도 없었다. 구조 가에서 쌍둥이가 태어날 것을 미리 알았다면 이야기가 달라지지만, 그것은 아이가 태어나고 나서야 알 수 있는 것이었다.

요시키는 노인의 말에 고개를 끄덕이며 수화기를 내려놓았다.

문득 요시키는 홋카이도 도미카와 출신이라는 노인의 전처 단조 요시에가 떠올랐다. 그녀를 만나보고 싶었다. 물론 아직 살아있어 연락이 된다는 가정 아래의 이야기였다.

그녀를 만난다고 해도 별다른 수확이 없을 수도 있다. 쌍둥이 출산에 대해 좀 더 자세한 사정을 들을 수 있는 정도일지도 모른다.

그리고 한 가지 마음에 걸리는 게 있었다. 마을에는 단조 요시에가 젊은 남자와 바람이 나서 도망갔다는 소문이 돌았다. 그렇다면 그녀는 현재도 그 남자와 함께 사는 것일까.

대학 문제로 상경했던 구조 지즈코의 행적에 대해서는 세이조 경찰서의 다른 형사가 이미 완벽하게 조사를 마친 상태였다. 이는 요시키도 회의를 통해 들은 바 있다.

그의 말에 의하면 도쿄로 상경한 구조 지즈코는 시부야의 Ａ여자단기대학 기숙사를 거쳐 요요기, 아오야마, 세이조까지 총 세 차례의 이사를 했지만 단 한 번도 어머니와 같이 살았던 흔적은 없었다. 덧붙여 그녀의 집 근처에 어머니가 살았던 적도 없다고 했다.

거의 비슷한 시기에 집을 나올 정도로 어머니를 동정해 마지 않았다. 그러나 둘은 함께 살기는커녕 근처에 살았던 적도 없다. 혹시 이는 마을에 돌던 소문이 사실임을 증명하는 것이 아닐까.

그렇다면 또 하나의 의문점이 생긴다. 소문이 사실이라면 이혼 사유는 전적으로 전처인 단조 요시에에게 있다. 하지만 구조 지즈코는 아버지에게 저주에 가까운 악담을 퍼붓고 집을 나갔다. 왜 그랬을까.

또 한 가지 생각이 났다. 구조 지즈코의 행적을 조사한 형사의 말대로라면 그녀는 어머니는 물론이거니와 여동생과도 연락을 주고받은 흔적이 없다고 했다. 그렇다면 자매가 서로 친하지 않다는 이야기는 사실이란 말인가.

요시키는 다시 나카무라에게 전화를 걸어 쌍둥이의 출산 과정에 대해 설명했다. 겨우 체념한 눈치였다.

요시키는 마을에 구조 지즈코의 생모가 바람을 피워 집을 나갔다는 소문이 돌고 있다며 그녀를 만나보고 싶다고 말했다.

—홋카이도까지 갈 생각인가?

나카무라가 되물어왔다.

요시키는 여기까지 온 이상 어쩔 수 없다는 생각이 들었다. 요시키는 우에쓰 본선을 타고 아오모리까지 올라가서 세이칸 연락선으로 갈아타고 홋카이도로 들어가겠다는 계획을 전했다. 나카무라는 잠시 뜸을 들이더니 말했다.

—바람을 피워서 집을 나간 거라면, 홋카이도로 다시 돌아갔을까?

나카무라는 그녀가 현재도 도미카와에 살고 있는지부터 파악하고 나서 움직이라고 요시키에게 조언했다. 그리고 그 조사는 자신한테 맡겨달라고 했다.

—삿포로 경찰서에 지인이 있네. 그에게 부탁해서 도미카와의 신다쿠마치라는 마을에 단조 요시에라는 여자가 살고 있는지 물어보지. 하지만 적어도 하루 정도는 걸리니까 내일 저녁까지는 거기서 내 연락을 기다리게.

요시키는 세심하게 신경 써주는 나카무라에게 고마움을 느꼈다. 그리고 자신은 내일 무라카미로 가서 히구치 가즈오라는 의사를 조사하겠다고 하고는 전화를 끊었다.

다음 날 아침 요시키는 후쿠마의 차를 얻어타고 무라카미 경찰서로 향했다. 요시키를 내려준 후쿠마는 급한 용무가 있다며 곧장 이마카와로 돌아갔다.

요시키는 경찰서 안에 있던 중년 형사에게 쇼와 25년1950년 무렵 무라카미 병원에 있던 히구치라는 의사를 조사해달라고 부탁했다. 그는 조금 귀찮은 듯이 서류뭉치를 꺼내어 뒤적거리더니 몇 군데로 전화를 걸었다. 그리고 전혀 예상치 못한 말을 내뱉었다.

"결혼해서 도쿄로 갔다는군요."

요시키는 화들짝 놀랐다.

"이미 사망했다고 들었습니다만."

"사망이요? 아, 부친을 말씀하시는 거군요."

"히구치 가즈오 씨가 맞나요?"

"네, 맞습니다. 그분이 부친이죠."

"설마 아들도 의사였다는 말입니까?"

"맞아요. 히구치 부자는 둘 다 의사였지요."

요시키는 아들의 존재를 완전히 잊고 있었다는 것을 깨달았다. 하지만 노인의 말대로라면 아들은 구제불능의 난봉꾼이었다.

"아뇨, 그건 사실이 아닐 겁니다. 처음 듣는 이야긴데요."

요시키의 말에 형사는 단호하게 부정했다.

"의대를 우수한 성적으로 졸업한 걸로 알고 있습니다. 실력 있는 의사였어요."

"도쿄 어디로 갔는지 혹시 아십니까?"

"음, 그건 잘 모르겠네요. 무라카미 병원에도 물어봤지만 벌써 10년은 더 된 이야기라 기억하는 사람이 아무도 없다는군요. 시청으로 가보시는 편이 빠를 것 같네요."

"혹시 아들의 이름을 알고 계십니까?"

"음, 그게, 다쿠야였나, 다누키치였나. 여하튼 그런 이름이었어요. 정확히는 기억이 잘 안 나네요."

요시키는 무라카미 역 근처에 여관방을 잡고 주인에게 양해를 구한 후 도쿄에 있는 나카무라에게 장거리 전화를 걸었다. 나카무라는 전화를 받지 않았다. 대신 전화를 받은 형사에게 여관 전화번호를 말하고 전화를 걸어달라는 전언을 남겼다.

해는 아직 중천에 떠있었다. 요시키는 서둘러 샤워를 마치고 유카타로 갈아입었다. 바쁘게 돌아다닌 탓에 여태껏 씻지 못한 상태였다.

요시키는 찻물을 올리고 아오모리로 향하는 열차 시각표를 펼쳐 들었다. 그러나 적당한 시간대가 없었다. 열차편 대다수가 연락선으로 갈아타기까지의 시간이 너무 길었다. 하코다테에 도착하면 결국 밤이 되고 마는 시간대였다. 만약 나카무라의 지인에게 신세를 진다고 한다면 적어도 밤이 되기 전까지는 삿포로에 도착해야만 했다.

그러기 위해서는 특급열차인 '니혼카이 3호'를 타는 수밖에 없었다. 열차는 도착 후 무난하게 연락선으로 이어지는 시간대였지만 문제는 하코다테에서 삿포로까지였다. 게다가 열차는 무라카미에서 새벽 5시 19분에 출발했다. 그러나 다른 뾰족한 수는 없었다.

나카무라에게 전화가 걸려온 것은 저녁이 다될 무렵이었다.

―도미카와에 아직 살고 있다는군. 방금 연락을 받았어.

나카무라가 기쁜 목소리로 말했다.

"살아있었군요!"

―그래, 아직 살아있었네. 혼자 살고 있고 재혼은 하지 않았다는군. 최근까지 병원에서 잡일을 하며 생계를 유지했는데, 지금은 나이 문제로 그만두었나 봐."

"혼자 살았군요……. 주소는 거기가 맞나요?"

―그래. 신다쿠마치 1307번지.

"역시 고향으로 돌아갔군요."

―그런 모양이야.

"그렇다면 마을에 돌던 소문은 거짓이겠네요. 혹시 딸이 사망한 걸 알고 있을까요?"

―흠. 글쎄, 모르지. 그나저나 어쩔 생각이지?

"역시 가봐야 할 것 같아요. 대단한 정보는 얻을 수 없겠지만 의외의 수확이 있을지도 모르니까요."

―그럴지도 모르지. 쌍둥이 이야기도 직접 낳은 본인에게 듣는 편이 더 좋을 테고. 그나저나 의사를 조사한다는 건 어떻게 됐지?

"부자가 둘 다 의사였더군요. 부친은 이미 사망했고 아들은 도쿄로 갔다고 합니다. 시간이 없어서 자세히 조사하진 못했습니다."

―부인은?

"일찍 사망했습니다."

―아들이 조금 마음에 걸리는군.

"네, 하지만 쌍둥이 중 하나가 죽은 건 명백한 사실로 보입니다."

―흠, 그건 그래.

4

새벽의 어둑어둑한 플랫폼에 들어서자 살을 에는 추위가 몰려왔다. 요시키는 숨을 들이쉴 때마다 목구멍이 얼어붙는 느낌이 들었다. 날숨은 세게 뱉으면 바닥까지 닿을 기세였다. 그러나 바람만큼은 잠잠해져 있었다.

니혼카이 3호를 기다리는 승객은 요시키와 사각의 대바구니를 둘러맨 중년 여성뿐이었다. 왜소한 체구의 여자는 몸을 덜덜 떨어가며 추위를 견디고 있었다. 하지만 신기하게도 손에 온기를 불어넣는 모습은 보이지 않았다.

니혼카이 3호는 침대특급열차였다. 요시키는 열차에 올라서 자마자 침대로 기어들어가 눈을 붙였다. 얼마 후 잠에서 깨어 시계를 보니 한 시간도 채 흐르지 않은 상태였다. 더는 잠이 올 것 같지 않았다. 자리에서 일어난 요시키는 출입문이 있는 연결부 쪽으로 향했다.

출입문 창에 낀 성에를 닦고 보니 밖은 이미 동이 트려 하고 있었다. 벌써 3월에 접어들고 있었다. 요시키는 나가오카의 에세이를 떠올렸다. 여행지에서 떠오르는 태양을 보기 위해 일찍 잠자리에 든다는 그의 말에 문득 공감이 갔다.

허상의 여자일까. 문득 요시키는 생각했다. 하야부사가 도쿄역을 떠나기 직전 구조 지즈코는 살해당했다. 그 후 하야부사에는 여자의 허상이 출몰했다. 60분의 1초의 허상이었다. 여자가 쌍둥이 중 한 사람이라고 가정하고 먼 길을 떠나왔지만, 결국 이것도 허상이었다.

그리고 그때까지 느끼지 못했던 새로운 사실이 떠올랐다.

'지금껏 나는 그녀를 만나본 적이 없다.'

사건과 관련된 많은 이들은 생전의 구조 지즈코와 만나거나 하야부사 안에서 그녀의 허상을 보았다. 그러나 요시키는 달랐다. 요시키가 만난 구조 지즈코는 얼굴 피부가 벗겨진 사체였다. 요시키는 결국 사진으로만 그녀를 만난 것이다.

"이 모든 건 꿈이랍니다."

나가오카의 에세이 속 여자 유령의 말이 생각났다. 꿈이란 말인가.

고개를 들어보니 어느새 바다 위로 둥근 해가 떠올라있었다. 눈부심을 참아가며 그 모습을 지긋이 바라보았다. 그러자 수평선 너머로 피부가 벗겨진 여자의 얼굴이 떠올랐다. 시간이 지날수록 더욱 거대해졌다. 가면처럼 보였다. 저것은 대체 무어란 말인가. 대체 왜 사체에 저런 짓을 했단 말인가.

바다를 거슬러 올라가는 겨울여행은 사람을 시인으로 만들지만, 많은 이들 틈에 끼어서 오랜 시간 연락선을 타고 가는 요시키는 그저 피곤할 뿐이었다. 하코다테에 도착하자마자 여관을 잡아 쉬고 싶다는 마음이 굴뚝같았다. 그저께부터 제대로 눈한 번 붙이지 못한 채 여행은 계속되고 있었다.

연락선에서 내리자 눈발이 흩날리는 마을 한구석에 노란 공중전화부스가 보였다.

"하코다테에 도착했습니다."

요시키는 전화를 받은 나카무라에게 말했다.

—피곤하겠군.

나카무라가 말했다.

"괜찮습니다, 전 아직 젊으니까요."

요시키는 피곤한 기색을 숨기며 대답했다.

—지인이 때마침 일이 없어서 자넬 도와주고 싶다더군. 삿포

로로 가면 될 것 같네.

"그렇습니까."

요시키는 무심코 대답했지만 열차를 다시 탈 생각에 마음이 무거워졌다.

—내가 이름을 알려줬었나? 우시코시란 남잘세.

"처음 듣는 것 같네요."

—그랬군. 미리 알려줄 걸 그랬나. 어쨌든 전화번호를 알려줄 테니 지금 당장 전화를 해보게. 자네 사정을 잘 일러두긴 했어.

알려준 번호로 전화를 걸자 상대는 금세 전화를 받았다. 그는 형사답지 않은 매우 느린 말투의 소유자였다. 빠른 말투에 금방 반응을 하는 나카무라와 통화를 하고 난 이후라 더욱 그렇게 느껴졌다.

"도쿄에서 온 요시키라고 합니다."

남자는 느긋하게 자신을 우시코시라고 소개했다. 목소리에서는 소를 뜻하는 이름牛. 일본어로 우시라 읽는다—옮긴이처럼 왠지 모를 우직하고 여유로운 분위기가 풍겨왔다.

"번거롭게 해 드려서 죄송합니다."

—아닙니다. 마침 한가했던 참이라서요. 그리고 저도 예전에 나카무라 선배에게 꽤 신세를 져서……. 지금 어디 계시죠?

"하코다테에 도착했습니다."

―삿포로로 오시겠습니까?

"아, 네. 지금 안 그래도 어찌할까 고민하던 중이었습니다만. 실은 어제 잠을 거의 자지 못해서요."

―아, 그렇습니까. 힘드시겠군요.

"네, 조금……."

잠시 침묵이 흘렀다. 나카무라라면 아마 참지 못하고 무슨 말이라도 했을 테지만, 우시코시란 남자는 상대가 먼저 입을 열 때까지 기다리는 타입인 듯했다.

"그래서 말인데요."

요시키가 입을 여는 찰나 우시코시도 무언가 말을 꺼냈다. 둘은 서로에게 먼저 말하라며 양보했다.

―그럼 이렇게 하지요.

우시코시가 말했다.

―지금 삿포로로 오신다고 해도 어차피 도미카와는 내일 열차를 타고 가야 할 것 같습니다. 올해는 눈이 별로 오지 않았다곤 하지만 그래도 홋카이도에서는 자동차보다 열차가 빠르니까요. 그렇게 하면 도착시간은 마찬가지일 테니 오늘 밤은 우선 하코다테에서 묵으시고 내일 도마코마이 부근에서 만나는 게 어떨까요.

귀가 솔깃해지는 제안이었다. 도미카와는 히다카 본선의 역이었다. 하코다테에서 도미카와로 가려면 태평양연안을 동쪽으로 끼고 무로란 본선과 히다카 본선을 연달아서 갈아타야만 했다. 한편 삿포로에서 도미카와로 가려면 지토세 선을 타고 남쪽으로 내려오다가 히다카 본선으로 갈아타야만 하는데 그 중간지점이 도마코마이였다.

"우시코시 씨도 함께 가시는 건가요?"

—네, 저도 요새 일이 없으니까요. 그리고 도미카와가 생각보다 넓은 곳이라 초행길이면 헤매실지도 모릅니다.

"생각지도 못한 도움을 받네요. 정말 감사합니다."

—아뇨, 괜찮습니다. 그럼 내일 아침 9시 30분에 하코다테에서 출발하는 '오조라 5호' 특급열차를 타고 오십시오. 자유석 티켓을 끊으시면 될 겁니다. 열차는 도마코마이에 12시 42분에 도착합니다. 다른 열차는 괜찮은 시간대도 없고 하니 이게 가장 편하실 겁니다. 여기서 도마코마이로 가는 열차는 많으니까 먼저 도착해서 기다리겠습니다. 만나면 같이 식사라도 하시죠.

"네. 감사합니다. 근데 서로 알아볼 수 있을까요?"

—나카무라 선배한테 얘기를 워낙 많이 들어서요. 아마 괜찮을 겁니다.

우시코시는 하코다테에 있는 호텔을 몇 곳 알려주고 나서 전화를 끊었다.

요시키는 공중전화부스를 나와 눈 내리는 하코다테 거리를 터벅터벅 걸었다. 시간대가 좋은 열차편까지 즉석에서 알려준 것을 보면, 우시코시는 하코다테에서 하룻밤 묵고 싶어하는 요시키의 의향을 미리 파악한 것이 아닐까. 여유롭고 느긋해 보이는 우시코시가 실은 걸출한 형사일지도 모른다는 생각이 들었다.

5

요시키가 우시코시와 만난 날은 3월 2일 금요일이었다. 오조라 5호가 플랫폼에 들어설 때부터 요시키는 연신 창밖을 내다봤지만 우시코시가 와있는지 알 수 없었다. 그러나 열차에서 내려 몇 발자국 걷지 않았을 때 어디선가 요시키를 부르는 목소리가 들렸다. 돌아보니 그곳에는 중년이 조금 넘어 보이는 작은 몸집의 사내가 서 있었다.

요시키는 무의식적으로 가방을 내려두고 고개를 숙여 인사했다. 매우 평범한 용모의 그는 북쪽 지방 사람답게 양 볼에 붉은 기가 도는 남자였다. "금세 알아채셨군요."라는 요시키의 말에 우시코시는 "다행이네요." 하며 간단히 대답했다.

"피곤하시겠군요."

나란히 서서 걸어가며 우시코시가 말했다.

"아뇨, 어젯밤에 푹 쉰 덕에 피로가 많이 풀렸습니다. 어제는 죄송했습니다."

"음, 뭐가 말이죠?"

우시코시는 작은 눈으로 요시키를 응시하며 물었다.

"하코다테에서 하룻밤 쉬고 싶다고 해서요."

"아, 야뇨. 열차여행인데 당연히 쉬는 날도 있어야지요."

"네, 비행기라도 타고 왔으면 좀 편했을 텐데, 니가타에서 갑작스럽게 올라오는 바람에……."

둘은 에스컬레이터를 타고 역 아래로 내려갔다. 상아색 벽에 넓은 꽤 괜찮은 건물이었다. 역사라기보다는 공항에 가까운 분위기가 풍겼다. 역 아래에는 규모가 큰 서점이 있었고, 그 앞으로 레스토랑과 커피숍들이 줄지어 들어선 식당가가 눈에 들어왔다.

"멋들어진 건물이군요."

요시키가 말했다.

"도마코마이는 처음이시죠?"

"네, 처음입니다."

요시키가 홋카이도에서 가본 곳은 기껏해야 삿포로와 공항주변 정도였다.

"근데 정작 시내로 들어가면 아무것도 없습니다. 연기를 내뿜는 공장 굴뚝만 줄기차게 보일 뿐이죠. 아, 여기로 할까요? 아니면 양식으로?"

우시코시가 일본식 레스토랑 간판 앞에 멈춰 서더니 물었다.

"아뇨, 저도 양식보다는 일식이 좋습니다."

가게 안에 들어간 둘은 우선 맥주를 한 잔씩 시켜 건배를 나누며 요리가 나오기까지 이런저런 이야기를 나눴다. 요시키는 나카무라와의 첫 만남을 이야기했다. 이야기가 끝나자 이번에는 우시코시가 특유의 느린 말투로 음식에 대한 화제를 꺼냈다.

"아까 일식이 좋다고 하셨는데, 어떤 음식을 제일 좋아하시죠?"

요시키는 잠시 고민하더니 대답했다.

"실은 라멘을 가장 좋아합니다."

"오! 정말 예상치 못한 대답이네요. 저는 프랑스 요리를 떠올렸거든요. 서민적이신데요?"

"서민 그 자체라고 할 수 있지요. 프랑스 요리는 이름조차 모릅니다. 제가 도쿄에서 지금 사는 곳을 택한 것도 맛있는 라멘 가게가 있다는 이유가 가장 크죠."

"그렇군요. 그러고 보면 홋카이도도 라멘으로 유명한 곳이지요."

"네, 다누키코지 쪽에 있는 가게에 한 번 가보고 싶더군요."

"삿포로라멘으로 유명하니까요. 삿포로라멘은 좋아하시나요?"

"좋아합니다만 스스키노에서 제가 들렀던 가게는 생각보단 별로였어요. 아, 현지 분 앞에서 이런 말씀 드리긴 조금 죄송스럽군요."

"아뇨, 괜찮습니다. 물론 전 삿포로라는 도시를 사랑합니다만 라멘까지는 아닙니다."

"아무 정보 없이 들른 가게라서 더 그랬던 것 같습니다. 현지 분이 옆에 계셨다면 맛있는 가게를 소개받았을 텐데 말이죠."

"다음번엔 제가 잘 조사해두겠습니다."

놀랍게도 우시코시는 경찰수첩을 꺼내더니 그 위에 '라멘'이라고 적었다.

"메모해두지 않으면 금세 잊어버리는 성격이라서요."

"아, 네……."

"지금까지 드셨던 라멘 중에 일본 최고를 꼽을 수 있나요?"

"어려운 질문이군요. 넉넉지 못한 형사 월급으로 일본 전역을 돌며 먹어볼 순 없으니까요. 음……. 오노미치라는 곳에 맛있는 가게가 있긴 있습니다만, 아, 딱 하나만 꼽으라면 마쓰모토의 폭스라멘이군요."

"호오, 폭스라멘이라……. 어떤 라멘이죠?"

"삿포로의 미소라멘과 비슷합니다. 누룩을 이용해서 국물을 낸다고 하더군요. 한번 드셔 보시면 아마 그 맛을 잊지 못할 겁니다."

"호기심이 동하는군요."

라멘 이야기는 여기까지 하고 요시키는 본론으로 들어가기로 했다. 요시키는 현재 맡은 기묘한 사건에 대해 하나둘 털어놓았다. 우시코시는 매우 흥미롭다는 표정으로 요시키의 이야기를 경청했다. 요시키는 마지막으로 홋카이도로 오기까지 이뤄졌던 수사의 진행상황을 덧붙였다.

"그렇군요. 그런 연유로 여기까지 오셨군요. 구조 지즈코의 생모가 현재 도미카와에 사는 건 확실합니다. 음……. 근데 이거 정말 특이한 사건이군요. 나카무라 선배가 흥미를 느낄 만합니다."

요리가 도착했다. 우시코시는 요시키에게 음식을 권하며 자신도 젓가락을 들었다.

두 사람 모두 사건에 대해 생각하는 듯 방 안에는 침묵이 흘렀다. 그리고 침묵은 도미카와로 향하는 완행열차에 올라탈 때까지 계속됐다. 우시코시가 아무 말도 없었기에 요시키 역시 가만히 창밖만 바라보았다. 요시키로서는 더는 생각할 거리가 없었다.

3월의 홋카이도는 신기하게도 눈이 많지 않았다. 곳곳에 하얀 잔설 덩어리 정도가 보일 뿐이었다. 좌석 왼편으로는 마른 풀이 듬성듬성 자라있는 들판이 펼쳐졌다. 풀은 들판 너머로 보이는 숲까지 드리워졌고, 그 사이사이로 우뚝 솟아오른 전신주 이외에 다른 조형물은 눈에 띄지 않았다.

오른편으로는 해안가가 펼쳐졌다. 백사장이 길게 깔린 평화로운 풍경은 어제 보았던 니혼카이의 해안가와는 정반대의 느낌이었다. 특히 이마카와와 에치고칸가와 부근은 바다 위로 솟은 검은 기암괴석에 눈이 얼룩덜룩 묻어 험악한 분위기마저 풍겼다. 그러나 정작 북녘의 홋카이도 해변에는 눈이 내리기는커녕 오히려 니가타보다 한발 앞서 봄이 찾아온 듯했다. 날씨도 생각보다 춥지 않았다.

도미카와 역에 도착했다. 이마카와와 에치고칸가와 역과 마찬가지로 지붕이 없는 좁은 플랫폼이 눈에 들어왔다. 둘은 마치 오두막처럼 작은 역사를 지나 역 앞으로 나왔다. 이곳 역시 상점가라든지 손님을 기다리는 택시 따위는 눈에 띄지 않았다. 하지만 전면으로 보이는 마을만큼은 매우 크고 넓어 보였다.

눈은 거의 보이지 않았다. 허술한 울타리가 설치된 넓은 공터가 있는 역사 구석에는 길게 뻗은 마른풀들이 어지럽게 자라 있었다. 울타리의 손잡이는 물론 공터 구석에 깔린 레일에는 녹이 잔뜩 슬어있었다. 짙은 갈색으로 변색된 낡은 벽면도 눈에 들어왔다.

역 앞의 광장은 넓진 않지만 왼편을 향해 뻗은 포장도로는 넓었다. 그러나 도로에 차의 모습은 없었다. 차뿐 아니라 사람도 없었다.

부드럽게 내리쬐는 오후 햇살에 요시키는 마음이 평온해짐을 느꼈다. 그러나 뺨에 닿는 바람은 역시 한기를 품고 있었다. 바람은 아직 포장되지 않은 광장을 쓸고 지나가며 흙먼지를 불러 일으켰다.

요시키는 왠지 모르게 그리운 느낌이 들었다. 눈앞에 보이는 모습은 어린 시절 익숙하게 보아오던 풍경과 비슷했다. 구라시키 역과 오노미치 역도 어린 시절 때는 이런 모습이었다. 지금은 신칸센이 다니고, 철도는 고가가 되었으며, 땅은 모두 시멘

트로 덮여버렸다. 요시키는 옛 모습을 두 번 다시 볼 수 없을 것으로 여겼다. 그러나 홋카이도에는 이런 풍경이 아직 남아있었다.

우시코시는 앞장서서 넓은 도로 위를 걸었다.

"이곳엔 택시가 서지 않습니다. 버스가 오긴 옵니다만 편수가 적어요. 저기까지 가면 버스를 탈 수 있을 겁니다."

버스를 타고 약 10분 정도 가서 내리자 알루미늄 창틀에 철판을 두른 허술한 집들이 눈에 띄기 시작했다. 대다수 집의 벽 아래쪽은 흙이 묻어서 하얗게 말라있었다. 멀리서 방목해놓은 말떼의 모습도 보였다.

둘은 포장된 도로를 벗어나 좁은 논두렁길을 천천히 내려가기 시작했다. 조금 더 걸어가니 습지인지 논길인지 분간이 안 가는 시골길이 나왔다. 그곳을 지나자 이번에는 연한 녹색의 철판을 두른 집이 두세 채 정도 눈에 들어왔다.

"저깁니다."

우시코시가 대문을 가리키며 말했다.

집 밖에는 단조라는 글자가 쓰인 문패가 걸려있었다. 이름은 적혀있지 않았다. 보통 방범을 위해 거짓이라도 남자 이름을 적어놓기 마련이지만, 그렇지 않은 것으로 봐서 그녀는 혼자 사는 것이 분명해 보였다. 그렇다면 마을에는 왜 그런 소문이 돌았던 것일까.

우시코시는 유리문을 두드리며 집주인을 불렀지만 대답은

돌아오지 않았다. 그러자 그는 멋대로 유리문을 열더니 어두운 안쪽을 향해 "할머니, 전화했던 형사입니다."라고 외쳤다.

그제야 60대 정도로 보이는 여자가 느릿느릿 걸어나왔다. 우시코시의 뒤를 따라 마당으로 들어선 요시키는 살짝 악취가 풍겨오는 것을 느꼈다. 유리문을 완전히 닫으면 집 안이 너무 어두워질 것 같았기에 조금 열어두기로 했다.

집의 면적에 비하면 단조 요시에는 조촐한 차림새를 하고 있었다. 병원에서 근무했기 때문일까. 오뚝한 콧날과 부리부리한 눈이 시선을 끌었다. 얼굴에는 옅은 화장기도 느껴졌다. 도쿄에서 흔히 볼 수 있는 노년의 술집 마담 같은 분위기가 풍겼다.

"할머니, 할머니를 만나러 도쿄에서 여기까지 온 형사예요. 할머니에게 듣고 싶은 이야기가 있다고 하네요."

"할 얘기 따윈 없어."

요시에는 딱 잘라 말했다. 무관심하다는 태도였다. 그녀에게서 되도록 빨리 자리를 피해 혼자 있고 싶다는 의지가 느껴졌다. 요시키는 이마카와에서 만난 구조 노인을 떠올렸다. 두 사람의 태도는 닮은 구석이 있었다.

"할머니, 그런 말씀 마세요. 멀리서 일부러 찾아온 손님한테 실례잖아요."

우시코시가 점잖은 어조로 말했다.

"할 말이 없는데 무슨 말을 해. 대답해줄 게 없어."

"따님인 지즈코 씨에 관해서도 말입니까?"

요시키가 끼어들었다.

요시에는 고개를 옆으로 향한 채 아무 말도 하지 않았다. 그녀의 굽은 등 뒤로 무언의 반응이 느껴졌다.

"구조 지즈코 씨를 알고 계시죠?"

요시키가 다시 물었다. 요시에는 침묵을 지켰지만 눈길만은 요시키를 향해 있었다.

"그게 왜?"

요시에는 귀찮다는 말투로 물었다. 그 말에는 무언가 재촉하는 느낌도 들었다. 역시 모르고 있는 듯했다.

"죽었습니다."

요시키가 퉁명스럽게 내뱉었다.

"정확히 말하면 살해당했습니다. 그래서 수사하러 온 거고요."

순간 요시에는 몸을 꼿꼿이 세우더니 등을 돌렸다. 그녀의 태도에서는 아무런 감정변화가 느껴지지 않았다. 요시키의 머릿속에 그녀가 딸에 대해 정말로 무관심했다는 생각이 스쳐 지나갔다.

그러나 이는 착각이었다. 요시에는 상당한 충격을 받은 것처럼 보였다. 불안해 보이는 발걸음이나 몸동작이 이를 증명하고 있었다.

"어째서?"

요시에가 물었다.

"왜 살해당한 거지?"

마치 대수롭지 않다는 말투였다.

"그걸 아직 밝혀내지 못했습니다. 그러니 이렇게 수사하러 다니는 거죠."

"대체 어떤 녀석한테 살해당한 건데?"

요시에는 등을 돌린 채 물었다. 요시키로서는 그다지 대답하고 싶지 않은 질문이었다. 현재 유력한 용의자가 손가방을 든 젊은 남자라고 말해봐야 아무런 의미가 없을 것 같았다.

"지금으로선 확실치 않습니다."

요시에는 "아아, 그렇군." 하며 노골적으로 조롱하는 기색을 보이더니 이내 한숨을 내쉬었다.

"뭔가 짚이는 거라도 있으면 꼭 말씀해주셔야 합니다."

우시코시의 말에 요시에는 살짝 코웃음을 쳤다. 그녀는 세상의 온갖 풍파를 견디며 이제는 가슴속에 응어리밖에 남지 않은 여자처럼 보였다.

순간 요시에가 갑자기 방 안으로 몸을 향했다. 들어가면 다시는 밖으로 나오지 않을 기세였다. 원래부터 무례한 여자인 건지 딸의 사망소식에 충격을 받아서인지는 알 수 없었다. 급하게 신발을 벗고 들어간 우시코시가 그녀의 어깨를 붙잡아 방안에 들어가려는 것을 제지했다. 그는 도쿄에서 일부러 올라온 형사 앞에서 홋카이도 사람이 예의바른 모습을 보이게 하는 것이 자신의 임무라고 생각하는 듯했다.

"자꾸 이러시면 화냅니다."

우시코시가 말했다.

"왜 자꾸 이러세요. 따님을 위해서 먼 길을 마다치 않고 오신 분입니다. 할머니도 딸을 죽인 사람을 잡고 싶잖아요? 안 그래요?"

요시에는 무언가 우물우물 대며 혼잣말을 했지만 잘 들리지 않았다. 적어도 자신을 찾아온 형사들을 탐탁지 않아 하는 것만은 분명했다.

"자꾸 뭘 말하라는 거야."

요시에가 쏘아붙이듯 말했다.

"뭘 원하는 건지는 모르겠는데, 나는 그 아이와 최근 몇 년 동안 대화는커녕 만나본 적도 없어."

"이마카와의 집을 나온 이후를 말하는 건가요?"

요시키가 물었다.

"그래."

"도쿄에 사셨던 적이 있나요?"

"없어."

"가보신 적은?"

"가본 적도 없어."

"따님과 함께 살고자 했던 적은 없나요?"

"없어."

"어째서죠?"

"어째서라니."

요시에는 다시 코웃음을 쳤다.

"남편분과 갈라서는 바람에 지즈코 씨가 집을 나온 게 아닌 가요?"

요시에는 아무 말도 하지 않았다. 그때 우시코시가 요시키 옆에 와서 귓속말을 했다.

"할머니는 최근 2, 3년 전까지 어떤 남자랑 함께 살았던 것 같습니다. 딸이 할머니를 도쿄로 부르지 못한 건 아마 그 때문이 아닐까요."

"아, 그렇습니까."

요시키는 작은 소리로 대답했다.

"어떤 남자였죠?"

"그게, 저도 잘은 모르겠지만 술주정뱅이에 대책 없는 남자였다는 소문이 있어요."

"할머니. 여기서 남자와 함께 사셨던 모양이군요. 어디에서 무슨 일을 하던 남자였죠?"

"아, 내가 그랬었어? 이미 다 잊어버려서 모르겠네."

"정말 그렇게 나오실 겁니까."

우시코시가 말했다.

"할머니, 머나먼 에치고까지 시집가신 건 어떤 연유죠?"

"맞선."

"누가 중매해준 겁니까?"

"옛날이야기라 기억이 안 나."

"그럼 왜 갈라서신 거죠?"

"타지에서 온 여자 하나 버리는 데 이유 따위 있을 리 있나."

"그런가요."

우시코시가 말했다.

"할머니가 뭔가 잘못한 건 아니에요? 바람을 피웠다든지."

"말도 안 되는 소리 마!"

요시에의 언성이 높아졌다.

"실은 제가 이마카와에 다녀왔습니다. 마을에 할머니가 젊은 남자와 바람이 났다는 소문이 돌더군요."

요시에는 요시키를 노려보았다.

"누가 그딴 소리를 해?"

"바람을 피우신 게 맞습니까?"

"헛소리!"

"소문은 거짓인가요?"

"새빨간 거짓말이지."

"그럼 에치고에서 함께 온 남자와 같이 사신 게 아닌가 보군요."

요시에는 다시 코웃음을 치며 말했다.

"말도 안 되지. 여기서 살던 놈은 쓰다노 슈지라는 목순데. 삿포로 사람이야. 무뢰한 같은 놈이었지."

"홋카이도로 와서 만난 사람인가요?"

"그래."

"어디서 알게 되셨죠?"

우시코시가 물었다.

"병원에서. 알코올중독으로 입원했었지. 다시는 술을 마시지 않겠다는 약속을 받고 같이 살았어."

"지금은 어디 계시죠?"

"집을 나간 뒤론 어디로 갔는지 몰라."

거짓말처럼 들리지는 않았다.

"지즈코 씨는 쌍둥이였습니까?"

요시키는 질문을 바꿨다. 요시에는 말없이 고개를 끄덕였다.

"쌍둥이 중 한 명이 지즈코 씨라면 다른 한 명은 지금 어디 있죠?"

요시키는 단호하게 물었다. 요시에는 고개를 들고 요시키에게 의심이 가득 찬 눈초리를 보냈다. 그 모습이 연기처럼 보이지는 않았다.

"당신 지금 뭐라는 거야? 한 명은 태어나자마자 죽었다고."

"그건 확실합니까?"

"당연하지. 다들 이미 아는 얘기 아닌가?"

요시키는 잠시 망설이다가 사건에 대해 입을 열었다.

"구조 지즈코 씨는 올해 1월 18일 오후 3시 20분쯤 살해당했습니다. 근데 말이죠. 그보다 한 시간 정도 후에 출발한 침대특급열차에 그녀가 타고 있는 모습을 많은 이들이 봤어요. 다음 날인 19일 오전 11시까지 말이지요. 정말 이상한 일이죠? 그래서 쌍둥이 중 한 명이 살아있다고 생각했던 거고요."

"그건 유령이야."

요시에는 딱 잘라 말했다. 요시키는 그 말이 마치 조롱처럼 느껴져 쓴웃음을 지었다. 그러나 그녀의 얼굴을 보고 있자니 생각이 바뀌었다. 요시에는 매우 진지한 얼굴을 하고 있었다.

"요 앞에 사는 다바타 씨네 집도 비슷하지만, 그 아인 원래 옛날부터 그런 면이 있었어. 한 번 마음먹은 건 반드시 해야 하는 성미였지. 죽은 후에라도 말이야."

요시에는 피곤한 듯 낮게 속삭였지만 목소리에서는 묘하게 감동하는 기색까지 느껴졌다. 그녀는 옛날 일들을 떠올리고 있음이 분명했다.

"따님을 죽인 사람에 대해선 짚이는 게 없으세요?"

우시코시가 옆에서 물었지만 요시에는 들리지 않는 것처럼 멍하니 있었다. 우시코시가 다시 한 번 묻자 그녀는 그제야 고개를 들더니 말했다.

"내가 알 턱이 있나. 그 아이가 어떤 놈들을 만났는지 난 전혀 몰라."

요시에는 다시 침묵에 잠기더니 잠시 후 무언가 떠오른 듯 덧붙였다.

"근데 말이지. 그놈은 반드시 앙갚음을 당할 거야. 내 장담해.

지즈코는 원래 그런 아이거든."

　단조 요시에의 집을 나선 둘은 주변 집들을 탐문했다. 그녀와 함께 살았던 남자가 쓰다노 슈지라는 목수였다는 사실은 틀림없었다. 그리고 그가 에치고 등지에서 살았던 적은 없다는 증언도 확보했다. 이곳으로 이사 오고 나서 병원 일을 하다가 그를 만났다는 요시에의 증언은 거짓이 아니었다.

"아까 할머니가 했던 말 중에서요."

　버스를 타러 돌아가는 길에 요시키가 입을 열었다.

"네?"

"제가 블루트레인에 살해당한 여자가 탔다는 얘기를 했을 때, 요 앞에 사는 다바타 씨네 집도 비슷하다고 했던 거 같은데요."

"아!"

"그건 무슨 말이지요?"

"그게 말이죠. 저도 다른 사람한테 들은 건데. 작년쯤이었을까요. 앞쪽 마을에서, 그러니까 사건이라고도 하기 뭐한 이상한 일이 벌어졌어요. 다바타 씨 집안에 스님이 하나 있었는데 교통사고로 젊은 나이에 일찍 세상을 뜨게 되었죠. 근데 장례식을 하다가 영정 앞에서 사진을 찍었던 모양이에요. 하지만 현상되어 나온 첫 번째 사진에는 분명히 파르스름하게 깎은 머리의 영정이 찍혀있었는데, 5분 정도 후에 찍은 두 번째 사진에는 글쎄, 영정의 머리에 털모자 비스름한 게 씌어있었다는 거죠."

"네? 똑같은 영정을 찍은 사진인데도요?"

"네. 두 사진 모두 도미카와 상점가에 있는 전문 사진사가 찍었어요. 프로가 찍은 사진이라는 소리죠. 그리고 실제 영정에는 모자 따윈 씌어있지 않았고요."

"실제 있었던 얘깁니까?"

"네. 그 일로 한때 도쿄의 방송국에서 온 사람들이랑 신문 기자들로 마을이 떠들썩했지요."

"원인은 밝혀졌나요?"

"전등갓의 그림자가 때마침 사진의 머리 부분에 있어서 그랬다는 이야기가 있었지요. 사진이 유리로 된 액자 속에 있었으니까요. 그밖에도 여러 가지 설들이 있었지만 결국 정확한 이유는 밝혀지지 않았어요. 그리고 죽은 스님이 평소 털모자를 좋아해서 그런 일이 일어났다는 이상한 소문이 돌게 되었지요."

"흠, 우시코시 씨도 직접 그 사진을 보셨나요?"

"실물은 보지 못했습니다. 잡지에 실린 사진으로 보았지요."

"전등갓처럼 보였나요?"

"아뇨, 꽤 선명하게 찍힌 사진이라 확실히 털모자를 쓰고 있는 것처럼 보였어요."

"잡지에 두 장의 사진이 모두 실려있었나요?"

"네. 모자를 쓰고 있는 사진과 쓰지 않은 사진. 둘 다 실려있었어요."

털모자라…….

믿기 어려운 이야기였다. 그러나 왠지 마음에 걸리는 것이 있었다. 털모자였다. 요시키는 입으로 계속해서 그 단어를 되뇌었다. 어째서 털모자가 마음에 걸리는 것일까.

6

요시키는 열차에 올라 우시코시와 마주하고 나서야 그 이유가 떠올랐다. 털로 만든 모자. 그리고 털로 만든 스웨터. 1월 18일 하야부사에 탄 구조 지즈코는 회색의 성긴 스웨터를 입었다고 했다. 많은 이들이 그렇게 증언했고, 사진 속 여자도 스웨터 차림이었다. 그러나 세이조의 여자 집에 있던 탈의함에는 회색이 아닌 분홍색의 스웨터가 들어있었다. 요시키는 이 점이 내내 마음에 걸렸던 것이다.

정확히 무엇이 잘못됐는지는 확실치 않았다. 하지만 나카무라의 말처럼 회색의 하프코트, 회색의 정장 바지에 분홍색 스웨터는 아무래도 어울리지 않았다. 요시키는 여성의 패션에 대해서는 아는 게 없었지만 패션 감각이 전혀 없는 사람은 아니었다. 컬러 사진으로 본 구조 지즈코는 모델 일을 해온 덕분인지 세련된 분위기가 풍겼다.

요시키는 문득 회색이 세련된 색이라는 생각이 들었다. 회색으로 통일한 패션은 보통 차분한 분위기를 연출하고 싶을 때

하는 것이었다. 그러나 분홍색은 달랐다. 분홍색은 좀 더 귀여운 느낌이 아닌가.

"무슨 생각을 하고 계시죠?"

요시키는 우시코시에게 방금 떠올린 생각을 말했다. 그는 동조하는 눈치였지만 아무 말 없이 듣기만 했다.

"어떻게 생각하세요?"

요시키가 물었다.

"음……."

우시코시는 쑥스러운 듯 손을 머리 뒤로 갖다 댔다.

"제가 여자 패션에 대해 뭐라 말할 처지는 안 돼서요. 전혀 모르겠네요."

"흐음……."

"분홍색과 회색 조합이 그렇게 이상한가요?"

"아니, 그 둘의 조합 자체가 이상한 건 아닌데……."

요시키는 갑자기 설명하기 귀찮은 기분이 들어 말끝을 흐렸다.

"저는 그보다 더 이해 안 가고 이상한 게 하나 있습니다만."

우시코시가 입을 열었다.

열차 내부는 한산했다. 창가에 마주 보고 앉은 둘 주변에는 아무도 앉아있지 않았다. 살인사건 이야기를 하기에는 적당한 장소였다.

"어떤 거죠?"

요시키는 우시코시 쪽으로 몸을 기울였다.

"뭐, 별로 중요한 건 아닙니다만. 세이조와 도쿄 역 사이는 거리가 얼마나 되죠?"

"아."

요시키는 잠시 생각하더니 말했다.

"그다지 가깝다고는 할 수 없지요. 오다큐 선을 타고 신주쿠에서 내려 다시 주오 선으로 갈아타야 하니까요."

"아, 그렇습니까. 제가 도쿄 지리는 잘 몰라서요. 시간은 얼마나 걸리죠?"

"음……. 아, 그러고 보니 둘 다 급행열차가 있군요. 세이조에도 급행열차가 정차하니 막상 시간은 얼마 걸리지 않을 겁니다. 기껏해야 3, 40분 정도 될까요?"

"사건 현장인 맨션에서 세이조 역까지는 가깝습니까?"

"그게 의외로 좀 멀어요. 도보로 한 20분 정도 걸리는 거리입니다. 택시를 타면 좀 더 빨라지겠지만 말이죠."

"그럼 도쿄 역까지 거의 1시간 정도 걸린다고 보면 되겠네요. 여자가 살해당한 게 3시 20분쯤이니 하야부사가 출발한 4시 45분까지는 1시간 25분 정도 비는 시간이 생기는군요. 근데 거기서 도쿄 역까지 걸리는 1시간을 빼면 남는 시간은 25분 정도라는 소린데, 여자가 과연 그 시간 동안 목욕을 하려고 했을까요?"

순간 요시키는 눈이 번쩍 뜨였다. 요시키는 말하려는 것을 멈추고 그의 질문을 찬찬히 되새겼다. 대수롭지 않게 여길 수도 있지만, 생각해보면 이는 매우 중요한 사실을 간과한 셈이었다.

피해자가 남자라면 큰 문제가 되지 않았다. 20분이라면 목욕을 마치고 나와 대충 몸을 닦은 후 잽싸게 옷을 갈아입고 뛰쳐나가면 맞출 수도 있는 시간이었다. 그러나 여자라면 이야기가 달라진다. 아니, 거의 불가능에 가까운 이야기였다. 특히 구조 지즈코는 평소 외모에 매우 신경을 쓰는 여자였다. 화장하는 시간뿐 아니라 머리를 충분히 말릴 시간도 필요했을 것이다. 즉, 열차의 출발 시각이 1시간 반밖에 남지 않은 상황에 그녀가 여유롭게 목욕할 생각을 했을 리는 만무하다. 이런 기초적인 사실을 간과하다니!

"말씀하신 대로군요……."

요시키는 힘없는 목소리로 말했다.

"중요한 사실을 간과하고 넘어갔네요. 원점으로 돌아가 다시 생각할 필요가 있을 것 같습니다. 지적해주셔서 정말 감사합니다."

"아뇨, 아닙니다."

우시코시는 과찬이라며 팔을 내저었다.

"제가 원체 좀 느긋한 사람이라 그렇게 생각했던 것뿐입니다. 과연 저라면 역에 그렇게 일찍 도착할 수 있었을까, 하고 말이죠."

요시키는 아무 말도 하지 않았다. 입을 다문 채 필사적으로 머리를 굴렸다. 대체 어떻게 된 일이란 말인가. 구조 지즈코는 욕실에 들어가지 않았던 걸까. 그럼 그녀는 욕실 안에서 살해 당한 게 아니란 말인가. 생각할수록 혼란만 가중되었다.

이윽고 요시키가 입을 열었다.

"음, 그럼 사체가 왜 욕조 속에 있었던 걸까요……. 즉 가죽 가방을 든 남자가 3시 20분쯤 그녀를 살해하고 옷을 벗긴 다음 에 욕조에 눕힌 채 물을 틀었다는 이야기일까요? 그렇다면 대 체 왜 그런 짓을?"

"혹시 범인은 얼굴 피부를 벗겨 내기 위해서 일부러 욕실을 고른 게 아닐까요?"

"음, 욕실이라면 바닥에 흘린 피를 쉽게 씻어낼 수 있긴 하군 요. 근데 굳이 옷을 벗길 필요가 있었을까요? 왜 범인은 사체 의 옷을 벗겨야만 했을까요?"

우시코시도 조용히 잠시 생각하다 말했다.

"지금 생각해봤는데, 범인에게 여자의 옷을 숨길 만한 이유 가 있었다든지, 아니면 어떤 연유로 여자의 옷이 필요해서 가 져간 건 아닐까요?"

"옷을 숨긴다……."

"네. 게다가 혹시라도 범행이 우발적이었다면 범인은 적잖이 당황했을 겁니다. 누가 언제 집에 찾아올지 모르는 상황에서 사체를 숨긴다? 이럴 때 벗은 몸을 앞에 두고 바로 떠올릴 수 있는 장소는 욕실뿐일지도 모릅니다."

"그렇군요……. 범인에게 옷을 벗겨야만 하는 이유가 있었다……. 그렇다면 범인이 얼굴 피부를 벗겨 낸 이유는 뭘까요?"

"흐음, 그건 저도 전혀 모르겠네요."

"음, 그럼 범인이 옷을 가져가거나 숨겨야만 했다면, 그 이유는 대체 뭘까요?"

"혹시 옷에 피가 묻었다든가."

"아뇨, 그건 말이 안 됩니다. 욕조 속은 이미 피바다였으니까요."

"그렇군요. 그럼 범인의 혈액형 표본이 채취될 만한 피나 침 같은 게 옷에 묻어있었던 건 아닐까요?"

"호오, 범인의 것이 묻어있었다……. 그럼 그게 묻은 상의나 바지 정도면 되지 않나요? 왜 전부 벗긴 채로……. 아니, 잠깐만요. 중요한 사실을 완전히 간과하고 있었네요. 범인은 옷을 벗기기는 했지만 가져가진 않았어요."

"네? 가져가진 않은 건가요?"

"네. 가져가지 않았어요. 벗기기만 했지요……. 조금 혼란스럽네요. 나중에 다시 천천히 생각을 정리해야겠습니다."

요시키는 한숨을 크게 내쉬고 이마를 꾹 눌렀다. 갑작스럽게 피로가 몰려와 머리가 지끈거렸다. 둘은 다시 침묵에 잠겼다.

"그나저나 우시코시 씨를 만나서 정말 다행입니다."

요시키는 고개를 들어 말했다.

"사건의 실마리가 조금씩 풀리는 느낌입니다. 말씀하신 내용은 천천히 다시 생각해보겠습니다."

"도쿄의 1과에서 근무하는 분께 그런 말씀을 들으니 영광이네요."

우시코시가 미소 지었다.

"그러고 보니 그것 말고도 또 하나, 이미 죽은 여자가 블루트레인에서 사진을 찍힌 수수께끼 말입니다. 이에 대해서는 뭔가 떠오르는 게 없으신가요? 완전히 의문투성이입니다.

저는 원래 또 한 명의 구조 지즈코가 있다고 가정하고 여행 길에 올랐습니다. 근데 구조 지즈코와 똑같이 생긴 여자는 어디에도 없었어요. 앞으로도 없다고 생각하고 수사를 진행하는 게 좋을 듯하고요.

그럼 그건 상식적으로 있을 수 없는 일이 됩니다. 역시 이 사건은 제 역량으로 해결할 수 없는 걸까요. 아까 도미카와의 다바타 씨 이야기처럼 사건이 괴담으로 끝날 것 같다는 느낌이 듭니다. 도무지 어찌해야 할지 모르겠네요."

"흐음, 그럴지도 모르겠군요. 세상에는 논리적으로 설명되지 않는 이상한 일들이 많이 일어나니까요. 저도 전혀 감을 못 잡겠습니다. 솔직히 믿을 수도 없고요. 기괴하다고밖에 할 수 없네요."

"뭔가 힌트라도 없으신가요. 저는 이 사건은 뭐랄까, 이게 전

부라는 생각이 듭니다. 이 수수께끼만 풀린다면 모든 게 한꺼번에 해결될 것 같은 느낌입니다."

"맞아요. 저도 그런 생각이 듭니다."

"그러니까 말이지요……."

"하지만 저도 더 이상은 무리입니다. 단지 오늘 아침, 사건에 대해 간략히 들었을 때 하나 떠오르는 건 있었습니다."

"오, 어떤 건가요?"

"이미 옛날이야기입니다만, 미카와시마 사건이라고 들어보셨는지요?"

"미카와시마 사건?"

"네, 요시키 씨는 아직 젊어서 모르실 수도 있겠네요."

"아니, 이름 정도만 들어 알고 있습니다. 열차가 전복했던 사건 아닌가요? 자세한 건 모릅니다만."

"맞아요. 열차가 이중 충돌한 사건입니다. 쇼와 37년1962년 무렵에 일어났던 사건이지요. 뭐, 말해봤자 이번 사건과는 아무 관련이 없을지도 모르니 그냥 흘려들어 주세요."

"네."

"그게 어떤 사고였는지 간단히 말하면, 조반 선 열차가 탈선해서 전복했는데 때마침 반대편에서 오던 열차와 부딪친 거지요. 거기까지면 모르겠는데 뒤에 오던 열차가 또다시 열차를 들이받으면서 말 그대로 대참사로 이어졌어요."

"흠."

"특이한 것은 전복한 열차를 처음으로 들이받았던 열차의 운전사가 사고 직후에 무사히 운전 칸을 빠져나와 부상당한 승객들을 구출했습니다. 근데 그는 전복한 열차 뒤로 따라오던 다음 열차를 정차시켜 추가 사고를 방지할 의무가 있었어요. 결국 그것을 잊어버린 탓에 더 큰 참사가 발생한 거지요. 따라서 법원은 그에게 유죄를 선고했습니다."

"그렇군요."

"근데 최근 들어 당시 운전사의 심리상태에 대해 흥미로운 주장을 하는 학자가 나타났습니다. 저는 이 사건에 좀 흥미가 있어서 여러 책을 읽어봤습니다만, 그중 미와라는 이름의 뇌신경학자가 쓴 '자동인간'이라는 학설이 있습니다."

"흐음."

"그가 유죄를 선고받은 이유 중에 이런 게 있어요. 사고 직후부터 병원에서 정신을 차리기까지 그가 사고 후 승객을 구출한 자신의 행동을 전혀 기억하지 못했다는 겁니다. 즉, 자신이 그렇게 행동한 이유가 직무상 사명감에서였다든지 하는 정확한 설명이 불가능했다는 말이죠. 어떻게 보면 승무원으로서 당연한 행동을 했지만 기억에는 없다고 하는 그의 주장은 받아들여지지 않았어요.

그러나 최근에는 이런 게 충분히 가능하다는 학설이 나오기 시작했어요. 그게 바로 자동인간 학설입니다. 이 미카와시마 사건의 운전사도 마찬가지지만 제가 요시키 씨의 이야기를 들고 떠오른 게 바로 이 학설입니다."

"정확히 말하면 어떤 거죠?"

"축구선수를 예로 들어볼까요. 미카와시마 사건의 운전사는 현재까지도 살아있지만, 축구의 세계에서는 경기 중 머리를 강타당한 선수가 아무렇지도 않게 플레이를 지속하다가 경기가 끝나자마자 쓰러져 사망하는 예가 종종 있습니다. 근데 그러한 경우 중 대다수는 실제로 머리를 강타당한 시점에 이미 죽어있었다는 것이지요."

요시키는 소름이 돋았다.

"실제로는 죽어있지만 선수로서의 플레이가 이미 몸에 숙지되어 있기 때문에 무의식중에도 경기를 지속하게 되는 겁니다. 이런 걸 자동인간 상태라고 부른다고 하더군요. 미카와시마 사건의 운전사도 일례 중 하나겠지요."

요시키는 다시 생각에 잠긴 채 꽤 시간이 흐른 후에야 입을 열었다.

"그럼 이 사건의 구조 지즈코도 자동인간이었다는……."

"아뇨, 그럴 리는 없지요. 우선 흉기에 찔린 채 살해당한 그녀가 자동인간 상태로 하야부사에 탔다면 가슴 언저리에 흉기가 박혀있어야겠지요? 그리고 블루트레인의 침대 객실에서 사망한 채로 다음 날 아침, 그러니까 19일 아침에 발견되는 정도가 고작일 텐데, 다시 눈을 뜨고 점심시간 전에 구마모토에서 내렸다니 있을 수 없는 이야기지요. 저는 단지 요시키 씨가 힌트를 원하시길래 지푸라기라도 잡는 심정으로 말씀드린 겁니다. 괜히 더 혼란스러워지셨을지도 모르겠네요."

"아닙니다."

요시키는 대답하면서 역시 그럴 리는 없다고 생각했다. 야스다가 이미 19일 새벽에 여자의 사체를 발견했기 때문이다. 이 시점에서 자동인간설은 의미를 잃는다. 즉, 여자의 몸이 둘이 아닌 이상 블루트레인의 괴현상은 설명되지 않는 것이다. 자동인간설로 증명할 수 있는 것은 인간이 강한 의지만 있다면 사후에도 어느 정도 몸을 움직일 수 있다는 정도였다.

요시키가 이번 여행으로 얻은 결론은 역시 구조 지즈코의 몸이 하나밖에 없다는 점이다. 또 한 명의 구조 지즈코는 세상 어디에도 존재하지 않았다. 60분의 1초의 여자의 허상은 역시 허상일 뿐이었다.

두 사람은 도마코마이 역에서 내려 삿포로로 향하는 지토세선 열차로 갈아탔다. 우시코시는 당연히 요시키가 삿포로까지 가서 하룻밤 자고 갈 것으로 예상했다.

그 무렵 요시키는 고민하고 있었다. 내일은 토요일이었지만 비록 일요일이었다고 한들 하루를 낭비하며 보내기는 싫었다. 홋카이도에 아직 용무가 남아있다면 생각해볼 만한 이야기지만 그것도 아니었다. 되도록 빨리 도쿄로 돌아가 구조 준코를 만나고 싶은 마음이 들었다.

손목시계를 바라보았다. 시간은 7시 반을 조금 지나고 있었다. 요시키는 현재 타고 있는 열차가 지토세 공항에도 정차한다는 사실을 알고 있었다.

"열차가 지토세 공항에서도 정차하죠?"

요시키가 물었다. 열차 내부는 아까와는 다르게 사람들로 번잡했다.

"만약 비행기 티켓만 구할 수 있다면 오늘 밤에 돌아가고 싶습니다. 도쿄에서 할 일도 산더미고요."

우시코시는 "아아, 그렇습니까." 하며 아쉬운 듯 대답했지만 굳이 잡지는 않을 눈치였다.

열차가 내륙부로 들어서자 차창 밖으로 다시 눈 덮인 풍경이 펼쳐졌다. 해는 이미 진 상태였다. 황야 너머로 눈 쌓인 고목들이 모습을 드러냈다가 이내 사라졌다.

어두운 설원 위에 솟은 몇몇 고목은 열차가 내뿜는 불빛으로 마치 우두커니 서 있는 허수아비처럼 보이기도 했다. 요시키는 으스스한 기분이 들었다. 요시키의 마음 한구석에도 어느새 창밖 풍경처럼 기괴한 심상이 똬리를 틀고 있는 느낌이었다.

도마코마이에서 지토세 공항까지는 멀지 않았다. 두 사람은 비교적 최신식 플랫폼에서 내려 계단을 오른 후 공항으로 연결되는 긴 통로를 걸었다. 신칸센의 여느 역과도 비슷한 분위기를 풍기는 현대식 역사였다.

성수기가 지나서인지 비행기 티켓은 남아있었다. 둘은 공항

레스토랑에서 식사를 마치고 시간이 조금 남은 관계로 대기실 벤치에 앉아 대화를 나눴다.

대기실은 널찍한 공간에 일렬로 나란히 벤치가 놓여있어 마치 극장 내부 같은 모습이었다. 스크린에 해당하는 전방의 벽은 바닥에서 천장까지 유리로 덮여있었고, 그 너머로는 거대한 점보기의 모습이 보였다. 둘은 나란히 앉아 비행기를 바라보았다.

나카무라에게 안부를 전해달라는 우시코시의 말에 요시키는 고개를 끄덕였다. 요시키가 괜찮다고 했지만 우시코시는 출발 시각이 거의 다 되도록 공항에 있다가 돌아갔다.

7

다음 날인 3월 3일 토요일, 도쿄로 돌아온 요시키는 주임에게 수사 결과를 간단히 보고하고 도큐도요코 선 열차에 몸을 실었다. 구조 준코를 만나볼 생각이었다. 급하게 경찰서를 빠져나온 탓에 나카무라는 만나지 못했다.

도쿄의 날씨는 쾌청했다. 3월 들어 급속도로 기온이 오른 덕분에 거리에는 벌써 따스한 봄볕이 느껴졌다. 바로 어제 눈 덮인 동네를 돌아다녔다는 사실이 먼 옛날이야기 같은 기분이 들었다.

준코의 맨션은 역에서 10분 정도 소요되는 비교적 찾기 쉬운 곳에 있었다. 그러나 집에는 인기척이 없었다. 요시키는 준코가 잠시 집을 비운 것으로 생각하고 집주인을 만났지만, 그는 준코가 이미 이사를 한 상태라고 했다. 혹시나 싶어 어디로 이사 갔는지를 물으니, 그는 슬리퍼를 신고 나와 "저깁니다." 하고 손가락으로 가리켰다.

100미터도 채 안 되어 보이는 곳에 또 다른 맨션이 보였다. 집주인은 그녀가 약 2주 전에 이사했다고 했다.

맨션에 들어서니 안쪽으로 넓은 로비와 승강기가 보였다. 맨션은 총 8층 높이의 꽤 괜찮은 건물이었다. 준코의 집은 6층이라고 했다. 승강기에서 내린 요시키는 놀라움을 감추지 못했다. 승강기 왼편으로 끝없이 이어진 복도 좌우로 수많은 현관문이 보였다. 맨션에 들어설 때까지만 해도 눈치채지 못했지만 대단히 큰 맨션 같았다. 그리고 여대생 혼자서 살기에는 사치스러운 느낌도 들었다.

구조라는 문패가 붙은 현관문 앞에서 초인종을 누르자 안쪽으로 청아한 오르골 소리가 울려 퍼졌다.

—누구세요?

초인종 스피커에서 준코로 생각되는 여자의 목소리가 들려왔다.

"밖이 보이십니까?"

요시키는 현관문 중앙에 점을 찍은 것 같은 작은 구멍을 바라보며 말했다. 만약 보인다고 대답하면 그쪽으로 경찰수첩을 내밀 생각이었다.

―아뇨…….

여자는 수상하다는 듯이 말했다.

"경찰서에서 왔습니다. 언니인 구조 지즈코 씨에 대해 몇 가지 좀 여쭤볼 수 있을까요?"

여자는 일순 말문이 막힌 눈치였다. 스피커를 통해서 그녀가 느끼는 당혹감이 고스란히 전해져왔다.

문이 열리기까지는 꽤 시간이 걸렸다. 요시키는 그때까지 준코가 집 안을 정리한다고 추측했다. 그러나 그녀는 문을 열고 나서도 요시키에게 안으로 들어오라는 말을 건네지 않았다. 어쩔 수 없이 현관문 앞에서 대화가 이루어졌다.

요시키는 준코의 첫인상에 주목했다. 언니와 닮지 않았다는 사실은 이미 사진을 통해 알고 있었지만, 요시키는 지푸라기라도 잡는 심정으로 일말의 기대감을 품고 있었다.

그러나 준코는 사진 속 모습과 다를 바가 없었다. 당연하다면 당연한 일이었다. 그녀는 구조 지즈코와는 전혀 다른 얼굴의 소유자였다.

쇼와 38년1963년생인 준코의 나이는 아직 스물하나였다. 준코는 딱 그 나이대의 앳된 얼굴을 하고 있었다. 지즈코와는 다른 매력이 느껴졌지만 객관적으로 보면 언니보다 예쁘다고는 할 수 없는 외모였다.

요시키는 준코가 언니와 얼굴 이외에 정확히 어떤 부분이 다른지 구분이 잘 되지 않았다. 준코도 지즈코 못지않은 큰 키를 자랑했다. 헤어스타일은 물론 오뚝하게 솟은 콧대도 닮아있었다. 그리고 두 사람 모두 특별히 뚱뚱하거나 말랐다고도 할 수 없는 체형이었다. 하지만 얼굴을 유심히 살펴보면 차이점은 확연히 느껴졌다. 어떻게 보면 피를 나눈 자매인지 의심될 정도로 둘은 전혀 다른 얼굴을 지니고 있었다. 준코의 얼굴에는 점도 없었다.

"1과의 요시키라고 합니다. 구조 지즈코 씨가 사망하신 건 알고 계십니까?"

요시키는 실망스러운 기색을 애써 감춰가며 물었다.

"네, 집에서 연락이 와서……."

준코의 말끝이 조금 떨렸다. 사투리가 약간 섞여 있었다.

"놀라셨나요?"

"네, 근데……. 언니랑은 전혀 연락하지 않아서요."

준코가 말했다.

"아, 그렇습니까. 도쿄에 오셔서 만난 적도 없으신가요?"

"네……."

"한 번도요?"

"네."

"언니가 일찍 집을 나가서 그런가요?"

"네, 뭐……. 아버지도 만나지 말라고 하셔서요. 언니가 긴자에서 일하니까 만나면 저한테 악영향을 끼친다고 생각하신 것 같아요."

"지즈코 씨가 긴자에서 일한다는 건 알고 계셨습니까?"

"네, 알고 있었어요."

"만나고 싶다는 생각은 안 드셨나요?"

"그다지……."

"만난 지는 얼마나 되셨죠?"

"제가 초등학교에 들어갈 때쯤 보고 못 봤으니, 한 여섯 살 이후부터는 못 본 것 같아요."

"그 정도면 얼굴도 제대로 기억나지 않으시겠군요."

"그건 언니도 마찬가지일 걸요."

"서로 거의 타인이라고 봐도 무방하겠군요."

"네, 맞아요."

"흠……. 언니에게 원한을 품을 만한 사람에 대해 아시는 게 없겠군요?"

"모르겠어요. 언니를 만난 적이 없으니까요."

준코의 태도는 홋카이도에서 만난 단조 요시에와 닮아있었다. 별달리 수사에 도움이 될 만한 구석이 보이지 않았다.

"그럼 형식적인 질문을 하나 하죠. 기분 나쁘게 듣진 말아 주십시오. 1월 18일 오후에 무엇을 하고 계셨습니까?"

"1월 18일이면 무슨 요일이죠?"

"수요일입니다."

"학교에 있었겠네요."

"증명하실 수 있습니까?"

"네. 친구들이나 교수님이 계시니까요."

"일단 그분들의 성함을 알려주실 수 있나요?"

요시키는 준코의 입에서 나오는 이름을 수첩에 적어가며 잠시 집을 둘러보았다. 방 안은 생각보다 깔끔하게 정돈되어 있었다. 집은 6조와 4조 반1조는 약 90×180cm-옮긴이은 되어 보이는 두 개의 방에 부엌이 딸린 구조였다. 어림잡아 월세가 7만 엔은 되어 보였지만 어떻게 충당하는지는 묻지 않기로 했다.

"지금 단기대학에 다니고 계시죠?"

"아뇨, 4년제예요."

"전공은?"

"경제학부입니다."

요시키는 이 정도로 하고 준코의 집을 나서기로 했다.

세이조 경찰서로 돌아간 요시키는 점심을 해결하기 위해 근처 레스토랑으로 향했다. 그리고 수첩에 적어둔 이들에게 전화를 걸어 준코의 18일 알리바이를 확인했다. 준코는 18일 세미나를 마치고 시부야에서 친구들과 새벽 12시까지 술자리를 가졌다고 했다. 즉, 18일 오전부터 다음 날 자정이 될 때까지 그녀는 계속 누군가와 함께 있었다는 말이 된다.

경찰서로 돌아가자 새로운 소식이 요시키를 기다리고 있었다. 문을 열고 들어서는 요시키를 나카무라가 큰 소리로 불렀다.

"요시키! 올 것이 왔네! 구조 지즈코의 집에서 도망쳤던 젊은 남자가 붙잡혔어!"

"정말입니까?! 어디에서요?"

"가부키초라는군. 다른 건으로 조사 중에 붙잡힌 것 같아. 몽타주를 확인한 순경이 추궁하니까 인정했다는군."

"자백한 건가요?"

"그것까진 아직 모르겠네. 슬슬 올 때가 됐는데. 고야마라는 형사가……."

순간 나카무라의 말이 멈췄다. 요시키의 등 뒤로 이미 고야마가 모습을 드러낸 상태였다.

"안녕하십니까."

고야마는 먼저 인사를 건네왔다. 나카무라가 자리에서 일어나 셋은 취조실로 향했다.

취조실에는 가죽 잠바를 입은 젊은 남자가 앉아있었다. 그는 몽타주처럼 머리는 뒤로 빗어 넘긴 리젠트 스타일에 청바지를 입고 스니커즈를 신은 모습이었다. 나이는 30대 정도로 보였다.

"어떻게 붙잡힌 거죠?"

요시키는 취조실로 들어가기 전에 작은 목소리로 물었다.

"약을 팔다가 붙잡혔습니다."

고야마가 속삭이듯 대답하며 취조실 문을 열었다.

남자와 탁자를 사이에 두고 마주 본 방향에는 고야마가 앉았고, 요시키는 대각선 쪽에서 벽에 몸을 기댄 채로 섰다. 나카무라는 남자의 등 뒤에 섰다.

고야마가 남자의 얼굴에 구조 지즈코의 사진을 들이밀며 사납게 물었다.

"이 여자, 기억하나?"

남자는 슬쩍 고개를 들더니 금세 눈을 다시 밑으로 향한 채 아무 말도 하지 않았다.

"어이, 사사키! 빨리 대답해!"

고야마가 소리쳤다. 남자의 이름은 사사키인 듯했다.

"입 다물어도 소용없어. 이미 맨션에서 너와 맞닥뜨린 주부가 널 똑똑히 봤다고 증언했어."

사사키는 가늘고 긴 눈을 지니고 있었다. 왼쪽 눈 아래로는 오래된 것으로 보이는 흉터가 있었다.

"1월 18일 3시쯤 구조 지즈코의 집에 갔었나?"

사사키는 그제야 체념한 듯 고개를 끄덕였다.

"옳지, 그렇게 나와야지. 그래, 거긴 뭐 하러 갔었지?"

사사키는 묵묵부답이었다.

"뭐 하러 갔냐고, 이 자식아."

박박 깎은 짧은 머리의 고야마는 체육대학 유도부 출신이었다. 그는 180센티 이상에 90킬로는 족히 나가 보이는 덩치의 소유자였다.

"야, 인마!"

고야마가 쾅하고 탁자를 거칠게 내리쳤지만, 사사키는 될 대로 되라는 눈치였다. 그에게서 반항아 같은 기질이 엿보였다.

"넌 오후 3시 10분쯤 여자와 큰 소리로 말다툼을 했고 와인 진열장 위의 대리석 시계를 떨어뜨렸어."

요시키의 갑작스러운 말에 사사키는 흠칫 놀란 기색을 보였다.

"내 말이 맞나?"

다시 묻자 그는 천천히 고개를 두 번 끄덕였다.

"뭣 때문에 말다툼을 한 거지?"

사사키는 재차 입을 다물었다.

"너 이 자식, 아직도 상황 파악이 안 되냐?"

고야마가 남자 앞으로 몸을 비스듬하게 숙이며 말했다.

"네가 진짜로 그런 짓을 저지른 거면 이건 절대로 간단하게 끝날 일이 아니야. 여기를 조심해야 한다고. 여기 말이야."

고야마가 그렇게 말하며 자신의 목덜미를 찰싹찰싹 때렸다.

"이쪽도 신사적으로 하고 싶다고. 그러니까 빨리 끝내자."

그는 이번에는 손을 뻗어 사사키의 어깨를 주무르며 말했다.

"얼른 말해. 실은 별일 없었던 거 아냐? 응?"

사사키가 고민하고 있다는 낌새가 요시키에게 전해져왔다. 그러나 입을 열 생각은 없어 보였다.

"구조 지즈코와는 어떻게 알게 된 사이지?"

요시키가 다시 물었다.

"예전에 내가 하라주쿠 모델소개소에서 일할 때 스카우트했었어."

사사키가 처음으로 대답다운 대답을 내뱉었다.

"그렇군. 네가 구조 지즈코를 M모델소개소로 데려간 거였군."

사사키는 고개를 끄덕였다.

"이후 그녀와 사귀게 된 건가?"

"그 정돈 아냐."

"같이 잤나?"

고야마가 물었다.

"그런 거 아니라고."

사사키가 대답했다.

"소개소를 그만둔 건 언제지?"

"한참 전 일이라 이미 잊었어. 거기선 1년도 채 안 있었어."

"하지만 이후에도 계속 구조 지즈코를 따라다녔군."

"아냐."

"그럼 집은 어떻게 알았지?"

"최근에 그 여자가 긴바샤에서 일한다는 걸 들었거든. 재밌을 것 같아서 뒤를 좀 밟았지. 구로후쿠에 아는 녀석이 좀 있어서."

"구로후쿠? 그게 뭐지?"

"호스티스 알선소 같은 거야."

"그렇군."

"그래서 어쨌다는 거야? 분명 남자 문제지? 구조 지즈코한테 남자가 생긴 걸 눈치채고 술집에서 일하는 게 알려지고 싶지 않으면 돈을 내놓으라는 식으로 협박한 거 아냐?"

"그런 거 아니야."

"그럼 뭐야?!"

사사키는 잠시 망설이더니 입을 열었다.

"여동생 문제."

"여동생?"

"그래."

"구조 준코?"

"맞아."

"무슨 일이 있었던 거지?"

"그 녀석이 최근에 약 맛을 좀 알아버려서. 그걸 알려주려고 갔던 것뿐이야."

요시키는 조금 전에 만나고 온 준코를 떠올렸다. 전혀 예상치 못한 대답이었다.

"정말인가?"

"정말이야."

"믿을 수 없군."

"네놈이 여자를 꼬드겼나?"

"웃기지 마!"

"근데 잘도 준코의 언니가 구조 지즈코인 걸 알아챘군. 어떻게 알았지?"

"초록은 동색인 법이지."

"건방진 자식!"

"두 사람은 자주 만났던 것 같나?"

"그야 그랬겠지. 자매잖아."

사사키는 자세한 집안 사정까지는 모르는 눈치였다. 그러나 만약 그의 말이 사실이라면 준코는 요시키에게 거짓말을 한 셈이 된다.

"준코에게 남자가 있나?"

"스폰서가 있는 것 같던데? 돈 아까운 줄 모르는 여자니까."

요시키는 준코가 살던 고급 맨션을 떠올렸다.

"구조 지즈코한테 그걸 빌미로 돈을 뜯으러 간 거로군."

"나는 친절하게 알려준 것뿐이야."

"거짓말 마!"

"하지만 여잔 돈을 못 준다고 했겠지. 너더러 여동생을 그런 길로 유혹했다고 비난까지 하면서 말이야. 그래서 말다툼이 벌어진 거고. 어때, 아닌가?"

요시키가 확신에 찬 말투로 묻자, 사사키는 옅은 미소를 띤 채 대답했다.

"뭐, 비슷해."

"역시 그랬군. 바보 자식."

고야마가 혀를 차며 말했다.

"그래서 죽인 건가? 그런 일로?"

고야마의 한마디에 그는 순간 표정이 일그러졌다. 그러고는 용수철 튀듯 고개를 치켜들며 외쳤다.

"뭐라고?! 그 여자가 죽었다고?"

사사키는 충격에 가득 찬 눈빛으로 고야마와 요시키를 번갈아 쳐다봤다.

"뭐야, 이 자식. 연기하냐?"

고야마가 말했다.

"지금까지 뭐라고 생각한 거야. 그럼 우리가 왜 이렇게까지 심각하게 묻고 있겠어. 응?"

"그 여자, 죽었어?"

재차 물어오는 사사키의 모습을 요시키는 가만히 지켜보았다. 물론 이유가 있어서였다.

"연기 그만둬. 그런 게 먹힐 것 같냐?"

고야마가 말했다. 하지만 요시키는 그 말에 동의할 수 없었다. 사사키의 모습이 연기로는 보이지 않았다.

"아까 포스터 보여줬지? 네 얼굴이 들어간 포스터 말이다. 너도 봤을 거 아냐. 그걸 무슨 포스터라고 생각한 거야? 쥐라도 잡자는 포스터로 보였냐?"

"죽었다는 건 몰랐어. 그리고 나, 신문을 안 읽어서 그런 거 잘 몰라."

"그 이후로 맨션에 다시 간 적이 있나?"

"안 갔어. 전화는 한 번 했었는데 받지 않더군."

"18일 오후 3시쯤 맨션에 갔을 때 여자는 방에서 뭘 하고 있었지?"

"여행 준비 같은 걸 하고 있더군."

"어떤 옷을 입고 있었나?"

"그런 건 이미 잊어버렸어. 이미 두 달도 넘은 이야기라고."

요시키는 하야부사 안에서 고이데가 찍은 사진을 내밀었다.

"이런 차림새였나?"

사사키는 사진을 흘낏 쳐다보더니 대답했다.

"어, 맞아. 이 모습이었어."

"네가 돌아갈 때 여자가 욕실 안에 있었나?"

"욕실? 아니."

"거짓말하지 마! 그럼 왜 집에서 도망치듯 뛰쳐나갔나?"

고야마가 물었다.

"내가 그랬어?"

사사키가 살짝 비웃음이 섞인 말투로 대답했다.

"그냥, 기분이 별로 안 좋았어."

8

"저 녀석은 범인이 아냐."

취조실을 나와 휴식을 취하는 사이에 나카무라가 말했다.

"저도 그렇게 생각합니다."

요시키도 동조했다.

"저런 새파란 녀석이 여자의 옷을 벗긴 채 욕실로 끌고 가서 살해하고 얼굴 피부까지 벗겨 냈다고? 별로 믿기지 않아. 불가능해 보이네."

"안 그래도 그 문제로 말씀드릴 게 있습니다. 어제 홋카이도에서 우시코시 형사와 만났을 때 그가 하나 지적해준 게 있습니다."

요시키는 열차의 출발 시각이 한 시간 반밖에 남지 않은 상황에 여자가 여유롭게 목욕을 하러 들어갔을 리 없다는 사실을 전했다.

"그래. 일리가 있군."

나카무라가 고개를 끄덕였다.

"아무래도 우리가 성급하게 판단을 내린 것 같네. 맞아. 피해자는 여자였어. 당연히 화장을 할 시간이 필요했겠지."

"머리를 말릴 시간도 필요하지요."

"그래. 그 말도 맞아."

"구조 지즈코가 사사키와 말다툼을 했던 게 3시 10분입니다. 그리고 사사키가 집에서 도망친 시간이 3시 27, 28분 무렵이고요. 직접 실험을 해볼 순 없지만 그 17, 18분 사이에 여자의 옷을 벗기고 욕조에 넣은 채 물을 틀어놓고 얼굴 피부를 벗겨 내는 건, 아슬아슬하지만 가능하긴 합니다."

"그래. 후나다도 범인이 서두른 흔적이 있다고 했지."

"네. 저흰 그 사실을 조금 간과하고 있었던 것 같습니다. 확실히 가능한 이야기인데 말이죠. 그러나 여자가 살인사건과 맞닥뜨리지 않고 예정대로 목욕을 하고 나서 도쿄 역으로 향했다는 건 시간상 도저히 맞지 않습니다."

나카무라가 한숨을 내쉬었다.

"자네 말이 맞네. 섣부른 판단이었군."

"하지만 물론 여기에도 모순이 존재합니다. 아니, 허점이라고 할까요. 범인이 여자를 살해하고 옷을 벗겨 욕조에 넣어 얼굴 피부를 벗겨 낸다. 이는 17, 8분 사이에도 어떻게든 가능하니까 우리는 범인은 사사키라고 생각해왔습니다. 하지만 보시다시피 녀석은 범인이 아닙니다. 시간문제로 욕실에 들어가지 않은 것도 알았습니다. 그럼 어떻게 된 걸까요? 사사키가 집에서 나간 3시 27, 8분에 구조 지즈코는 살아있는 상태로 옷을 입고 있었습니다. 복장도 사진에 찍힌 대로였고요. 즉, 그녀는 여행 준비를 완전히 마친 상태였어요."

"그래, 원래대로라면 여자는 그 후 바로 도쿄 역으로 향했겠지."

"맞습니다. 하야부사의 출발 시각까지는 이미 1시간 17, 8분밖에 남지 않은 상황이었습니다. 아슬아슬했다는 말이지요. 이때 만약 사사키 말고 다른 범인이 집에 찾아왔다면? 범인이 집에 들어온 시간은 적어도 사사키가 집을 나간 시간과 맞물려야만 합니다. 조금이라도 늦는다면 구조 지즈코는 집을 나가고 말죠."

"그렇군."

"아니면 사사키가 집에 있던 시점에 이미 범인이 집 안 어딘 가에 숨어있었을 수도 있겠네요."

"하지만 녀석이 아까 한 말에는 집 안에는 둘뿐이었다는 분 위기가 풍겼지."

"맞습니다."

"생각을 근본부터 바꿀 필요가 있군. 하지만 사사키가 아니 라면 범인은 대체 누구란 말이지? 우리는 지금껏 범인이 사사 키라고 거의 확신하고 있었어. 사사키가 아니라면 사건은 더욱 꼬인다는 얘기지. 지금까지 만나 온 사람 중에 범인이 있을 것 같지도 않고 말이야. 범인은 혹시 우리가 전혀 알지 못하는 사 람이 아닐까?"

"아뇨, 저는 그렇게 생각 안 합니다. 수사가 거듭될수록 구 조 지즈코가 고독한 여자였다는 점이 확실해지고 있어요. 그 녀는 정말로 외로운 여자였던 것 같습니다. 사교성이 좋았던 것 같지도 않고요. 또 현금이나 귀중품에 전혀 손대지 않은 걸 로 미루어보면 이번 사건의 범인은 단순한 강도나 절도범이 아닙니다. 면식범의 소행일 가능성이 높다는 거죠. 결국 지금 까지 수사 선상에 오른 8명 중 범인이 있을 것 같다는 느낌입 니다."

"총 8명이었나? 누구누구지?"

"소메야, 다카다테, 기타오카. 그리고 좀 넓게 보자면 고이데 부부, 나가오카, 여동생인 준코가 있군요. 마지막으로 부록 삼아서 옆 맨션에 사는 야스다도 있고요."

"치한 아저씨말인가. 이 사람은 어떻지?"

"일단 아무런 관계가 없었습니다. 구조 지즈코와는 생활권도 전혀 달랐고요."

"그건 고이데 부부나 나가오카도 마찬가지 아닌가?"

"맞습니다. 그러니 일단 뒤의 네 명은 제외해도 무방할 것 같습니다."

"긴바샤 쪽은 어떻지?"

"그쪽은 이마무라 형사가 이미 완벽하게 조사를 마쳤더군요. 범행에 관련될 만한 인물은 없다고 했습니다."

"그렇다면 소메야, 다카다테, 기타오카. 그리고 준코 정돈가."

"그렇게 되는군요. 하지만 앞서 세 남자는 구조 지즈코와 모종의 관계가 있긴 했지만 적어도 범행 시점에는 완전히 관계를 정리한 상태였어요. 따라서 일단 의혹의 중심에서는 벗어나 있었죠. 그들은 여자와 관계를 정리한 시점도 이미 오래전일뿐더러 사회적인 지위도 어느 정도 갖춘 인물들입니다. 이제 와서 구조 지즈코를 살해할 만한 이유가 없는 거죠. 살의를 품을 만큼 어긋난 관계도 아니었고요. 저와 이마무라 형사가 집중적으로 추궁했지만 결국 단서는 아무것도 나오지 않았습니다."

"세 남자는 모두 여자와 모종의 관계가 있었던 건가?"

"음, 정확히 말하면 소메야와 기타오카는 확실히 있었습니다만, 다카다테는 아직 여자한테 다가가던 단계였던 것 같습니다."

"소메야와 기타오카가 여자와 관계를 맺은 건 언제 무렵이지?"

"아직 확실하지는 않지만, 구조 지즈코가 덴엔교통의 사장실 비서로 일했던 시점이 쇼와 49년1974년에서 54년까지니 기타오카와는 적어도 50년 무렵부터 54년까지는 관계를 지속했던 걸로 보입니다."

"그렇군."

"54년에 구조 지즈코는 긴바샤로 직장을 옮겼습니다. 그리고 55년부터 약 1년 동안 소메야와 관계가 있었다고 동료가 증언하더군요. 넉넉잡아 56년 초순 정도까지는 관계를 지속했던 것 같습니다."

"그 후에는 깨끗하게 정리한 건가?"

"네. 정리한 지도 3년이 흘렀고 그 사이에 별문제도 없었던 것 같습니다."

"흠. 그럼 남은 건 준코군. 이 여잔 마약에 손을 댔군."

"근데 준코는 1월 18일 오전부터 다음 날 자정까지 온종일 친구나 교수와 함께 있었습니다."

"헌데 사망추정시각 범위는 19일 새벽 5시까지 아닌가?"

"하지만 동생이 언니를 죽인 것도 모자라 얼굴 피부를 벗겨 냈다고는 쉽사리 생각되지 않습니다."

"그렇긴 하군. 게다가 아직 스무 살밖에 안 된 처자니. 그럼 범인은 누구란 소리지?"

"다소 혼란스럽긴 합니다만, 결국 이 넷 중에 가장 수상한 자를 꼽으라면 역시 소메야입니다."

"의사 말인가?"

"네. 따져보면 의사가 사람의 얼굴 피부를 벗겨 내는 것쯤이야 그다지 어려운 일도 아니더군요. 후나다도 의대생이라면 모두 해부시간에 한 번쯤은 한다고 했습니다."

"그렇군."

"하지만 아직 확증이 없습니다. 살해 동기가 될 만한 것도 없고요. 그래도 내일부터 집중적으로 그를 조사할 생각입니다. 현재로선 가장 유력하니까요."

"의사라면 벗겨 낸 피부로 뭔가를 도모했을 수도 있겠군."

"그럴 수도 있죠. 결국 현재 시점에서 사건의 수수께끼는 두 가지입니다. 범인이 누군지 모른다는 문제도 있지만 하야부사에서 나타난 여자 유령의 문제도 있지요.

이번에 제가 다녀왔던 여행은 한마디로 말하자면 구조 지즈코가 한 사람 더 있을 거라고 생각하고 떠난 여행이었습니다. 그러나 그런 사람은 없었습니다.

앞으로도 이 점은 확실히 하고 수사에 임해야 할 것 같습니다.

또 한 명의 구조 지즈코는 세상 어디에도 없다고 말이죠."

"그래. 자네가 그렇게까지 말한다면 확실할 거라 믿네."

"어쨌든 사건은 하야부사에서 찍힌 60분의 1초의 벽이 모든 것을 결정지을 걸로 보입니다. 이 수수께끼만 풀린다면 사건의 모든 전모가 눈 깜짝할 사이에 밝혀질 것 같은 느낌입니다."

"나도 동감하네."

제4장 두 번째 살인

1

요시키는 어둠 속에서 눈을 떴다. 무슨 영문인지 눈앞이 깜깜했다. 주위에는 오직 어둠만이 가득했다.

어딘가에서 신경에 거슬리는 소음이 계속해서 들려왔다. 그에 맞춰 불쾌감도 증폭됐다.

알람 소리였다. 손을 뻗었다. 차가운 기계의 감촉이 느껴졌다. 무턱대고 윗부분을 눌렀지만 소음은 그칠 기미가 없었다.

부스스 상체를 일으켜 주위를 둘러보았다. 집이었다. 그제야 알람시계가 아니라는 사실을 깨달았다. 전화벨이었다.

요시키는 수화기를 들었다. 여보세요, 하는 목소리가 자신의 목소리가 아닌 것 마냥 느껴졌다.

―요시키 씨?

활기에 가득 찬 남자의 목소리가 들렸다.

"네, 누구시죠?"

불쾌함을 미처 감출 수 없었다. 침대 옆 스탠드의 스위치를 누르자 전자시계의 숫자가 보였다. 새벽 2시 1분이었다. 이제 막 잠에 빠져들었던 참이리라.

―세이조 경찰서의 이마무라입니다. 늦은 시간에 죄송합니다만 빨리 보고해야 할 것 같다는 생각에…….

바깥에 있는 듯 그의 목소리가 살짝 떨렸다.

"그렇군요. 무슨 일이죠?"

요시키는 침대 위에서 자세를 고쳐 앉았다.

―긴급 상황입니다.

이마무라가 흥분이 섞인 큰 소리로 말했다.

―지금 도큐도요코 선 다마가와엔 역 앞에 와 있습니다. 덴엔초후 다음 역인데요. 실은 세이조 살인사건의 용의자 중 하나였던 소메야 다쓰오가 말입니다.

요시키는 졸음이 순식간에 사라졌다. 무심코 수화기를 든 손에 힘이 들어갔다. 그리고 뒤에 이어지는 말은 귀를 의심케 하기 충분했다.

―살해당했습니다. 강변 근처에서 사체가 발견됐다고 합니다. 지금 오실 수 있나요? 나카하라카이도에 있는 마루코바시 다리 부근입니다. 오타 구 쪽 파출소에서 기다리겠습니다. 여보세요?

여보세요?

청천벽력 같은 소리였다. 소메야 다쓰오가 누구인가. 궁색한 용의자 그룹 안에서 그나마 가장 유력하다고 할 수 있는 인물이었다. 요시키는 오늘부터 그를 면밀히 조사하기로 마음먹은 참이었다. 그런 그가 살해라니. 그럼 범인은 다른 사람이란 말인가? 그렇다면 대체 어디에 있다는 말인가.

요시키가 도착했을 때 이마무라는 파출소 앞에서 몸을 숙인 채 떨고 있었다. 주위가 강가인 탓에 바람이 꽤 불었다. 시계는 3시를 향해가고 있었다.

"오시느라 고생하셨습니다."

추위로 코끝이 빨개진 이마무라가 가볍게 고개를 숙여 인사했다. 둘은 어둠 속에서 나란히 발걸음을 옮기며 강변으로 향했다.

"살해당한 지 얼마나 된 거죠?"

요시키가 물었다. 해가 떠있었다면 사체는 이미 한참 전에 발견됐을 것이다. 범행은 적어도 해가 진 이후에 이루어진 것으로 보였다. 그렇다면 아직 얼마 지나지 않은 시점임이 분명하다.

"아직 한두 시간 정도밖에 지나지 않은 걸로 보입니다."

한참을 걷고 나서야 강변이 눈에 들어왔다. 어둠 속으로 사람들의 뒷모습이 보였다. 그중에는 후나다로 보이는 이도 있었다. 멀리서 마루코바시 다리가 작게 보였다.

"용케도 발견됐군요."

요시키가 말했다. 주위는 아직 어둠으로 뒤덮여있었고, 날이 밝아오려면 아직 시간이 많이 남아있었다.

"네. 이 주변으로 야간 조깅을 나오는 사람들이 꽤 있는 것 같습니다. 그중 한 명이 사체를 발견해서 파출소에 신고한 거고요. 마찬가지로 소메야도 주로 밤에 나와서 운동을 했던 것 같습니다. 이것 보세요. 운동복을 입고 있지 않습니까?"

이마무라가 인파 속으로 들어가더니 사체 위로 덮인 시트를 살짝 들어 올렸다. 사체는 위를 바라보고 있는 상태였다. 운동복 상, 하의는 감색 혹은 짙은 녹색인지 아니면 검은색인지 알 수 없었다.

플래시가 번쩍이지 않는 것으로 보아 사건현장 촬영은 이미 끝난 듯했다.

"사체를 옮겨도 됩니까?"

누군가 요시키에게 물어왔다.

"잠시만 기다려주세요."

요시키는 허리를 숙여 시트를 들어 올렸다. 옆에서 이마무라가 손전등의 스위치를 눌렀다.

"사인은 나이프인가?"

요시키가 무심결에 중얼거렸다. 조금 두꺼운 재질의 운동복 상의 가슴 위쪽으로 피가 끈적하게 말라붙어 있었다. 가운데로는 나이프의 손잡이 부분이 보였다. 나이프는 깊숙하게 박혀있는 상태였다. 다른 부위에는 별다른 외상이 눈에 띄지 않았다.

요시키가 사인이 나이프인지 물은 이유는 물론 지즈코의 사체를 떠올렸기 때문이다. 분명히 살해 방법에는 공통점이 있었다.

"나이프가 심장까지 파고들었어. 이 정도라면 범인이 피를 흠뻑 뒤집어썼을 수도 있겠는걸."

어딘가에서 후나다의 목소리가 들려왔다.

"사후 한두 시간 정도 지난 건가?"

요시키가 목소리 쪽을 향해 물었다.

"아, 현재로선 그렇게 보여. 정확한 건 나중에 봐야 알겠지만."

"운동복의 무릎 부분과 신발이 젖어있군."

"그건 물이야. 강물인 듯해. 이 일대에서 몸싸움을 벌인 것으로 추정되는군."

사체는 강에서 한참 떨어진 곳에 있었다.

"이런 거한을 몸싸움 끝에 흉기로 찔러 살해한 걸로 보면, 범인은 힘깨나 쓰는 남자겠군요."

이마무라의 말에 요시키는 고개를 들었다. 문득 기타오카의 얼굴이 떠올랐다.

"다른 상처는 없나?"

요시키가 후나다에게 물었다.

"없어. 왼쪽 가슴 한군데뿐이야. 범인은 심장의 위치를 잘 알고 있는 녀석 같군. 이제 사체를 옮겨도 괜찮겠나?"

"아, 그래."

요시키는 시트를 내리고 몸을 일으켰다.

"세이조 사건과 관련이 있을까요?"

옆에서 이마무라가 물었다. 어둠 속에서 그는 작은 눈을 열심히 굴리며 요시키 쪽을 바라보고 있었다.

"물론 관련 있겠죠. 소메야는 사건의 용의자 중 한 명이었고, 나이프를 이용한 범행 수법도 비슷합니다. 동일범의 소행인지는 아직 모르겠지만 분명히 관련은 있는 걸로 보여요."

요시키는 발걸음을 내디뎠다.

"저도 그렇게 생각합니다."

이마무라는 묘하게 친숙한 동작으로 요시키의 등 위로 손을 갖다 댔다.

"그 이유는 이겁니다."

이마무라가 코트 주머니에서 작은 종잇조각을 꺼내 들었다.

"뭐죠?"

종잇조각을 받아든 요시키는 불빛이 비치는 곳에 갖다 댔다. 종잇조각은 흡사 티켓처럼 보였다. 이마무라의 손전등이 종이 위를 향했다.

"1월 18일 자 하야부사의 1인 침대 객실 티켓입니다."

요시키는 너무 놀라서 어둠 속에서 멍해졌다. 입이 떡 벌어졌다.

"이걸 어디서 발견하신 거죠?!"

"소메야가 입고 있던 운동복 주머니에서 나왔습니다."

요시키는 그만 잠시 동안 할 말을 잃었다. 머릿속이 심하게 혼란스러웠다. 입을 다문 채 잔디를 밟으며 제방을 향해 걸었다.

이건 또 대체 무슨 일이란 말인가?! 확실히 열차 티켓의 존재는 사건 현장에 처음 갔을 때부터 신경이 쓰였다. 여행 준비를 끝낸 가방 속에 티켓만 없었기 때문이다. 그 후 티켓은 한 달이 지나서야 또 다른 피해자의 주머니에서 나왔다.

소메야가 티켓을 주머니에 넣은 채 조깅하러 나왔을 리는 없다. 범인이 소지하고 있었을 것이다. 무슨 이유에선지는 모르지만 범인은 소메야를 살해한 후 주머니에 티켓을 찔러 넣고 달아난 것으로 추정된다.

아마 이것이 정답일 것이다. 지금부터 한두 시간 전이라면 4일 새벽 1시에서 2시 사이의 시간이다.

혹시 범인은 소메야가 조깅하러 나올 때까지 잠복해서 기다렸던 것일까. 그렇다면 소메야의 조깅 코스가 늘 정해져 있다는 말이 된다.

"지금 피해자의 부인을 만나볼 수 있을까요?"

요시키가 물었다.

"그게 말이죠. 아까 연락을 받고 쓰러졌다고 하더군요. 유키가야에 있는 야나기하라 병원으로 옮겨진 상태랍니다. 아들도 지금 그쪽으로 가있는 것 같고요."

그렇다면 이야기를 나눌 수 없다.

소메야의 조깅 코스를 파악하고 잠복해있던 게 아니라면, 범인은 소메야와 이야기가 돼서 다마가와 강 주변에서 기다렸을 가능성도 있다.

그럼, 티켓은? 범인은 어째서 하야부사의 티켓을 가지고 있었을까. 그것은 역시 모종의 트릭이 아닐까?

알 수 없었다. 하지만 이제야 중요한 열쇠를 얻은 것만은 확실해 보였다.

그리고 또 한 가지, 유력한 용의자였던 사사키가 현재 구류 중이라는 점이다. 이번 일로 그는 적어도 살해에는 관여하지 않았을 가능성이 매우 높아졌다. 사사키는 기껏해야 조연일 뿐이다.

제방 위로 올라선 요시키를 향해 후나다가 차에 타려다가 말고 손을 들어 올렸다. 요시키도 똑같이 손을 들어 답례했다.

"일요일인데 고생 많았네."

요시키는 큰 소리로 외쳤다.

"피차일반이지, 뭐."

후나다가 한 손으로 차 문을 닫았고, 이내 차는 출발했다.

요시키는 서둘러야 할 것 같았다. 현재 범행이 발생한 지 서너 시간밖에 지나지 않은 시점이었다. 잘만하면 상황을 유리하게 만들 수도 있다.

그렇다면 현재 남아있는 인물 중에 수상한 자는 누구일까.

역시 기타오카와 다카다테를 꼽을 수 있다. 범행을 마친 지 얼마 되지 않은 탓에 범인은 아직 감정이 고조된 상태일 것이다. 동요시키면 결점을 드러낼지도 모른다.

그렇다면 역시 기타오카다. 기타오카 쪽이 좀 더 의심스러운 구석이 많았고, 거리적으로 오모리는 가까웠다.

요시키는 우선 파출소에 들러 덴엔교통 오모리 영업소에 전화를 걸었다. 기타오카가 현재 자리에 있는지 확인하려는 생각이었다. 벽시계는 벌써 4시에 가까워져 오고 있었지만 24시간 체제인 덴엔교통에는 누군가 있을 것이 분명했다.

의외로 씩씩한 남자의 목소리가 들려왔다. 살짝 흥분하고 있는 것 같았다. 경찰임을 밝혀도 전혀 놀라는 기색이 없었다. 사장인 기타오카가 있는지 물었다.

―계십니다. 지금 바꿔 드리겠습니다.

남자가 즉시 대답해서 요시키 쪽이 오히려 놀랐다.

―기타오카입니다.

기타오카가 자다 깬 목소리로 전화를 받았다. 일전 만난 적이 있는 1과의 형사라고 소개하자, 그는 잠시 생각하더니 곧 아아, 하고 말했다.

―형사님이셨군요. 전 틀림없이 사고 얘기라고 생각했습니다.

기타오카가 말했다

"사고라니요?"

―아, 그게 말이죠. 방금 수도고속도로에서 저희 택시가 4중

추돌 사고에 휘말려서요. 술집에 있다가 호출을 받아서 다시 회사로 왔습니다. 여기서 철야를 해야 합니다.

요시키는 일순 할 말을 잃었다.

"사고는 몇 시경에 일어났습니까?"

—어젯밤 11시 지나서였습니다.

"회사로 돌아오신 건 몇 시쯤이었죠?"

—아마 11시 반쯤이었을 겁니다.

"그 이후에 쭉 회사에 계신 겁니까?"

—네, 계속 이곳에 있었습니다.

"그걸 증명하실 분은?"

—그야 물론 있죠. 여긴 지금 북적북적하니까요.

기타오카는 투덜대는 어투로 대답했다.

눈치를 채고 요시키는 수화기를 내려놓았다. 옆에서 가만히 지켜보던 이마무라의 얼굴이 눈앞으로 들어왔다. 믿을 수 없었다. 기타오카는 아니었다.

시계는 짧은 바늘과 긴 바늘이 각각 4와 11을 가리키고 있었다.

그렇다면 범인은 다카다테란 말인가?!

요시키는 고심한 끝에 다카다테에게 전화를 거는 대신 집으로 직접 찾아가기로 했다. 이 시간에, 게다가 가족까지 있는 사람에게 비상식적으로 하고 싶지 않았지만, 살인사건의 수사를 위해서는 어쩔 수 없는 선택이었다.

다카다테의 집으로 향하는 차 안에서 요시키는 에치고와 홋카이도에서 수사한 내용을 이마무라에게 말했다.

다카다테가 사는 맨션은 붉은색 타일을 두른 꽤 훌륭한 외관을 가지고 있었다. 현관 로비에서 우편함을 조사하자 801호 우편함에 다카다테의 이름표가 붙어있었다. 승강기의 버튼을 누르고 기다리자 신문배달원 청년이 튀어나와 하마터면 요시키와 부딪힐 뻔했다. 8층으로 올라가는 동안 인적 없는 건물에는 승강기의 모터 소리만이 울려 퍼졌다.

801호실의 초인종을 눌렀다. 집 내부에 초인종 소리가 울렸다. 주위가 고요했기 때문에 소리는 깜짝 놀랄 만큼 크게 들렸다.

—누구시죠?

"늦은 밤에 죄송합니다. 경찰입니다. 긴급한 상황입니다."

요시키가 말했다. 최대한 조용히 말하려고 했지만 복도가 조용한 탓에 목소리가 울렸다.

현관문 너머로 다카다테가 다가오는 것이 느껴졌다. 자물쇠를 푸는 소리가 들렸다. 요시키는 한 손에 경찰수첩을 들고 문이 열리기를 기다렸다.

다카다테는 졸음기가 가득한 얼굴에 잠옷을 입은 채로 나타났다. 안 그래도 왜소한 체격이 추워서 몸을 웅크린 탓에 요시키가 한참을 내려다보는 모양새가 되었다.

다카다테의 부리부리한 눈은 반쯤 감겨서 잘 보이지 않았다. 영업사원다운 붙임성 있는 미소도 찾을 수 없었다. 그래서인지

1월에 회사에서 그를 만났을 때와는 조금 다른 분위기가 풍겼다.

요시키는 무례를 사과하며 구조 지즈코에 이어 소메야 다쓰오도 살해당한 사실을 알렸다. 다카다테는 소메야의 이름을 알고 있었다. 긴바샤에서 알게 되었으며 얼굴도 가게에서 봐서 알고 있었다. 그러나 살해당했다는 말에 충격을 받을 정도로 아는 것은 아니며, 대화를 나눠본 적도 없는 사이라고 했다.

요시키는 다카다테의 표정 변화에 주목했다. 하지만 아무리 살펴봐도 의심할 만한 구석은 없었다. 다카다테의 얼굴에는 강렬한 졸음기와 당황스러움, 그리고 무례에 대한 불만만이 가득했다. 그는 평소와 다름없는 일상을 보내다가 평소와 다름없는 시간대에 잠자리에 든 것으로 보였다.

시간이 지나자 다카다테의 얼굴에도 서서히 졸음기가 사라졌다. 동시에 영업사원다운 모습이 점차 드러나기 시작했다. 그는 요시키에게 추우니 현관문을 닫고 들어오라고 권했다.

"안으로 들어오실래요?"

다카다테의 말에 요시키는 실망감이 확연해졌다. 아니다, 라는 생각이 들었다. 4시간 전에 사람을 죽인 남자라면 형사에게 절대로 그런 말을 할 리 없었다.

요시키는 권유를 거절하고 현관에 선 채 자정 전후 그의 알리바이를 물었다. 일단 확인이라도 해두자는 심정이었다.

다카다테는 새벽 2시 정도까지 술을 마셨다며 가게 이름을 두세 군데 정도 들었다. 아무래도 토요일 밤이니 늦은 시간까지 마신 듯 보였다. 그중에는 긴바샤도 있었다. 요시키는 오늘 저녁 무렵에 들러 확인하기로 했다. 그러나 이미 기대는 반쯤 접은 상태였다.

승강기의 버튼을 누르고 복도의 창문을 바라보았다. 창밖으로는 아침 해가 떠오르고 있었다. 유리창에는 뿌옇게 김이 서렸다. 요시키는 무라카미에서 탔던 니혼카이 3호를 떠올렸다.

태양 아래로 이번에는 도시의 풍광이 모습을 드러냈다. 그 모습에 요시키는 왠지 모를 패배감을 느꼈다. 밤을 새워 체력을 소진한 탓인지 한없이 자신이 무력하게만 느껴졌다.

구조 지즈코를 살해하고 소메야마저 죽인 범인은 지금 도시 어딘가에 숨어있을까.

허상이다, 라고 생각했다. 모든 것이 그 여자처럼 허상이다. 지금껏 가장 유력하다고 생각한 네 사람이 있었다. 사사키와 소메야, 그리고 다카다테와 기타오카였다. 그들 중 소메야는 살해당했고, 기타오카와 다카다테, 사사키는 범인이 아니었다. 그렇다면 범인은 대체 누구란 말인가.

블루트레인에 나타난 여자만이 아니었다. 덧없이 걷혀가는 어둠처럼, 범인 역시 요시키의 눈앞에서 사라지고 있었다.

2

이마무라와 헤어진 요시키는 이미 전철이 다니고 있었기 때문에 곧장 가마타 역을 나와 도쿄 역으로 향했다. 그리고 이마무라가 소메야의 운동복 주머니에서 발견한 티켓이 1월 18일 하야부사의 1인 침대 객실 티켓이 맞다는 것을 확인했다.

세이조 경찰서로 돌아간 요시키는 당직실로 들어가 선잠을 청했다. 일요일이었지만 집에 돌아가지 않은 이유는 유치장에 구류된 사사키를 만나 물어볼 것이 있었기 때문이다. 하지만 좀처럼 생각이 정리되지 않아 잠시만 눈을 붙이기로 했다.

모든 재료는 갖춰진 상태고, 이제 범인과의 머리싸움만 남았다. 여기서 승리한다면 사건의 진상이 밝혀질 것이다.

눈을 떴을 때는 이미 점심시간이 다가오고 있었다.

요시키는 유키가야에 있는 야나기하라 병원으로 전화를 걸었다. 경찰이라고 밝힌 후 어젯밤 늦은 시간에 실려 온 소메야 부인의 병실에 중학생쯤 되어 보이는 아들이 있으면 전화를 바꿔달라고 부탁했다.

얼마 후 수화기 너머로 "여보세요." 하는 남자아이의 무뚝뚝한 목소리가 들려왔다. 요시키는 우선 자신의 이름을 밝히고 나서 어머니의 용태를 물었다.

―아직 별로 좋지 않아요.

아들이 대답했다.

"얼마나 안 좋지?"

요시키의 질문에 아들은 잠시 망설이더니 "착란 증세가 있는 듯해요."라고만 대답하고 말을 잇지 않았다. 피곤해하는 눈치였다.

—어떤 식으로 착란 증세를 보이는데?

요시키는 잔인하다고 생각하면서 아들에게 물었다.

—어머니는 아버지께 사과하고 있어요. 내가 잘못했다면서요.

"그렇군."

요시키는 이내 본론으로 들어가기로 했다.

"아버지의 조깅 코스는 매일 정해져 있었나?"

—네. 정해져 있었어요.

"그렇군. 매일 밤 같은 코스를 뛰었다는 말이지?"

—네.

"시간은?"

—시간대도 정해져 있었어요.

"몇 시였지?"

—새벽 1시요.

"정확히 그 시간이 되면 나갔나?"

—네. 아버지는 늘 시간을 정확히 지켰어요. 늦게까지 술을 드셔도 꼭 1시 전에는 들어와서 운동복으로 갈아입고 나가셨죠. 집에 돌아와서도 제가 자지 않으면 혼내시기도 했어요.

"습관이 되어있었군."

—네.

역시 조깅 코스는 정해져 있었다. 그렇다면 잠복해서 기다리는 것쯤은 간단한 일이다.

"제방도 조깅 코스에 포함되어 있었나?"

―네.

요시키는 위로의 말을 몇 마디 더 건네고서 전화를 끊었다. 그리고 다시 후나다에게 전화를 걸었다.

"나야, 요시키. 소메야의 부검은 끝났나?"

―지금 막 끝났어.

"결과를 알려줘. 사망추정시각은 언제지?"

아들의 말로 미루어보면 별 의미 없을 수도 있는 질문이었다.

―어제 새벽 1시 반쯤. 거기서 앞뒤로 30분 정도?

"그렇다면 4일 1시에서 2시 사이라는 소리군."

―그래.

예상한 대로였다.

"사인은 나이프겠지?"

―물론.

"1월 구조 지즈코의 범행에 사용된 나이프와 같은 모양, 같은 종류인가?"

―매우 비슷하게 생겼지만 형태가 조금 달라. 가격대도 다른 것 같고.

"같은 점포에서 샀을 가능성도 있다는 건가?"

―그건 장담 못해. 어이, 근데 그걸 나한테 물으면 어떡하나.

맞는 말이었다. 요시키는 어쩐지 자신감을 잃은 것 같았다.

"다른 특이점은?"

―음, 글쎄. 피해자의 몸에 상처가 꽤 많더군. 복부에 두 군데,

왼쪽 가슴 아랫부분에 한 군데, 오른쪽 팔 윗부분에 한 군데가 있었어.

"그건 어제 생긴 상처인가?"

─아니. 아문 것을 보니 꽤 오래전에 생긴 걸 거야. 그렇다고 아주 오래된 건 아니고, 한 2개월 정도?

"총 네 군데라……. 상처들은 동시에 생긴 건가?"

─가능성은 있지만 확실치는 않아.

"깊게 난 상천가?"

─그렇게 깊은 건 아냐. 복부에 있는 상처가 근육에 살짝 닿아있는 정도? 생명에 지장을 주진 않았어.

"다른 특이점은?"

─없어. 이 정도야.

요시키는 수화기를 내려놓았다. 그리고 사사키를 만나기 위해 유치장으로 향했다. 담당관에게 양해를 구하고 철창 앞에 서자 안에서 사사키는 정좌를 하고 있었다.

"사사키."

요시키가 말을 걸었다. 사사키는 잠시 아무 말이 없다가 뭐야, 하고 대답했다.

"물어보고 싶은 게 있어."

"내가 말하는 걸 믿기나 해?"

사사키는 독설을 퍼부었다.

"무슨 의미지?"

"내가 지금 뭘 생각하는지 알려줄까? 아니, 됐다. 멍청아."

사사키가 말했다.

"내가 지금 무슨 생각을 하는지 아냐고."

"알아."

요시키가 말했다.

"사형을 받을지도 모른다는 거겠지."

사사키는 아무 말도 하지 않았다. 맞는 듯했다.

"내가 무슨 말을 해도 안 믿을 거지?"

사사키의 목소리가 작아졌다.

"안 죽였다고 하는데도 너흰 안 믿잖아. 어차피 사형받을 게 뻔한 놈 얘기 따위 들어서 뭐하게?"

다시 목소리가 점점 커졌다.

"난 믿어."

요시키가 말했다.

"난 네가 죽였다고 생각하지 않아."

"정말이야?"

요시키는 고개를 끄덕였다.

"정말이냐고?"

"집요하군."

"그럼 날 여기서 꺼내줘."

"지금 네가 왜 거기 들어가 있는지 모르겠나? 네가 마약을 판 건 사실이잖아. 설마 그것도 거짓말이라는 거냐?"

사사키가 자세를 고쳐 앉았다.

"말을 하지 않는 건 네 자유지만, 진범이 잡히지 않으면 너도 계속 거기 있을 수밖에 없어. 그래도 좋다면 계속 그러고 있든 지."

사사키의 시선이 요시키를 향했지만 입은 열리지 않았다.

"어째서 마약 따월 판 거지?"

"어째서냐니, 곤란한데."

"야쿠자랑 연관이 있나?"

"별로. 내가 예전에 역 주위에서 팥빵_{본드 등에 포함된 성분으로 강한 환각작용을 일으키는 톨루엔을 가리키는 은어-옮긴이}을 판 적이 있거든. 그걸 빼돌린 거야."

"팥빵? 톨루엔 말이군."

"그래."

"왜 그런 짓을 한 거지?"

"먹고 살려고."

"돈은 좀 벌었나?"

"뭐, 그럭저럭."

"보통 붉은 병에 담긴 걸 팔지? 한 병에 얼마였나?"

"지금은 3천 엔."

"마약은?"

"가격? 가부키초에서는 그램당 3만 엔 정도야. 뭐, 상황에 따라 달라지지만."

"바보 같은 자식. 넌 부모님이나 형제는 없나?"

"있다면 그런 짓 했겠어?"

"가부키초에서 준코를 만난 건가?"

"그래."

"계기는?"

"우연히 만났어. 가부키초 부근에는 두세 명이서 놀고 싶어 하는 여자애들이 자주 오잖아. 야쿠자 친구 녀석이랑 그런 여자들을 대상으로 작업을 좀 했지. 커피숍 같은 곳에 가서 돈 되는 일이 있다고 하면서 말이야."

"돈 되는 일이라면, 매춘을 말하는 건가?"

"그래."

"얼마나 벌지?"

"경험이 없는 여자라면 4만 엔 정도. 그다음은 뭐, 상태에 따라 다르지만 완전 최악이 아닌 이상 1만 5천 엔쯤?"

"그렇게 말려든 여자들에게 마약을 판 거군."

"맞아."

"맨 처음에는 돈을 안 받지?"

"그래."

"그러다가 맛을 좀 알기 시작한다 싶으면 가격을 올리겠지. 약을 구하기 어려워졌다고 하면서 말이야. 그럼 어느새 여자들은 도망갈 생각도 잊은 채 약을 사기 위해 더 열심히 일하겠지. 이게 너희 수법 아닌가?"

"잘 아네."

"당연한 거다. 그런 식으로 얼마나 많은 여자를 구렁텅이에 빠뜨렸지?"

"적어도 100명은 넘을걸."

"그중에 준코도 있는 건가."

"그래. 지금은 단순히 재미로 즐기는 거겠지만 나중이 무서운 법이지."

"준코에게도 매춘을 시켰나?"

"아니. 걔는 안 했어. 돈이 부족한 것 같진 않았거든."

"스폰서가 있었던 것 같군."

"그래."

"이름은 알고 있나?"

"알고 있을 리 있나. 그런 얘긴 해본 적도 없어."

"준코와 어떤 관계였던 거지?"

"그냥, 같이 클럽이나 술집에 가거나 한번 내가 일하는 가게에도 놀러 온 정도. 친구라면 친구였어."

"넌 어디서 일했는데?"

"아시아라는 호스트바."

"호오, 호스트라고?"

"그래. 불만 있냐?"

"준코가 돈이 있다는 건 어떻게 알았지? 약을 몇 번 사지도 않았잖아."

"음, 아직 두 번."

"그럼 어떻게 안 건데?"

"지 친구들 약값까지 자기가 내더라고. 그리고 뭔가 비싼 약들을 잔뜩 가지고 있었어."

"비싼 약?"

"자연에서 추출한 비타민E라고 했나. 뭐, 몇만 엔 정도 하는 거라던데. 그리고 이상한 수면제 같은 것도 많았어. 그게 팥빵보다 훨씬 더 좋다고 하더군."

"그렇군. 그러다가 본격적으로 마약에도 손을 뻗치기 시작한 거군."

"원래 그 나이 때 애들은 뭐든 한 번쯤 해보고 싶어하잖아."

"그래. 너는 1월 18일에 언니인 지즈코에게 그 사실을 말하러 갔다고 했지. 그날 일에 대해서 처음부터 자세히 얘기해줄 수 있나?"

"그래, 그날 내가 갔던 건……."

"몇 시쯤이었지?"

"3시가 되기 전이었을 거야. 내가 집에 들어갔더니 말이지."

"응, 구조 지즈코는 어떤 모습이었지?"

"옷을 차려입고 여행 준비를 하고 있더군."

"동생 이야기를 하니까 반응은?"

"한마디로 히스테리 그 자체. 갑자기 막 덤벼들질 않나, 소리를 지르면서 막 물건을 집어던지질 않나. 별 얘길 하지도 않았는데 그랬어. 이상하지?"

"그때 대리석 시계가 떨어진 건가?"

"어, 떨어졌지."

"아래로는 철제 재떨이가 있었고?"

"그랬던 것 같긴 한데. 왜, 나보고 변상하라고?"

"그런 말 한 적 없어. 그 후에 넌 어떻게 했지?"

"도망쳤지. 나는 아무 짓도 안 했어. 때리거나 하면 나만 손해인 거 알고 있었거든. 그냥 재수가 없었다고 생각하고 도망갔지."

"그때 여자는 집에 혼자 있었나?"

"그래."

"누군가 집 안에 숨어있던 것 같진 않고?"

"아니, 왜? 집 안에서 그 난리가 펼쳐졌는데 누군가 있었다면 나왔겠지."

"흠, 그런 기색은 없었다?"

"없었어. 혼자였다니까."

"여기가 너한테도 중요한 건데, 그날 구조 지즈코가 타야 하는 열차의 출발시각이 가까워져 오는 시점이었어. 네가 집에서 도망쳤을 때가 3시 27, 8분쯤이었지?"

"그랬던 거 같은데."

"그럼, 네가 도망쳤을 무렵에 집을 나서지 않았다면 열차에 탈 수 없어."

"그래. 좀 바빠하는 기색은 있더군."

"그랬나? 그때 다른 누군가가 집에 들어와서 그녀를 죽였다고 치자. 그렇다면 놈은 네가 집에서 나왔을 때 바로 들어가거나 처음부터 방 안에 숨어있었어야만 해."

"방 안에는 아무도 없었어."

"그럼 역시 네가 나오고 나서 다른 누군가가 집에 들어갔을까?"

"그런 건 나도 몰라."

"승강기는?"

"승강기에는 나밖에 없었어."

"그럼 계단으로 올라왔던 걸까……. 근데 너는 그때 쇼핑을 마치고 돌아온 도야라는 주부와 부닥쳤지?"

"아, 그건 내가 사과하지."

"그때 주부는 바닥에 떨어진 물건들을 수습하느라 1, 2분 정도 복도에 있었다고 했어. 그리고 그 사이에 구조 지즈코의 집에는 아무도 들어가지 않았다고 했고."

"근데 난 정말로 안 죽였다니까."

"그래, 알았어. 현재까지 네가 3시 전에 집에 들어갔던 걸 본 사람은 없어. 아무도 마주치지 않았나?"

"못 봤어. 맨션 복도에 창문도 없었고."

"근데 말이지. 그런 상황이 너한테 꼭 유리한 건 아냐. 뭐, 됐고. 화제를 바꿔보지. 혹시 집 안 욕실의 욕조에 물이 채워진 걸 보았나?"

"그런 걸 봤을 리가 있나."

"네가 도망쳤을 때 여자는 확실히 옷을 입고 있었지?"

"무슨 의미야. 내가 성폭행이라도 했다는 거야."

"그런 말 한 적 없어. 목욕하러 들어갔나 해서 물은 거다."

"농담하지 마. 그렇게 서둘렀는데."

"확실히 옷을 입고 있었다?"

"당연하지."

"목욕하러 들어갈 낌새도 없었고?"

"그래."

"이런 차림이었나?"

요시키는 다시 한 번 하야부사 안에서 고이데가 찍은 사진을 내밀었다.

"맞아."

"코트도 입고 있었나?"

"아니, 입고 있진 않았고, 소파 위에 걸쳐놨더군."

"스웨터와 바지는 입은 상태로?"

"그래."

"잘 들어. 중요한 질문이야. 여자가 입고 있던 스웨터는 이 사진처럼 회색이었나? 아니면 분홍색이었나? 기억해?"

"기억나는군. 회색이었어."

"회색이라. 정확한 건가?"

"그래. 이 사진이랑 똑같아. 목 주변이 까칠까칠해 보이더군."

요시키는 허공을 노려보았다. 그렇다면 탈의함에 있던 분홍색 스웨터는 무어란 말인가.

"욕실 옆에 있던 탈의함 안을 보았나?"

"아니. 내가 치한으로 보이냐?"

"봤다면 도움이 됐을 텐데."

3

요시키는 자기 자리로 돌아가 생각에 잠겼다. 18일 오후 3시부터 3시 반 사이에 구조 지즈코가 입고 있던 스웨터는 회색이었다. 그러나 사체가 발견되었을 때 탈의함에 있던 스웨터는 분홍색이었다. 어째서일까.

그리고 그날 그 시각에 구조 지즈코는 목욕을 할 의지가 없었다. 사실 시간도 없었다. 그럼에도 불구하고 발견된 사체는 욕조 속에 잠겨있었다. 이것은?

범인이 욕실에서 구조 지즈코의 얼굴 피부를 벗겨 낸 것은 정확한 사실이다. 즉, 이를 위해서 가장 적합한 장소로 욕실을 골랐다. 그것은 역시 욕실이 피를 씻어내기 좋은 장소이기 때문일까?

애초에 범인이 얼굴 피부를 벗겨 낸 이유는 무엇일까? 단순한 정신이상자의 소행으로, 이유가 없는 것인가. 그렇다면 지금껏 만나 온 인물 중에 정신이상자가 있었나?

우시코시는 이런 말을 했다. 목욕하던 것으로 위장한 게 아닌, 옷을 벗겨야만 했던 다른 이유가 있을지도 모른다고. 사체를 욕조 안에 넣은 것은 옷을 벗긴 사체를 보고 순간적으로 연상했을 수도 있다고 했다.

이 말을 들었을 때 요시키는 무언가 명확해지는 기분이 들었다. 만약 그렇다면 범인이 사체의 옷을 벗겨야만 했던 이유는 무엇일까?

옷을 가져갈 필요가 있었다. 범인에게 여자의 옷을 가져가야만 하는 사연이 있었다는 것이 도출할 수 있는 유일한 이유다. 그렇다면 그 사연은 무어란 말인가.

옷에 피가 묻어있기 때문에 처분했다는 설명은 신빙성이 떨어진다. 사체는 가슴 언저리를 흉기에 찔린 채 발견되었고, 욕조는 이미 피범벅이었다. 얼굴 피부를 벗겨 내는 엽기적인 범행을 저질렀으니 당연하다. 이런 상황에서 사체는 그냥 내버려둔 채 피가 조금 묻었다는 이유로 옷만 처분했다는 것은 허술하기 그지없다.

하지만 그날 이마무라의 "속옷 상의가 없다."라는 발언과 분홍색 스웨터의 존재 이유 정도는 뒷받침할 수 있다. 피가 묻었기 때문에 브래지어와 회색 스웨터를 가지고 사라진다. 대체품을 찾기 위해 아마도 옷장을 뒤졌지만 옷장 속에 여벌의 회색 스웨터는 없었다. 따라서 어쩔 수 없이 분홍색 스웨터를 탈의함에 넣었다. 그리고 정장 바지와 코트는 피가 묻지 않았기 때문에 그대로 두었다. 브래지어는 범인이 남자이기 때문에 대체품을 넣어두는 것을 잊고 만다. 일단은 이걸로 앞뒤가 맞는다.

하지만 역시 피가 묻었기 때문이라는 건 이상하다. 그 후 구조 지즈코는 블루트레인 안에서 더럽혀지지 않은 깨끗한 회색 스웨터 차림이었다. 이 여자는 누구인가. 스웨터에는 피가 묻어있지 않았고, 구멍 따위도 없었다. 회색 스웨터의 여벌이 없었다면 그 옷은……? 알 수 없다. 어떻게 된 것인가. 그리고 벗겨 낸 얼굴 피부는 사건과 어떤 관련이 있단 말인가.

요시키는 왼손을 뻗어 뒤통수를 감쌌다. 오후의 태양이 고뇌하는 형사의 실루엣을 책상 위로 늘어뜨렸다.

이쯤 되면 자살을 의심하고 싶어진다. 범인은 존재하지 않는다. 하지만 자살자가 자신의 얼굴 피부를 벗겨 낼 수는 없다. 게다가 소메야 다쓰오까지 살해당했다.

이제 조금이다, 앞으로 조금만 더 나아가면 된다, 하고 요시키는 생각했다. 재료는 이미 모두 갖춰진 듯했다. 회색 스웨터, 분홍색 스웨터, 그리고 소메야의 몸에서 나온 블루트레인 티켓까지. 하지만 아직은 알 수 없었다.

"역시 여기 있었군."

누군가의 목소리가 울려 퍼졌다. 요시키는 고개를 들었다. 나카무라였다.

"오기쿠보 집에 전화하니 안 받더군. 여기 있을 거라고 생각했네."

나카무라가 가까이 다가오며 말했다.

"사사키에게 물어보고 싶은 게 있어서요."

요시키가 대답했다.

나카무라는 아직 소메야가 살해당한 사실을 모르고 있었다. 요시키는 나카무라가 옆자리에 앉자 그 사실을 알렸다.

나카무라는 놀라움을 감추지 못하더니 생각에 빠져 잠시 아무 말도 하지 않았다. 이윽고 그가 입을 열었다.

"역시 범인은 우리가 모르는 사람 같군."

요시키도 그럴지도 모르겠다는 기분이 들었다.

한참 침묵이 이어지는가 싶더니, 갑자기 나카무라가 큰 소리를 냈다.

"아, 그래! 잊고 있었군!"

요시키는 나카무라의 얼굴을 쳐다보았다.

"내가 자네를 찾았던 이유. 바로 이걸세."

그렇게 말하며 나카무라는 작은 종이봉투를 요시키에게 내밀었다.

"이게 뭡니까?"

"안쪽을 보게나."

요시키가 봉투를 거꾸로 들자 흡사 티켓처럼 보이는 작은 종잇조각이 책상 위로 떨어졌다.

"블루트레인 티켓이야."

"하야부사의 티켓입니까?!"

"맞아. 한 장뿐이지만 말이지. 실은 조카 녀석이 여행 잡지 출판사에서 근무하고 있는데 이번에 취재차 하야부사에 탈 예정이었다는군. 1호차에 달린 1인 침대 객실 티켓이야. 높은 인기에 수량마저 한정된 탓에 구하기가 어려운 모양이야. 근데 역시 여행 잡지 출판사라서 구할 수 있는 루트가 있었나 봐. 헌데 출발 직전인 어제가 돼서 갑자기 갈 수 없게 되어 다른 사람에게 넘길 생각이라는 걸 나한테 달라고 하면서 잽싸게 낚아챘지."

"언제 출발하는 거죠?"

"오늘."

"오늘이요?! 지금이 몇 시죠?"

"3시. 아직 1시간 45분 남았네. 충분히 갈 수 있어."

요시키는 고마움을 느꼈다. 이제는 블루트레인에 직접 타볼 수밖에 없다는 생각을 하던 참이었다.

"생각지도 못한 기회네요. 근데 돈은 어떻게 하죠?"

"그건 걱정 안 해도 되네. 원래 조카 녀석의 취재비로 나온 거니까."

"그래도……."

"괜찮다니까. 그리고 자네한테는 앞으로도 신세 질 일이 많으니까 그런 걱정일랑 접어두고 다녀오게."

"알겠습니다……. 정말 감사합니다."

"그보다 갈아입을 옷은 있나?"

"로커에 넣어둔 옷이 있습니다. 칫솔 따위도 챙겨놨고요."

"독신귀족답군."

"장점이라곤 이 정도지요. 티켓은 어디까지 가는 거죠?"

"구마모토까지 가는 거라면 좋았을 텐데. 유감스럽게도 시모노세키까지군."

"그렇군요. 시모노세키라면 아침 8시쯤 도착하겠네요. 침대 객실에서 하룻밤을 보내겠군요. 근데 용케도 하야부사 티켓이네요. 블루트레인은 다른 열차도 많은데 말이죠."

"그러게 말이야. 운이 좋았다고 할 수 있지. 근데 또 그리 놀랍지만도 않은 게 원래부터 1인 침대 객실 차량의 취재를 할 생각이었나 봐. 알다시피 1인 침대 객실이 붙어있는 차량은 얼마 없지 않나. 하야부사 전후로 운행하는 '사쿠라' 혹은 '미즈호' 정도?"

"아, 거기까진 잘 모르겠네요."

"그 밖에도 '후지', '이즈모 1호', '아사카제 1호'가 있어. 근데 거기서도 1인 침대 객실이 있는 건 각각 한량뿐일세. 티켓을 구하기 어려운 이유지."

"그렇군요."

"실제로 타보면 뭔가 새로운 단서를 얻을지도 몰라. 타보지 않는 이상 모르는 무언가가 있을 거야."

"네."

"굳이 시모노세키까지 갈 필요가 없다면 히로시마 부근에서 내리는 건 어때? 자네, 히로시마 현이 고향 아닌가?"

"네. 오노미치입니다."

"그럼 이왕 간 김에 고향에서 하룻밤 쉬고 오는 것도 좋을 듯하네. 고향에 내려간 지도 꽤 됐잖아?"

"오래되긴 했지요."

"가끔은 부모님께 효도도 해야지. 혹시 신께서 내려다보고 은혜를 베풀어주실지도 모르잖나."

요시키는 가볍게 미소 지었다.

제5장 죽은 자의 시계

1

이번 사건은 여행의 연속이었다. 이번에는 일본열도를 거의 종단하는 듯했다.

서둘러 도쿄 역 9번 플랫폼에 들어서자 하야부사의 푸른 차체가 눈에 들어왔다.

겨울이었지만 아직 오후의 태양이 중천에 있었다. 야간열차를 타고 떠난다는 느낌은 좀처럼 들지 않았지만, 하야부사는 꽤 멋진 열차였다. 흔히 보던 신칸센 열차에서는 느낄 수 없는 독특한 정취가 있었다.

죽은 구조 지즈코가 이 열차의 팬이었다는 이야기도 수긍이 갔다.

침대 객차는 열차의 가장 선두에 있는 한 칸뿐이었다. 열차의 앞부분이 흔들림이 적다는 이야기를 어딘가에서 읽은 기억이 있었다.

객차 안으로 들어서자 먼저 통로 쪽으로 깔린 카펫이 눈에 들어왔다. 열차의 운행방향을 정면으로 보고 우측 창가 쪽에 폭이 1미터 정도인 통로가 있었고, 바닥에는 작은 호텔처럼 카펫이 깔려있었다. 통로 좌측으로는 총 14개의 1인 침대 객실이 늘어서 있었다. 고이데의 사진을 통해 이미 눈에 익은 광경이었다. 통로에는 아직 승객의 모습이 보이지 않았다.

객실 문을 열었다. 예상대로 방 안은 비좁았다. 의자와 침대를 겸할 수 있는 좌석 위에는 청결해 보이는 새하얀 시트가 깔려있었다. 베개의 커버도 세탁해두었다. 바닥에는 차체와 비슷한 푸른색 슬리퍼가 놓여있었다. 이것들이 기분 좋게 요시키를 맞았다.

창문은 가로세로 약 1미터 정도로 작았다. 정사각형 모양으로 비행기의 창문과 비슷했다. 창가 옆에는 테이블이 비치되어 있었다. 테이블 윗부분을 들어 올리니 아래로 세면대가 모습을 드러냈다. 세면대에는 H와 C라고 적힌 두 개의 수도꼭지가 달려있었다. H가 적힌 것을 돌리자 뜨거운 물이 나왔다.

침대 위에 걸터앉자 정면에 달린 커다란 거울과 마주 보는 형태가 되었다. 거울 아래로는 전기 콘센트가 보였다. 입구와 가까운 벽에는 형광등과 실내 온도를 조절할 수 있는 스위치가 달려 있었다. 그 옆으로는 경보라는 글자가 적힌 붉은색 버튼 도 눈에 띄었다.

코트와 양복 상의를 벗어 벽에 달린 옷걸이에 걸었다. 그리고 침대 위로 몸을 눕혔다. 역시나 비좁았다. 폭과 길이가 짧은 탓에 키 178센티미터의 요시키가 다리를 쭉 뻗는 것은 무리였다. 살짝 무릎을 굽혀야만 했다.

열차가 곧 출발할 것 같아 요시키는 통로로 나왔다. 어느새 통로는 사람들로 북적이고 있었다. 플랫폼 쪽에 늘어선 사람들이 연신 카메라 셔터를 눌러댔다. 번쩍이는 플래시에 열차의 인기가 실감됐다. 요시키는 객실로 돌아갔다.

열차는 오후 5시 9분에 요코하마 역에 도착한 후 시즈오카 역까지 쉬지 않고 달렸다. 요코하마에서 출발할 때쯤 되자 창밖이 어둑어둑해지더니, 오다하라라고 적힌 역 간판을 뒤로할 때는 어둠이 짙게 깔렸다.

요시키는 열차 시각표를 꺼내 하야부사가 정차하는 역명을 조사했다. 앞뒤로 편성된 사쿠라나 미즈호와 비교하면 하야부사의 정차 역은 그 수가 적었다. 시즈오카 다음으로 나고야, 기후를 거쳐 곧장 교토와 오사카 역으로 향했다. 이후 산노미야를 지나 히로시마 역에 도착하는 순이었다.

요시키는 시각표 페이지를 펼쳐둔 채 테이블 위에 두었다. 팔베개를 하고 다시 침대에 누웠다. 매우 고요하다고 생각했다. 맥이 빠질 정도였다.

지금껏 이런 식으로 독실에 누워서 여행을 한 경험이 없었기 때문에 무언가 묘한 기분이 들었다. 열차 여행이 이렇게 안락해도 되는 걸까, 하는 불안감마저 들었다. 보통 열차 여행은 좌석 바로 옆에 무릎이 닿을 듯한 거리에 타인이 있다. 앞좌석에도 타인과 얼굴을 마주한다. 이런 상태로 대화도 없이 시종일관 시선을 마주치지 않도록 주의해가며 장시간 여행을 하는 것은 당연히 피곤한 일이었다. 침대 객차도 마찬가지로 위, 아래, 옆에는 타인이 있다.

그러나 이렇게 벽으로 둘러싸여 사생활이 완벽하게 보호되니 너무 안락한 나머지 조금 외로운 기분이 들었다. 통로에 나가 비슷한 생각을 하고 있을 다른 객실의 승객들과 대화를 나눠보고 싶기도 했다. 열차에 타보고 나서야 에세이를 쓴 나가오카의 기분이 이해가 됐다. 게다가 상대는 아름다운 여성이었다. 어떻게 보면 꿈에서나 나올 법한 이야기였다. 어쩌면 그들은 가장 비싼 티켓을 끊은 사람끼리 느낄 수 있는 우월감을 공유하고 싶었을지도 모른다. 새삼 일본도 풍요로운 나라가 되었다고 생각했다.

요시키는 통로로 나가보았다. 아무도 없었다. 열차가 역을 막 통과하는 참이었다. 플랫폼에서 비춰오는 불빛이 카펫 위로 넘실거렸다. 요시키는 가만히 그 모습을 지켜보았다.

통로에 서 있자 승무원이 객차 안으로 들어오더니 구석에 있는 객실부터 차례로 방문을 두드렸다. 티켓을 검사하기 위한 것으로 보였다. 흥미롭게도 객실에서는 대부분 자물쇠를 여는 소리가 들렸다. 승객들 모두가 문을 잠그고 안에 틀어박혀 있는 것처럼 보였다. 요시키는 자신의 객실인 5호실로 들어가 티켓을 가지고 나와서 기다렸다.

티켓 검사가 끝나자 그제야 따분한 듯 하나둘 통로로 나오기 시작했다. 화장실로 향하는 사람도 있었고, 근처의 정수기에서 물을 마시는 사람도 보였다. 그리고 대다수는 그대로 방에 돌아가지 않고 벽에 몸을 기댄 채 창밖 야경을 바라보았다.

요시키는 사건을 다시 떠올렸다. 지금 눈앞으로 보이는 이들은 서로 대화를 나눌 의사가 없어 보였다. 요시키 역시 마찬가지였다. 이 자리에 카메라 플래쉬 세례를 받으며 여자가 서 있었다면 틀림없이 주목을 받았을 것이다. 그만큼 통로에는 정적이 감돌았다.

잠깐, 과연 그뿐일까. 어떻게 보면 무언가 작위적인 냄새가 나지 않았을까? 여자는 통로에서 타인과 대화를 나누는 것도 모자라 나가오카의 방 안까지 들어갔다. 이것은 명백하게 의도된 행위였을 수도 있다. 하지만 무엇을 위해? 그것은 즉 자신을 기억하도록 하기 위한 것이 아니었을까? 그녀의 행동이 같은 객차에 탄 승객들에게 자신이 여기 있었다는 것을 각인시키기 위한 작위적인 행동이었다?

요시키는 가벼운 흥분을 느꼈다. 그렇다. 이 추측은 일리가 있었다. 어째서 지금까지 이런 단순한 생각을 하지 못했던 것일까.

그것은 구조 치즈코가 사건의 피해자였기 때문이다. 이런 식의 술책은 피해자가 아닌 범인 쪽에서 꾸미기 마련이다. 피해자가 그런 계획을 세울 필요는 없다. 요시키는 그런 고정관념에 사로잡혀 버린 것이다.

흥분은 점차 강도를 더해갔다. 지금껏 상상도 하지 못한 발견이었다. 요시키는 무언가 뚜렷해지는 기분이 들었다. 시점을 바꾸는 것이다. 그러면 모든 것이 송두리째 뒤바뀌어 앞뒤가 맞게 되는 것은 아닐까. 수수께끼가 풀릴지도 모른다는 예감이 들었다. 요시키는 가만히 있을 수 없었다. 정신을 차려보니 어느새 걸음을 내딛고 있었다. 하늘의 계시가 내려온 느낌이었다.

속임수다. 그것은 속임수였다. 죽은 여자가 블루트레인에 나타났다. 관객의 간담을 서늘하게 만들 마술이었다. 고의인지 우연인지 알 수 없는 마술이 푸른 열차 안에서 일어났다. 요시키에게 지금 그 무대의 뒤편이 희미하게 보이기 시작했다. 주목해야 할 것은 블루트레인에만 구비되어 있는 1인 침대 객실이다!

1인 침대 객실이 달린 열차가 나타난 것은 획기적이다. 열차는 객실에 탄 승객의 사생활이 완전하게 보장된다는 점에서 다른 열차와 확연히 달랐다.

이 독실이야말로 마술사의 상자가 아닐까? 안에 무언가를 집어넣으면 다시 열 때 어떤 것이 튀어나올지 모르는 마술 상자.

그것은 비둘기일 수도, 토끼일 수도 있다. 아니면 마술사 자신이 안에서 소실될지도 모른다. 그러나 밖에서는 안을 볼 수 없다.

소실! 요시키는 무심결에 일어섰다.

티켓 검사는 이미 끝났다. 지금 통로에 고독한 표정으로 서 있는 승객들도 이내 자신의 객실로 돌아가 잠자리에 들 것이다. 그것을 고려한 승무원은 아침까지 객실을 찾지 않는다. 승객이 잠들어있다고 믿기 때문이다.

하지만 승객이 사라진다면? 티켓 검사가 끝난 지금, 아침까지 아무도 모르지 않을까?

2층 침대나 3층 침대가 달린 객차라면 이야기가 달라진다. 통로에는 승객이 벗어놓은 신발이 보이고, 커튼 안쪽에서는 코 고는 소리도 들린다. 칸을 구분하는 것은 커튼 한 장이기 때문에 안쪽에 사람의 존재 유무 정도는 넌지시 알 수 있다. 따라서 도중에 사라지는 것은 불가능하다.

하지만 블루트레인의 1인 침대 객실은 외부와 완벽하게 차단된 '밀실'이며, 밖에서 안을 볼 수 있는 방법도 없다.

지금까지 요시키는 구조 지즈코가 사건의 피해자라고만 생각하고 있었다. 하지만 그것은 틀린 생각이 아니었을까. 모든 수수께끼가 거기에서부터 파생됐을지도 모른다.

구조 지즈코가 피해자가 된 것은 우연의 일치로, 죽어야만 했던 이는 다른 사람이 아닐까? 오히려 구조 지즈코가 살의를 품은 쪽은 아니었을까?

그래, 바로 이거야, 하고 요시키는 생각했다. 요시키의 머릿속에서 추리의 톱니바퀴가 제대로 맞물리며 회전하기 시작했다. 요시키는 이제 와서야 정확한 추리를 시작했다는 느낌이 들었다.

소실. 그래, 소실이었다. 그녀는 이곳에서 소실될 예정이었다. 처음부터 그 목적으로 1인 침대 객실이 달린 블루트레인을 선택한 것이다.

그렇다면 무엇을 위해? 그것은 알리바이를 만들기 위해서일 것이다. 즉, 이런 것이다.

하야부사에 탄다. 자신이 열차에 탔다는 사실을 승객들에게 강하게 각인시키기 위한 행동을 한다. 사진까지 찍힌다면 더없이 좋다. 확실한 증거가 남기 때문이다. 그 후 1인 침대 객실로 들어간다. 몰래 그곳을 빠져나와 어딘가에서 내린다. 그리고 도쿄로 돌아가 범행을 저지르는 것이다.

그 후 도쿄에서 모종의 경로를 통해 다시 원래의 블루트레인에 올라타 늦어도 아침까지는 자신의 방 안에 돌아간다. 이렇게 하면 그녀는 범행시각에도 쭉 블루트레인에 타 있던 것이 되어 나중에 자신의 알리바이를 주장할 수 있다. 과연 그렇군. 이걸 생각지도 못했다.

그렇지만 모든 것이 계획한 대로 되었다고만은 볼 수 없다. 계획은 실패했을 수도 있다. 그래, 혹시 그것은 사고가 아니었을까. 도중의 어딘가에서 계획이 틀어졌다. 즉, 그녀는 범행을 저지르려다가 오히려 자신이 당하는 상황에 직면한 것은 아닐까.

하지만 도쿄에 돌아간 이후에도 블루트레인을 따라잡을 수 있을 정도로 빠른 열차가 있을까?

그래! 열차가 아닌 비행기다! 비행기라면 가능한 이야기였다. 과연, 생각해볼 만한 수단이었다.

구조 지즈코는 18일 오후 3시가 넘어서도 살해당하지 않았다. 실제로 도쿄 역에 가서 예정대로 하야부사에 탔던 것이다.

생각해보면 당연했다. 또 한 명의 구조 지즈코가 없다고 결론 내린 시점에서 그렇게 단정 지었어야만 했다. 18일 3시가 넘은 시점에 그녀에게 목욕을 할 여유 따윈 없었다. 서둘러 도쿄 역으로 향할 시간밖에 남지 않았던 것이다. 게다가 사사키는 범인이 아니었다. 그렇게 되면 그녀는 사실상 하야부사에 타 있었을 수밖에 없다. 이는 논리적인 귀결이다. 그녀가 서둘렀다는 것은 어지럽힌 방을 그대로 두고 나갔다는 점에서도 유추할 수 있다. 정리할 수 있는 시간이 없었던 것이다.

거기에 또 하나. 야스다는 19일 새벽에 구조 지즈코의 사체를 목격했다. 그렇다면 그녀는 하야부사에서 내려 도쿄로 돌아온 다음에 살해당했을 수밖에 없다. 이 역시 논리적인 귀결이다.

거기에 또 한 가지를 덧붙이자면, 범인은 회색 스웨터를 챙겨서 사라졌다. 스웨터에 구멍이 뚫려 피가 묻었기 때문이다.

그러나 하야부사 안에서 찍힌 회색 스웨터에는 피는커녕 구멍조차 없었다. 이것은 범행이 이루어진 시간이 사진촬영 이후라는 것을 의미한다.

여자의 얼굴이 없다는 점은 큰 충격이었다. 그러나 범인의 기괴한 취향에 중점을 두기 시작하면서 사라진 얼굴에 매우 중대한 의미가 숨겨져 있다고 생각하게 되어버렸다. 어느 순간 사건의 엽기적인 외형에 갇혀버린 것이다.

사체의 얼굴 피부를 벗겨낸 것은 사건과 관계가 없었다. 그걸로 가면을 만들 수 없다는 사실은 분명하다. 처음부터 잡념에 휩싸이지 않고 이 점을 확실히 해둘 필요가 있었다. 그렇게 하지 못했기 때문에 지금껏 여자의 망령에게 휘둘렸던 것이다.

그렇다면 상대는 누구란 말인가? 하야부사에서 중간에 내려 도쿄로 돌아간 구조 지즈코는 대체 누구를 죽이려 했던 것일까?

2

그런 것은 다음에 생각하자! 요시키는 우선 자신의 객실로 향했다. 손목시계를 보니 이미 밤 9시 20분이 지난 시각이었다. 통로는 쥐죽은 듯 고요했다. 도쿄로 돌아간 열차편은 그렇게까지 늦은 시간대는 아닐 것이다. 다음 정거장인 나고야에서 내렸을 가능성이 크다. 그리고 열차는 어느덧 나고야에 가까워지고 있었다.

급히 방 안에 들어가 열차 시각표를 펼쳤다. 열차가 나고야에 도착하는 시각은 오후 9시 37분이었다. 앞으로 10분밖에 남지 않았다! 그때까지 다음 행동을 결정해야만 한다.

침대에 걸터앉아 빠른 속도로 페이지를 펼쳐나갔다. 아직 너무 늦은 시점은 아닐 것이다. 지금까지 하야부사가 정차한 역은 요코하마와 시즈오카뿐으로, 18일 구조 지즈코가 시즈오카에서 내리지 않은 것은 확실하다. 고이데와 나가오카가 저녁 9시 무렵까지 그녀의 모습을 차 안에서 보았기 때문이다. 그렇다면 나고야 아니면 기후 역이라는 말이 된다.

돌아가는 교통편은 역시 고속열차인 신칸센이 이상적이다. 어떻게든 시간을 조금이라도 절약할 수 있는 쪽이 좋았을 것이다. 그렇다면 우선 나고야 역이다. 기후 역에서는 히카리신칸센 중에서도 가장 빠른 열차─옮긴이가 서지 않는다.

신칸센의 운행시각이 적힌 페이지를 펼쳤다. 손가락으로 숫자를 가리켜가며 눈으로 훑어내려 갔다. 도쿄로 향하는 히카리가 나고야에서 출발하는 시각은 오후 9시 7분, 9시 19분, 9시 31분……. 이것으로는 시간상 맞지 않는다.

마지막 열차편에서 손가락이 멈췄다. 있다! 도쿄로 향하는 마지막 신칸센인 '히카리 98호'. 열차는 9시 43분에 나고야에서 출발한다. 그렇다면 6분이라는 시차로 열차를 갈아탈 수 있다.

열차는 글자 그대로 도쿄로 향하는 마지막 신칸센이다. 이후에는 고다마신칸센 중 가장 느린 열차─옮긴이조차 없다. 따라서 나고야를 지나쳐버리면 도쿄로 돌아가는 신칸센을 탈 수 없다는 말이 된다.

히카리 98호는 8시 34분에 신오사카를 떠나 8시 53분에 교토에서 출발한다.

즉, 9시 37분에 나고야에 도착하는 하야부사는 겨우 6분의 차이로 마지막 상경 신칸센을 도쿄에서 꽤나 멀리 떨어진 곳에서, 게다가 승객의 대다수가 슬슬 잠자리에 드는 시각에 잡을 수 있는 유일한 1인 침대 객실까지 달린 블루트레인이란 말이 된다.

도쿄를 떠나 시즈오카 부근부터 일찍 열차에서 모습을 감추는 것은 좋지 않은 선택이다. 그리고 다른 승객들이 깨어있는 이른 시각에 사라지는 것 또한 좋지 않다. 나가오카나 고이데 부부가 방문을 두드릴 수도 있기 때문이다. 그리고 1인 침대 객실이 달린 블루트레인이어야만 했다는 것은 두말할 필요도 없다.

이런 미묘한 조건 모두를 충족할 수 있는 블루트레인은 하야부사뿐이다. 하야부사 전에 출발하는 사쿠라를 탄다면 나고야보다 훨씬 멀리 떨어진 역에서 신칸센으로 갈아타야만 한다. 게다가 사쿠라에는 1인 침대 객실도 없다. 1인 침대 객실이 달린 블루트레인은 나중에 출발하는 후지가 있지만, 이것으로는 마지막 상경 열차인 히카리 98호에 탈 수 없다. 히카리 98호는 나고야에서 출발하면 그대로 도쿄까지 직행한다.

히카리 98호가 도쿄에 도착하는 시각은 오후 11시 46분이다. 아직 자정이 되기 전이므로 범행 시간은 충분하다. 세이조 맨션의 욕실 사체와 얼굴 가죽이 없었던 점 등 문제는 아직 산더미였지만, 요시키는 구태여 지금 그것들을 생각하지는 않기로 했다. 나중에 천천히 추리해도 되는 문제였다.

신칸센 이외의 열차편은 보지 않았다. 아무리 갈아타는 시간대가 좋아도 도쿄에 도착하는 시각은 히카리가 가장 빠르다. 히카리는 일본에서 가장 빠른 열차다. 1분 1초라도 빠른 쪽이 좋지 굳이 느린 열차를 탈 이유는 없다고 요시키는 판단했다.

어떻게 하나. 요시키는 자문했다. 느긋하게 고민하고 있을 시간이 없었다. 창밖의 네온 간판에 나고야라는 글자가 보이기 시작했다. 요시키는 자리에서 일어나 양복 상의와 코트를 걸쳤다. 그리고 빠른 손놀림으로 꺼낸 물건들을 다시 챙겨서 시각표와 함께 가방에 넣었다. 신발을 갈아 신은 후 잊어버린 물건이 없는지 확인했다. 통로로 나오자 어느새 창밖으로 나고야 역의 플랫폼이 보이기 시작했다.

열차에서 내린 요시키는 가방을 바닥에 두고 상의와 코트 단추를 채웠다. 그리고 빠른 걸음으로 신칸센 승강장을 향해 걸었다. 남은 시간은 6분밖에 없었다. 블루트레인은 이내 요시키 옆을 지나 한밤의 나고야 역에 그를 두고 떠났다.

히카리 98호의 내부는 한산한 편이었다. 요시키는 자유석에 앉아 다시 열차 시각표를 꺼냈다.

열차가 도쿄 역에 도착하는 시각은 오후 11시 46분. 이후 구조 지즈코는 누구를 죽이러 간 것일까?

순간 요시키의 머릿속이 번뜩였다. 추리가 궤도를 타고 빠른 속도로 내달리기 시작했다. 해답은 소메야의 몸 네 군데에 남아있었다는 두 달 전 상처에 있었다.

구조 지즈코는 소메야에게 갔을 것이다. 도쿄 역에서 내린 그녀는 곧바로 덴엔초후 교외의 다마가와 강변으로 향했다. 소메야의 야간·조깅 코스는 정확히 정해져 있었다. 잠복해서 기다리는 것쯤이야 간단한 일이었다.

동기는? 동기가 명확하지 않았다. 구조 지즈코는 소메야의 불륜 상대였다. 하지만 이미 정리되었다. 과거의 원한일까? 그렇다면 왜 갑자기 그런 마음을 먹었을까?

그래! 여동생이다! 여동생인 준코가 살해 동기가 아니었을까? 그것은 즉…….

약이다! 여기까지 다다르자 해답으로 향하는 길이 더욱 명확하게 눈앞에 펼쳐졌다.

사사키는 준코가 평소 일반인은 쉽게 구할 수 없는 고가의 약들을 지니고 있었다고 증언했다. 준코의 스폰서는 의사인 소메야 다쓰오였다!

아마도 준코는 구조 지즈코를 통해 소메야와 처음 만났을 것이다. 의사는 불륜 상대로서 여자들에게 인기가 높다. 소메야는 준코에게서 언니와는 다른 매력을 느꼈을 것이다. 게다가 준코는 지즈코보다 열 살 이상 어렸다.

틀림없다. 사사키는 준코의 씀씀이가 헤펐다고 했다. 요시키 자신도 준코가 사는 맨션에 가본 적이 있다. 그곳은 여대생 혼자 살기에는 과분한 집이었다. 이는 결국 소메야 병원 원장의 재력이 뒷받침되었기 때문에 가능한 이야기였다.

그러나 언니인 지즈코는 마음이 아팠다. 그녀는 소메야라는 남자를 잘 알고 있었다. 소메야는 여성 편력이 심한 남자였다. 지즈코는 여동생마저 그의 먹잇감으로 전락하는 것을 원치 않았다. 게다가 사사키가 말한 마약 문제도 있었다.

준코의 생활은 사치스러웠다. 질 나쁜 무리와 어울려 지내면서 나쁜 취미도 배우기 시작했다.

언니로서 어떻게든 그만두게 하고 싶었다. 질 나쁜 친구들과도 관계를 단절시키고 싶었다. 그러나 그러기 위해서는 여동생의 재원財源을 잘라낼 필요가 있었다. 돈이 지원되는 한 악순환은 계속될 것이 분명했다. 하지만 소메야는 말한다고 들을 만한 남자는 아니었다. 부탁한다고 해서 준코에게서 손을 떼지는 않을 것이다. 소메야는 아름다운 두 자매를 모두 소유했다는 만족감에 가득 차 있었다. 그렇다면 소메야를 살해하는 것밖에 없다. 그 외에 여동생을 구하는 길은 없다고 생각한 것은 아닐까.

준코가 이대로 사치스러운 생활을 지속한다면 평범한 생활로 돌아갈 수 없을 것이다. 그러나 소메야는 언젠가 준코에게도 질릴 것이다. 그렇게 되면 준코는? 어떻게든 고수입이 지속되기를 원할 테고, 그 끝은 언니와 같은 전락轉落의 길이었다. 그곳에 구조 지즈코의 반성은 어느 하나 담겨있지 않았다.

구조 지즈코는 자신의 복수 의지를 담아 소메야를 살해할 계획을 세운다. 그것이 이 하야부사를 이용한 계획이 아니었을까.

하지만 그녀는 중요한 부분에서 실패한다. 제방에 잠복해 있다가 소메야에게 덤벼든 것까지는 좋았지만 배와 가슴에 가벼운 찰과상을 입히는데 그친다. 역으로 나이프를 빼앗긴 그녀는 소메야에게 살해당하고 만다. 여기까지가 구조 지즈코의 범행 경과다.

그렇다면 이후 소메야는 어떤 행동을 취했을까. 이것이 문제다. 아직까지는 별반 사건이 복잡하게 될 요소는 없다. 그러나 소메야 쪽에서 무언가 일을 복잡하게 만들어야만 할 이유가 생겼던 것은 아닐까. 생각해보면 그에게도 사정이 있던 것이 분명하다. 누군가가 덤벼들어 제지하고 나이프를 빼앗아 찌르고 보니, 뜻밖에 상대는 여자였다. 게다가 잘 알고 있는 것도 모자라 예전의 불륜 상대인 구조 지즈코였다. 그는 매우 놀라며 당황했으리라.

거기서 어떤 행동을 취했을까. 상식적으로 우선 자수를 떠올렸을 것으로 사료된다. 무엇보다 정당방위였다. 과실치사로 비난받을지는 모르지만 그에게 살의가 없었다는 것은 사실이었다.

그러나 소메야는 자수를 주저했다. 아무리 정당방위가 입증된다고 해도 겉으로 보이는 모양새가 좋지 않았다. 그는 사람을 죽였다. 더욱이 상대는 강도 따위가 아닌 여자였다. 이는 필시 병원의 매출에도 지장을 줄 것이다.

게다가 더욱 좋지 않은 사정이 있었다. 경찰이 여자의 범행 동기를 조사하다보면 둘의 관계가 밝혀져 주위가 시끄러워질 여지가 충분했다. 어쩌면 여자에게 동정을 살 만한 점이 있다고 말하는 사람이 나타나는 것은 물론, 현재의 불륜 상대와 지금까지의 여성 편력이 전부 공개될 가능성도 있었다. 그렇게 되면 가족들도 고개를 들고 다닐 수 없게 될 것이다.

무엇보다 준코의 문제가 있다. 소메야가 죽인 상대는 그녀와 피를 나눈 언니였다. 아무리 좋게 포장한다고 해도 준코의 미움을 살 테고, 결국 그녀를 잃게 되는 결과를 초래할 것이다. 이는 다소 괴로운 일이었다.

한편, 돌이켜보면 사건은 어두컴컴한 다마가와 강의 제방에서 일어났다. 목격자는 없다고 봐도 무방했다. 사체를 숨길 수만 있다면 이 사실을 아는 자는 아무도 없을 것이다. 사체가 없다면 살인사건은 성립하지 않는다.

이러한 여러 요소가 그의 자수 의지를 사라지게 했을 것이다. 한시라도 빨리 그곳을 벗어나 지금까지의 지위와 명예를 갖춘 생활을 계속하고 싶었을 것은 쉽게 상상할 수 있었다.

그러나 무엇보다 그곳에는 소메야를 고민에 빠지게 만든 커다란 요소가 있었다. 그는 아마 이것만 없었더라면, 하고 생각했을 것이다. 그것은 바로 피였다.

어두운 제방 주변에는 목격자가 없었다. 하지만 바닥에 흥건하게 피가 고인 상태였다. 소메야는 이 점을 매우 두려워했다. 지즈코가 흘린 피도 있었지만 소메야 자신도 상처를 입었다. 당연히 피가 바닥에 흘렀을 것이다. 어느 정도인지 확인하려고 했지만 어두워서 잘 보이지 않았다.

소메야는 집에서 손전등을 가져와 확인하려 했을까. 그러나 그것으로는 충분치 않았다. 간과하고 넘어가는 부분이 있을 것이 분명했다. 그렇다면 어떻게 해야 피를 없앨 수 있단 말인가.

이때 소메야가 느낀 불안감은 굉장했을 것이다. 의사인 그는 한 방울의 피와 조그만 피부 조각에서 얼마나 거대한 진실이 밝혀질 수 있는지 충분히 숙지하고 있었을 것이다.

다음 날 아침 이곳을 지나는 사람이 심상치 않은 양의 피가 떨어졌다고 마루코바시 파출소에 신고할지도 모른다. 경찰은 이 피와 자신을 결부시킬 가능성이 크다. 만약 그가 사체를 완벽히 처리한다면 구조 지즈코라는 여자는 세상에서 사라지게 되어 실종사건으로 경찰이 움직일 것이다. 그러면 실종사건을 조사하는 형사가 마루코바시 파출소에 접수된 신고 내용을 확인할 가능성 또한 충분하다. 그렇다면 이는 자수 이상으로 나쁜 결과를 초래하는 셈이었다.

그렇다면 사체를 그대로 제방 위에 내버려두고 모른 척 할 것인가. 소메야는 이 역시도 생각했을 것이다. 하지만 좋지 않은 방법이었다. 여자 사체의 신원을 확인하면 그의 존재가 드러나기 때문이다. 게다가 제방은 소메야가 매일 밤 조깅을 하는 코스에 포함되어 있었다.

이대로라면 결국 그는 고심 끝에 자수를 선택했을지도 모른다. 그러나 여기서 그의 고민을 깨끗이 씻어주는 동시에, 사체 은폐를 과감히 단행하게 하는 어떠한 요인이 생긴다. 그것은 비였다. 1월 19일, 그날 새벽은 약 3시간 정도 비가 쏟아졌다. 요시키도 다른 이유로 이 사실을 잘 기억하고 있었다.

사체 옆에서 고심하는 소메야의 머리 위로 빗방울이 하나둘씩 떨어지기 시작했다. 소메야는 하늘이 자신을 돕는다고 생각했을 것이다. 하늘을 보니 구름이 잔뜩 낀 듯 별이 보이지 않았다. 비가 더욱 거세질 가능성이 있다. 그렇다면 제방 위에 고인 피는 물론 사건의 흔적까지도 완벽하게 쓸려 내려갈 것이라고 소메야는 생각했다. 그는 결단을 내리고 일단 사체를 놓아둔 채 차를 가지러 급하게 집으로 향했다.

사체를 차에 실은 다음에는 아마도 집 안의 차고로 돌아가 상처를 적당히 치료하면서 사체를 유기할 장소를 물색했을 것이다. 혹은 고민하지 않고 곧장 집을 나섰을 가능성도 있다.

아니, 그것은 조금 납득하기 어려웠다. 이런 사건의 경우 범인은 사체 유기 장소로 보통 바다나 산을 떠올리기 마련이다. 그러나 소메야는 그렇게 하지 않았다. 구조 지즈코의 사체를 세이조의 그녀의 자택 안에 둔 것이다. 이것은 분명 다른 의도가 있는 것일까. 혹은 그렇게 할 수밖에 없는 사정이 있었을까.

어쨌든 그는 충분히 생각할 시간을 가졌을 것이다. 그러한 장소로는 집 안의 차고가 가장 어울린다.

그렇다면 그는 어째서 결국 구조 지즈코를 그녀의 자택으로 돌려놓았을까? 이 점이 불분명했다. 절대로 훌륭하다고는 할 수 없는 선택이었다. 묻는 편이 훨씬 나은 선택 아닐까. 범인에게 사체는 처분해야만 하는 최대의 범행 증거이기 때문이다.

게다가 사체를 욕실에 둔 이유를 알 수 없었다. 왜 욕조 속에 넣어둔 것일까?

옷을 벗긴다. 옷을 벗겼다……. 그 이유는 무엇일까. 문득 우시코시의 말이 떠올랐다. 그는 범인이 사체의 옷을 벗길 만한 이유가 있었을지도 모른다고 했다. 과연 그랬던 것일까. 그렇다면 그 이유는?

옷을 벗기고, 옷을 가지고 사라졌다……. 이는 예전에도 생각했었다. 그때는 증거품이 되기 때문에 가져갔다고 생각했다. 하지만 지금 그것은 이미 틀렸다. 옷을 벗긴 필요성이다. 그리고 구조 지즈코의 알몸을 보고 욕실을 연상했던 것일까?

아니, 잠깐. 비었다. 제방 위에 잠시 놓여있던 탓에 구조 지즈코의 몸은 이미 젖어있는 상태였다. 몸에는 진흙이 묻어있었을지도 모른다. 그래서 목욕을 하던 것으로 위장할 필요가 있던 것이 아닐까.

그럴지도 모른다. 하지만 이것이 전부는 아니었다. 탈의함에 놓인 분홍색 스웨터의 문제도 있다. 요시키는 혼란스러워졌다.

지금껏 쉴새없이 내달려온 추리가 여기에서 벽에 가로막혔다.

3

요시키는 고개를 들어 창밖을 보았다. 철교를 지나는 중이었다. 왔던 길을 되돌아가고 있었지만 추리에 몰두하던 탓에 어디쯤인지 분간이 되지 않았다.

사건을 다른 각도로 바라보아야겠다는 생각이 들었다. 요시키는 다시 한 번 구조 지즈코의 시점으로 돌아가기로 했다.

구조 지즈코는 다마가와 강변에서 소메야를 살해한 후 비행기에 몸을 실어 하야부사의 차내에 돌아올 계획이었다. 어떤 항공편을 이용할 생각이었을까. 요시키는 다시 시각표를 집어들어 뒷부분에 있는 항공편 페이지를 펼쳤다.

열차로 돌아가는 시간은 빠를수록 좋았을 것이다. 그러나 히카리 98호가 도쿄에 도착하는 밤 11시 46분은 비행기가 이미 끊기고 난 후였다. 대부분의 국내편 항공기는 저녁 8시대에 끊긴다. 구조 지즈코는 아마도 다음 날 아침 가장 이른 시간대의 항공편에 탑승했을 것이다. 그렇다면 목적지는 필연적으로 규슈 방면으로 정해진다. 하야부사는 아침 8시를 지나 간몬 해협을 통과하고, 그보다 전인 혼슈 쪽에서 열차에 올라탈 정도로 빠른 항공편은 존재하지 않는다.

규슈에 있는 공항은 후쿠오카, 나가사키, 오이타, 구마모토,

미야자키, 가고시마……. 요시키는 차례대로 손가락으로 짚었다. 우선 이 중 하야부사가 서지 않는 나가사키, 오이타, 미야자키는 후보에서 제외된다. 또, 여자가 내린 구마모토와 그 다음 역인 가고시마도 고려할 필요가 없다. 그렇다면 남은 곳은 단 하나, 후쿠오카다. 하야부사도 후쿠오카에 정차한다. 이 이상은 있을 수 없다.

하네다 공항에서 후쿠오카로 향하는 항공편은 꽤 많은 수가 편성되어 있다. 구조 지즈코는 최대한 빠르게 열차로 돌아가고 싶었을 테니 가장 이른 시간대를 골랐을 것이 분명하다. 하네다—후쿠오카를 잇는 가장 빠른 항공편은 오전 7시에 출발하는 일본항공 351편이다. 이보다 이른 시간대의 비행기는 없다.

비행기는 오전 8시 40분에 후쿠오카 공항에 도착한다. 소요 시간은 단 1시간 45분이다. 그럼 하야부사는……. 요시키는 급히 열차 시각표로 돌아갔다.

하야부사는 하카타, 즉 후쿠오카에 오전 9시 20분에 도착한다. 하야부사가 서는 후쿠오카 국철 역의 명칭이 하카타 역이다. 후쿠오카 역은 니시데쓰 선의 역으로, 두 역 사이의 거리는 꽹장히 멀다. 요시키는 이전 후쿠오카에 갔던 기억으로 이 사실을 잘 알고 있었다. 후쿠오카에 있는 이타즈케 공항에서는 국철 하카다 역이 훨씬 가깝다.

하야부사는 2분간 하카타 역에 정차한다. 그렇다면 9시 22분에 하카타 역을 출발한다. 비행기의 도착 시각이 8시 40분이니

둘 사이의 차는 42분이다. 따라서 42분 만에 이타즈케 공항에서 하카타 역까지 도착해야만 했다.

충분하다. 요시키는 예전에 똑같은 경험을 한 적이 있다. 그때도 이타즈케 공항에서 하카타 역까지 택시를 타고 갔다. 지인에게 늘 길이 막히는 곳이므로 적어도 30분은 잡으라고 들었지만, 직접 가보니 단 15분 만에 역에 도착해서 깜짝 놀란 바 있다. 따라서 비행기가 조금 연착한다 해도 42분은 충분한 시간이다. 이로써 항공편도 확실해졌다.

요시키는 와! 하고 탄성을 내질렀다. 알았다! 알아냈다! 열차 내부의 승객이 일제히 요시키 쪽을 바라보았다.

항공권이다! 소메야는 집 안 차고에서 구조 지즈코의 사체를 유기할 장소를 물색하던 중 사체에서 항공권을 발견한 것이 틀림없다. 이로써 모든 것이 명확해졌다. 여기서 사태를 복잡하게 만들 요인이 생겼던 것이다!

사체를 조금 더 뒤져보니 또 한 장의 티켓이 나왔다. 하야부사의 1인 침대 객실 티켓이었다. 게다가 자세히 살펴보니 양쪽 모두 당일 티켓이었고, 하야부사는 규슈를 향해 달리는 중이었다.

소메야는 비상한 남자였다. 그는 이 두 장의 티켓에서 구조 지즈코의 계획을 일부 파악해낸 것은 아닐까.

소메야는 먼저 이대로 두면 사태가 어떻게 진행될 것인가를 떠올렸을 것이다. 그러나 이는 실로 좋지 않은 결과를 초래할

것이 분명했다. 지즈코는 도중에 하야부사에서 내렸다. 이대로
라면 그녀는 하야부사 안에서 증발해버린 셈이 된다. 내일 아
침 하야부사 안에서는 약간의 소동이 일어날지도 모른다.

그렇다면 결국 사람들의 이목을 끄는 독특한 사건이 되어버
릴 것이다. 경찰 측에서도 흥미를 느껴 본격적인 수사에 착수
할 테고, 이내 그녀가 소메야를 찾아 도쿄로 돌아왔다는 사실
을 알아챌지도 모른다. 이것은 두려운 일이었다.

또, 구조 지즈코는 스스로 알리바이를 만들기 위해 여행을
계획했다. 따라서 그녀는 여행을 떠나기 전 지인들에게 규슈로
간다고 떠들고 다녔을 것이다. 이대로 여자가 사라져버린다면
매우 난처해진다.

그렇다면 어떻게 해야 하는가. 이 모든 트러블을 막기 위해
서는 그녀를 살아있는 채로 규슈까지 보내는 방법밖에 없었다.
그리고 소메야는 지금부터 매우 바쁘게 움직여야만 한다는 사
실을 직감했을 것이다.

여기서 또 한 번 그에게 천운이 따른다. 준코였다. 매우 가까
운 곳에 구조 지즈코를 대체할 수 있는 이상적인 여자가 존재
했다!

운좋게 그는 이미 구조 지즈코가 몸에 지니고 있던 모든 소
지품을 확보한 상황이었다. 옷은 물론 두 장의 티켓도 손에 넣
었다. 즉, 밥상은 이미 구조 지즈코가 완벽하게 차려두었고, 대
역을 이용해 그녀가 세운 계획을 그대로 이행하기만 하면 되는

것이다. 그로써 소메야 자신의 안전도 확보할 수 있었다. 그녀가 규슈에 도착한 이후에 실종된다면 자신은 사건에서 멀어지게 된다.

결국 그가 벗겨낸 사체의 옷을 챙겨서 사라진 이유는 여기에 있다! 대역인 준코에게 입히기 위해 구조 지즈코의 몸에서 옷을 벗겨 냈다. 그리고 알몸이 된 그녀의 몸에서 욕실을 떠올린 것이다. 드디어 밝혀냈다!

준코의 얼굴은 지즈코와는 전혀 달랐지만 적어도 몸매와 얼굴의 윤곽은 닮아있었다. 요시키는 두 자매의 얼굴을 떠올렸다.

두 자매의 얼굴의 결정적인 차이점은 눈과 눈썹이다. 특히 눈은 차이점이 뚜렷했다. 지즈코의 눈은 쌍커풀이 지고 커다란 반면, 준코의 눈은 어머니를 닮아서인지 작고 가늘었다. 그리고 활 모양의 얇은 눈썹을 지닌 지즈코에 비해 준코의 눈썹은 선이 굵고 뚜렷했다.

그 밖에도 다른 점은 많다. 우선 입술 형태도 전혀 달랐다. 그리고 목덜미와 어깨를 잇는 선 역시 준코는 언니처럼 가냘픈 느낌은 들지 않았다. 지즈코에게는 점도 있다.

그러나 크고 짙은 선글라스를 쓴다면 최대의 차이점 중 두 가지 정도는 가릴 수 있다. 두 사람은 몸매와 헤어스타일도 비슷하다. 점 정도야 간단히 속일 수 있다.

생각하기에 따라서 소메야는 운이 매우 좋았다고 할 수 있다. 그러나 자신도 모르는 사이에 언니의 대역을 연기해야만 했던 준코의 입장은 비극적이었다.

이렇듯 소메야의 임기응변으로 하야부사에는 구조 지즈코의 유령이 출몰하게 되었다. 소메야는 같은 옷을 입은 비슷한 체형의 여자가 열차에 타 있는 상황만 연출하면 모든 것이 해결되리라고 생각했던 것은 아닐까. 게다가 함께 탄 승객들은 지즈코와 초면인 생면부지의 타인이었다.

그러나 상황은 소메야의 예상만큼 호락호락하지 않았다. 구조 지즈코는 자신의 인상을 각인시키기 위해 차내에서 의도적으로 눈에 띄는 행동을 했다. 따라서 고이데 부부와 나가오카처럼 그녀에게 보통 이상의 관심을 품은 인물들이 나타난 것이다.

하야부사에 탄 준코는 주변 인물들에게 상당히 주목을 받은 나머지 들킬 것을 염려해 계획을 변경해 구마모토에서 내리고 만다.

다만 이 추리에도 한 가지 문제점이 있다. 에세이 속에 나가오카가 19일 지즈코와 식사를 했다고 적혀있는 점이다. 그러나 이는 단순한 그의 공상일 가능성이 높다. 실제로 그는 식당 칸에서 식사를 제의했지만 거절당했다. 준코라면 당연히 이를 거절했을 것이다. 하지만 나가오카는 에세이에 그녀와 식사를 했다고 적었다. 후일 전화 통화에서 자신 없어 하던 그의 목소리가 떠올랐다.

하지만 나가오카를 질책할 수는 없다. 그로서는 이러한 약간의 창작이 수사에 지대한 영향을 미치리라고는 꿈에도 생각지 못했을 것이다.

그리고 또 하나의 문제점이 있다. 19일, 고이데가 구마모토 역에서 내려서 걸어가는 구조 지즈코의 사진을 찍은 점이다.

그러나 사진 속 여자는 뒷모습이었다. 그 여자는 준코다.

사진을 제외한 대부분의 사실이 19일에 만난 지즈코가 대역이었다는 사실을 말해주었다. 고이데 부부는 차내에서 그녀에게 말을 걸었지만 자신들을 피하는 눈치였다고 말한 바 있다.

물론 나가오카의 에세이에는 큰 도움을 받은 점도 있다. 그 날 정말로 태양이 눈부셨는지 어땠는지는 알 수 없지만, 어쨌든 여자가 선글라스를 썼었다고 적혀있던 점, 그리고 19일에는 연지색으로 바뀐 스웨터다.

소메야는 지즈코의 회색 스웨터를 준코에게 입히지 못했을 것이다. 구멍이 뚫린 스웨터는 피로 더럽혀져 있었기 때문이다. 탈의함에 브래지어가 없던 것도 같은 이유다. 피가 묻은 탓에 소메야가 처분한 것이다.

스웨터가 연지색으로 바뀐 점은 아마도 준코가 가진 스웨터 중에 회색과 어울리는 색이 그것밖에 없었기 때문이 아닐까. 그래서 어쩔 수 없이 연지색을 선택했던 것이다. 가게에서 같은 색의 스웨터를 구할 시간은 없었다.

탈의함의 분홍색 스웨터는 잠시 뒤 소메야가 맨션에 여행가방과 옷가지를 돌려놓으러 왔을 때 준코가 자신의 스웨터를 내

주는 것을 두려워했기 때문에 그가 지즈코의 옷장에서 적당히 하나를 골라 바꿔놓았을 것이다.

다시 한 번 소메야의 19일 행동으로 돌아가 보자. 이로써 하야부사에 나타난 지즈코의 유령은 설명할 수 있지만, 아직 커다란 문제점이 남아있다. 바로 소메야가 지즈코의 사체를 처분한 방법이다. 어째서 소메야는 사체를 매장하지 않고 세이조 자택에 유기하는 기묘한 방법을 선택했던 것일까. 아무리 생각해도 이해가 가지 않는 선택이다.

이는 본말전도가 아닐까. 소메야는 가까스로 대역까지 구해 구조 지즈코를 19일 오후까지 살아있던 것으로 만들었다. 그녀를 결국 산 채로 규슈까지 보낸 것이다. 그러나 사체가 도쿄에서 발견되면 이를 완전히 뒤엎는 결과를 초래하는 것이다. 왜 이런 이상한 짓을 했던 것일까. 소메야가 취했던 행동을 하나부터 추리해보면 그 이유가 밝혀지지 않을까.

소메야가 티켓을 발견하고 대역으로 준코를 떠올린 시점에 시각은 이미 새벽 2시를 넘어가고 있었다. 그날 밤에는 1시 반부터 비가 내리기 시작했다.

소메야는 다음으로 비행기 시간을 확인했을 것이다. 비행기가 하네다에서 출발하는 시각은 오전 7시. 항공기에 탑승하려면 적어도 20분 전에는 비행장에 들어가야만 한다. 그렇다면 남은 시간은 겨우 4시간 30분 정도였다. 그는 즉각 다음 행동을 취할 필요가 있었다.

소메야는 지즈코의 몸에서 속옷을 제외한 나머지를 벗겼다. 옷과 두 장의 티켓, 여타 소지품을 뒷좌석에 두고 사체는 트렁크에 숨겼다. 그리고 서둘러 차를 출발시켰다. 한시라도 빨리 가지 않으면 준코는 잠들고 만다.

공중전화부스를 발견한 소메야는 차를 세워두고 준코에게 전화를 걸었다. 여기서도 소메야는 운이 좋았다. 준코는 그날 밤 늦은 시간까지 술을 마신 탓에 아직 깨어있었던 것이다. 그는 준코에게 지금 집에 가고 있으니 기다려달라고 당부한다.

준코의 집에 도착한 소메야는 지즈코의 옷을 꺼내 들고는 준코에게 이유는 나중에 천천히 설명할 테니 어쨌든 옷을 갈아입으라고 했을 것이다. 그리고 코트 속에는 회색 스웨터를 입으라고 하지만 당시 준코가 가지고 있는 스웨터는 연지색뿐이었다.

그 후 소메야는 돈을 건네고 준코를 차에 태워 하네다 공항으로 향한 것으로 추정된다. 그리고 차 안에서 그간의 상황을 설명하지 않았을까. 하지만 지즈코는 그녀의 친언니이기 때문에 상황이라고 해봐야 진실을 얘기했을 가능성은 없다. 이 티켓으로 7시에 출발하는 일본항공 351편을 타고 이타즈케 공항에 도착하면 택시로 곧장 하카타 역으로 가서 하야부사에 타라고 했을 것이다. 그리고 열차 맨 뒤쪽 칸에서부터 1호차로 가라고 덧붙였다. 준코가 열차에 탑승하는 모습을 1호차에 있던 승객이 발견하지 못하도록 해야 했다. 1호차에 타면 바로 객실로 들어가든지, 식당 칸에서 식사하라고 했을 것이다. 물론 차내에서는 선글라스를 쓰라는 당부를 덧붙이는 것은 필수였다.

그리고 니시가고시마에 도착하면 역 앞 호텔에서 한숨 돌리며 자신이 도착할 때까지 기다리라고 하지 않았을까. 혹은 나중에 갈 테니 둘이서 사쿠라지마를 여행하자고 꼬드겼을 수도 있다. 하지만 소메야 자신은 갈 생각이 없었다. 겨우 멀리 떨어뜨린 사건에 재차 발을 담그고 싶었을 리 없다. 갑자기 갈 수없게 되었고 나중에 충분히 보상할 테니 혼자서 돌아오라고 할 생각이었을 것이다.

이때 준코가 사건의 진상을 눈치챘을지는 불분명하다. 지즈코의 옷임을 알아채지 못했을까? 아니, 그녀는 몰랐을 것이다. 무언가 이상하다고 여기면서도 돈이 될 만한 일이라는 생각에 협력하지 않았을까. 알았다면 협력했을 리 없다.

두 사람이 하네다 공항에 도착했을 때는 아마 새벽 4시 무렵이었을 것이다. 비행기 출발시각까지는 아직 3시간이나 남아있었다. 소메야는 공항과 가까운 호텔에 방을 잡아두었을 수도 있다. 그러면 충분히 공항 근처에 자주 가는 단골 호텔이 있었을 것이다.

이를 역으로 생각할 수는 없다. 즉, 소메야가 먼저 세이조 맨션에 지즈코의 사체를 놓아두고 나서 준코를 하네다 공항까지 바래다주었을 리는 없다.

물론 여기에도 문제점은 있다. 소메야가 하네다 공항까지 차로 준코를 바래다준 것은 그럴 필요가 있었기 때문이다. 그러나 지즈코의 사체를 바다나 산에 유기할 시간을 확보해둘 필요 또한 있었다. 소메야는 준코를 바래다주는 길에 이 점을 고려하지 않았을까? 하지만 공항 근처에서 여러 가지를 신경 쓰다 보니 시간이 새벽 4시를 훌쩍 지나버려 사체유기를 단념했을지도 모른다.

혹은 준코를 설득하는데 시간이 걸린 나머지 집 안마당에 매장할 시간조차 사라진 것은 아닐까.

의외로 이것이 정답인 느낌도 들었다. 어찌 되었든 동이 틀 시간이 가까워진 바람에 소메야에게 사체를 처분할 시간이 사라진 것은 아닐까. 보통 동이 트면 사체를 유기할 엄두를 내지 못하기 마련이다.

그래, 그래서 일단 소메야는 사체유기를 다음 날로 미룬 채 하루만이라도 사체를 숨겨둘 수 있는 장소를 물색했던 게 아닐까. 사체유기는 다음 날 밤에 하자고 생각한 것이다. 그렇다. 사체를 처분할 시간이 사라진다면 누구라도 그렇게 생각할 것이다.

그러나 숨길 물건이 무엇인지를 생각하면, 비록 단 하루라고 해도 좀처럼 적합한 장소를 찾기는 어려웠을 것이다. 자택의 차고나 차의 트렁크도 안심할 수 없다. 소메야 병원의 원장인 그는 전속 운전사가 있기 때문이다.

그러던 와중에 떠오른 곳이 세이조에 있는 지즈코의 자택이었다. 그곳은 소메야도 불륜시절 자주 들락거렸기 때문에 잘 알고 있는 장소였다. 게다가 집주인인 지즈코는 여행 중이었고, 그녀에겐 친구가 거의 없었기 때문에 집에 방문해올 사람도 없었다. 따라서 하루 정도 사체를 두어도 안심할 수 있는 장소라고 생각했던 것은 아닐까.

혹은 두 장의 티켓으로 지즈코의 의도를 파악한 시점에 이미 그날 사체를 처분하기는 무리라고 판단, 일단 세이조 맨션에 사체를 두자고 생각했을지도 모른다. 그렇다면 공항에서 쓸데없는 시간이 생기지 않도록 준코를 일단 집에 대기시킨 채 먼저 세이조 맨션으로 향했을 수도 있다.

어찌 되었든 소메야는 밖이 아직 어두운 시각에 사람들의 눈을 경계해가며 세이조 맨션 안으로 들어갔다. 집 열쇠는 구조 지즈코의 소지품 중에 있었을 수도, 불륜시절 만들어놓은 복제 열쇠를 가지고 있었을 수도 있다.

이때 소메야는 지즈코의 사체를 욕실에 두기로 마음먹는다. 욕실은 누군가 집에 들어온다고 하더라도 사체를 쉽게 발견하기 어려운 장소라는 점이 이유 중 하나다.

또 하나는 그녀의 알몸을 보고 욕실을 연상했던 것은 아닐까. 알몸이라면 욕실 안에 있는 편이 자연스럽다. 그리고 이왕 욕실 안에 두는 거라면, 타일 위보다는 욕조 속에 있는 편이 나았다. 속옷도 벗겨 낸다.

그러나 이때 욕조에 물을 채웠다고는 생각할 수 없다. 사체를 단지 하루 정도 둘 생각이었다면 물을 채워둘 필요는 없기 때문이다. 그는 일단 사체를 욕조 속에 넣어둔 채 집에서 나왔을 것이다.

아니, 잠깐. 요시키는 그럴 리 없다는 생각이 들었다. 채워져 있었다. 이때 소메야는 무슨 영문인지 욕조에 물을 채워두었던 것이다. 후나다가 했던 말이 떠올랐다. 표모피로 미루어보면 사체는 적어도 30시간은 물에 잠겨있던 것으로 추정된다고 했다. 30시간이라면 19일 아침 10시에는 이미 사체가 물에 잠겨 있었어야 한다. 그가 아침 10시에 맨션을 다시 찾을 수는 없기 때문에 이때 욕조에 물까지 채워둔 것이다. 이유는 불분명하지만 그는 그렇게 했다.

발견될 경우를 미리 가정했던 것이 아닐까? 발견되었을 때 사체가 텅 빈 욕조에 있는 것보다 물이 채워진 욕조에 있는 편이 더 나을 만한 이유는 무엇일까?

물론 단순히 그편이 더 자연스럽다고 생각했을지도 모른다. 혹은 욕조가 비어있다면 하루만 사체를 숨겨둔다는 자신의 계획이 들통 날 수 있다고 생각했을 수도 있다.

이유가 어찌 되었든 그는 사체를 욕조 속에 넣고 물을 채워두었다. 그리고 다음 날 밤에 다시 사체를 찾으러 올 계획이었다.

19일, 소메야가 병원 업무에 열중하고 있을 무렵 준코에게 전화가 걸려온다. 그녀는 승객들이 자신을 힐끔힐끔 쳐다보는 바람에 구마모토에서 내린 사실을 전한다. 소메야는 어쩔 수 없다는 대답과 함께 이미 생각해두었던 구실로 준코에게 다시 도쿄로 돌아오라고 했을 것이다. 그리고 준코에게 옷과 여행 가방을 건네받는다.

준코는 하야부사의 1인 객실 안에서 지즈코가 남긴 여행 가방 등을 발견했을 것이다. 소메야는 이 점을 준코에게 어떻게 설명했을까.

뭐, 이는 나중에 준코에게 물어봐도 무방하다. 소메야는 준코에게 건네받은 지즈코의 소지품들을 사체와 함께 유기할 생각을 품었을 것이다. 그러나 그는 실제로는 그렇게 하지 않았다. 물품들을 지즈코의 맨션에 돌려둔 것이다. 어째서일까.

소메야가 다시 맨션을 찾은 시각은 19일에서 20일로 이어지는 심야 시간대로 추정된다. 19일 낮에는 준코가 아직 규슈에 있었고, 20일에는 경찰이 현장을 찾았다. 물품들을 가지고 다시 맨션에 갔을 때 그는 왜 사체를 다른 곳으로 옮겨서 처분하지 않았던 것일까.

도무지 알 수 없다……. 요시키는 고개를 갸우뚱했다.

그러나 머지않아 요시키의 머릿속에 그날의 상황이 떠올랐다. 눈﹒이다. 19일 밤, 도쿄에는 드물게 많은 눈이 내렸다. 도로에도 두껍게 눈이 쌓였다. 따라서 소메야는 사체유기를 하루 더 늦춘 것이 아닐까. 즉, 그는 눈 덮인 도로를 운전할 자신이 없었던 것이다.

아무리 15년 만의 폭설이라 해도 도쿄에 내린 눈은 하루면 녹아버린다. 그리고 하루 만에 맨션이라는 밀실 안에 있는 사체가 발견될 리도 없다. 소메야는 적어도 사나흘쯤은 괜찮다고 대수롭지 않게 여겼던 것은 아닐까.

그것은 사실이었다. 사체는 발견되지 않았다. 이 점에서는 야스다에게 감사해야 한다.

하지만 소메야는 최악의 경우를 생각해보지 않았을까. 극히 낮은 확률로 누군가 집에 찾아올 경우를 대비해두자고 생각한 것이다.

즉, 소메야는 옷과 여행 가방을 집 안에 두고 사체에 어떠한 트릭을 걸어둔다면 설사 누군가 사체를 발견한다 하더라도 그녀가 도쿄에 돌아와서 목욕 중에 살해당했다는 어긋난 추리를 할 것이라고 생각한 것은 아닐까?

그렇다. 만약 사체의 사망추정시각을 가능한 한, 아니, 이상적으로는 19일 밤까지 늦추기만 한다면 이론상 충분히 가능한 일이었다.

소메야는 의사였다. 따라서 감식반이 사체의 사망시각을 추정하기 위해 무엇을 검사하는지 정확히 알고 있었을 것이다. 그는 실제로 19일 새벽 1시 반쯤 사망한 사체의 사망시각을 그날 밤까지 늦출 수는 없다는 사실을 알고 있었다. 그러나 최대한 사체의 사망시각을 추정하기 어렵게 만들 수는 있었다. 그렇게만 하면 자연스럽게 사망추정시각이 뒤로 늦춰질 가능성도 생기기 마련이다.

그렇다면 어떻게 해서 사망시각을 추정하기 어렵게 만든 것일까. 20일 자정 시점에 이미 사체는 거의 사후 24시간을 지나고 있었다. 그렇다면 사망시각을 추정하는 요소인 시반은 물론 사체가 물속에 있었기 때문에 체온 저하를 고려하는 것도 의미가 사라진다.

그래! 이것으로 사체를 물에 넣어둔 이유도 알 수 있지 않을까. 소메야는 단순히 알몸을 보고 욕실을 떠올린 것이 아니다. 좀 더 확실한 이유가 있었던 것이다. 그것은 바로 사체의 온도를 낮춰 부패를 막기 위해서였다.

이틀이 지난 사체의 내부는 부패가 시작되며 외부에도 악취를 풍긴다. 사망시각을 늦추려면 무엇보다 사체의 부패 속도를 늦춰야 하는 것이 대전제다. 따라서 사체를 낮은 온도의 환경에 두어야 했던 것이다.

결국 이것이 사체를 물에 넣어둔 최대의 이유인 셈이다. 욕실의 창문을 연 이유도 확실해졌다. 한겨울 바람이 들어오는 욕실의 차가운 물속에 있는 사체는 부패속도가 더뎌질 수밖에 없다.

생각해보면 이는 양날의 검이었다. 소메야는 표모피의 문제도 고려했겠지만 일단은 천운에 맡기고 사체를 물속에 두는 것을 선택했을 것이다. 게다가 겨울은 파리가 없으므로 구더기 또한 생기지 않는다.

그러나 단지 사체의 부패를 늦추는 것뿐이라면 충분치 않다.

다음으로 무엇을 할 필요가 있었을까?

그렇군! 드디어 알았다! 요시키는 그제야 확실히 깨달았다. 이것만으로는 사망시각을 쉽게 추정할 수 있는 커다란 증거를 남긴 셈이다. 그것은 눈이다! 그리고 이것이 바로 사체의 얼굴 피부를 벗겨 냈다는 믿기 어려울 정도로 엽기적인 범행의 이유다.

과연 무슨 말일까. 설명하자면 이러하다. 후나다가 말한 대로 죽은 자의 눈은 각막이 혼탁해지면서 시간이 지날수록 혼탁 정도는 점점 커지게 된다. 그리고 약 48시간이 지나면 각막 안쪽의 유리체도 혼탁해져 동공이 투시불능 상태에 빠진다.

요시키는 예전에 후나다가 했던 말을 떠올렸다. 인간의 몸에 동맥이 노출된 부분은 없다. 푸르게 보이는 혈관은 모두 동맥이 아닌 정맥이다. 그러나 인체에서 단 한 군데 동맥을 직접 육안으로 확인할 수 있는 장소가 있다. 바로 안구의 가장 안쪽에 있는 망막이다. 따라서 의사가 동맥 경화의 진단을 내릴 때도 약품으로 홍채를 열어 확대경으로 망막 위의 동맥을 관찰한다. 동공을 투시하는 것이다.

이처럼 안구는 매우 흥미로운 대상으로, 의사들은 그곳에 사후 다양한 현상이 나타난다는 사실을 숙지하고 있기 마련이다. 말하자면 눈은 '죽은 자의 시계'인 것이다. 그래서 소메야는 사체에서 안구를 적출할 생각에 다다른다.

그러나 역으로 이는 매우 위험한 행동일 수 있었다. 경찰 측에서 사체의 눈이 사라진 것을 보고 고의로 사망시각을 추정하기 어렵게 만들었다고 여길 수 있기 때문이다. 그럼 용의자는 의학적 지식이 있는 소메야가 유력해진다. 긁어 부스럼이 되는 것이다. 따라서 그는 사체의 얼굴 피부를 벗겨내고 만다.

그렇게 하면 사체의 눈이 사라진 사실은 한층 의미를 덜게 된다. 경찰 측에서도 범인이 얼굴 피부를 벗겨 내면서 우연히 안구까지 가져갔다고 판단할 것이다. 사실 그러했다. 사체에서 안구를 적출한 사실을 위장하기 위해 범인이 일부러 얼굴 피부를 벗겼다고는 누구도 생각하지 못했다. 그리고 의학적 지식이 없는 사람이라면 우선 사람의 피부가 그리 쉽게 벗겨지는 것임을 알지 못한다.

메스를 챙겨온 소메야는 희미한 달빛의 도움을 받아가며 사체에 끔찍한 짓을 저질렀다. 그러나 그는 외과의사였다. 비록 조금 어두운 장소에 있다 한들 어렵지 않은 작업이었을 것이다.

그리고 불행하게도 이러한 그의 주도면밀한 대비책은 빛을 발하게 된다. 믿을 수 없는 일이 벌어진 것이다. 야스다라는 돈키호테가 출현해 구조 지즈코의 사체가 20일에 발견되고 만다. 그리고 사망추정시각은 소메야가 사체에 가한 트릭 탓에 폭이 매우 넓어지지만, 그의 의도와는 달리 늦춰지지 않고 앞당겨지고 만다. 즉, 구조 지즈코가 여행에서 돌아왔을 때부터가 아닌, 여행을 떠나기 직전을 포함한 결과가 되어버리고 만 것이다.

여기에는 사사키의 출현이라는 우연도 한몫했다. 소메야는 구조 지즈코의 집에 두 번이나 들어갔으면서도 주변을 경계한 탓에 형광등을 켜지 않았다. 따라서 그는 구조 지즈코가 도쿄역을 향하기 직전 집에 온 사사키와 다투다가 시계를 떨어뜨렸다는 사실은 눈치채지 못한 것이다. 물론 야스다의 존재 또한 알았을 리 만무하다.

그러나 이러한 결과가 소메야에게 반드시 나쁘다고는 할 수 없었다. 결국 사사키가 사건의 유력한 용의자가 되었고, 소메야는 의혹의 중심에서 벗어나게 되었다. 이런 의미에서 보면 그가 사체에 가한 트릭은 매우 성공적이었다.

소메야는 매우 운이 좋았다. 결과적으로 그는 애초에 비의 도움을 받았고, 나중에는 눈의 도움을 받았다.

하늘이 소메야에게 등을 돌린 것은 단 한 가지, 진상을 눈치챈 준코에게 보복을 당했다는 점이다.

시간이 지나 준코는 사건의 진상을 알아채고 만다. 그리고 피를 나눈 언니를 죽인 것도 모자라 그것을 은폐하기 위해 여동생인 자신마저 이용한 소메야를 용서할 수 없었을 것이다. 게다가 언니는 자신을 구렁텅이에서 구출하기 위해 그에게 덤벼들었다.

준코는 언니의 애초 계획대로 조깅 코스에서 잠복하고 있다가 결국 언니의 유지를 따른다. 그리고 분노를 담아 하야부사의 티켓을 소메야의 주머니에 쑤셔 넣었을 것이다.

드디어 사건의 실마리가 풀렸다. 모든 것이 명확했다. 요시키는 고개를 들어 눈을 떴다. 어느새 히카리 98호가 도쿄 역 플랫폼에 들어서려는 참이었다.

4

누군가가 흔들어 깨우는 느낌이 들었다. 눈을 떠보니 앞에 나카무라가 서 있었다.

"역시 돌아왔군."

나카무라가 말했다. 세이조 경찰서의 당직실 안이었다.

"티켓이 도움이 됐나?"

요시키는 천천히 몸을 일으켰다.

"두말하면 잔소리죠. 티켓 덕분에 모든 게 확실해졌습니다. 먼저 구조 지즈코를 죽인 범인은 소메야입니다. 소메야를 죽인 사람은 준코고요. 구조 준코. 지즈코의 배다른 여동생입니다."

그러자 나카무라는 예상 밖의 반응을 보였다.

"아, 역시 그렇군."

놀란 요시키의 눈이 번쩍 뜨였다.

"알고 계셨습니까?"

"아니, 나도 오늘 아침에서야 알게 됐네."

요시키는 나카무라의 얼굴을 물끄러미 바라보았다.

"준코가 자수해왔어. 지금 위층에 고야마와 이마무라랑 함께 있네. 자네가 오기만을 기다리고 있었지."

요시키는 자리를 박차고 일어섰다.

취조실로 들어가자 덩치가 산만한 고야마 앞에 준코가 고개를 떨구고 있었다. 이마무라는 구석에 서 있는 상태였다. 아침 햇살이 그녀의 머리카락에 반사되고 있었다. 가까이 다가간 요시키는 고야마에게 부탁해 자리를 바꿔 앉았다.

"나를 기억하나?"

자리에 앉으면서 요시키가 말을 걸었다. 준코는 고개를 치켜들었다. 지즈코와 다른 가는 눈이 붉게 충혈되어 있었다.

"처음부터 얘기해 봐."

요시키의 목소리가 고요한 취조실 안에서 드라마의 시작을 알리는 듯 울려 퍼졌다. 최후의 드라마이리라.

하지만 준코는 대화가 불가능한 상태였다. 피곤하거나 아니면 너무 긴장한 탓인지 더듬거리는 말에 좀처럼 두서가 없었다. 초조해하는 고야마와 이마무라의 심정이 이해됐다.

"그럼 이렇게 하지."

요시키가 말했다.

"아무래도 시간이 너무 오래 걸릴 듯하군. 우리는 사건의 진상을 이미 대부분 알고 있어. 이제 와서 너에게 굳이 캐낼 것이 거의 없다는 말이지. 묻고 싶은 건 두세 가지 정도뿐이야.

지금부터 내 말을 잘 듣고 그게 정말 사실인지만 확인해줘. 그리고 그 점에 대해서만 자세하게 듣기로 하지. 어때?"

준코는 고개를 아래로 향한 채 힘없이 끄덕였다. 요시키는 지난밤 열차 안에서 쌓아올린 추리를 처음부터 다시 한 번 찬찬히 설명했다. 이는 나카무라와 이마무라, 고야마 앞에서도 처음 하는 이야기였다. 준코의 뒤에서 설명을 듣는 나카무라의 얼굴이 시간이 지날수록 감탄하는 표정으로 바뀌었다.

요시키의 설명은 30분 가까이 이어졌다. 준코는 고개를 숙인 채 요시키의 말에 한 차례의 반론도 하지 않았다. 요시키는 자신의 추리가 정확하기 때문이라고 판단했다. 그만큼 자신이 있었다.

"어때? 내 말이 전부 맞나?"

요시키가 말했다. 준코는 스르르 머리를 숙였다. 요시키의 눈앞으로 보이던 준코의 파마머리가 점차 아래로 내려갔다. 그 모습은 마치 모든 걸 인정한다는 표현처럼 보이기도 했지만, 단지 힘이 없는 것처럼 보이기도 했다.

요시키는 조금 의기양양해졌을지도 모른다. 따라서 법을 수호하는 자로서 도덕적인 말을 한마디 덧붙여야겠다는 의욕이 샘솟았다.

"물론 언니의 복수를 하고 싶었던 너의 심정은 이해해. 그러나 사람을 죽인다는 건 같은 사람으로서 할 짓이 아니지."

요시키의 말에 준코는 순간적으로 눈을 치켜떴다. 그러고는 또박또박한 말투로 날카롭게 내뱉었다.

"틀렸어요! 언니의 복수를 위한 게 아니에요. 저는 언니가 미워서 그런 거였다고요."

요시키는 한순간 머쓱해졌다. 그리고 이내 자신의 귀를 의심했다.

"그게 무슨 말이지? 지금 자신이 무슨 말을 하는지 알고 있나?"

준코의 눈빛이 흐트러져 있었다. 그곳에는 누구를 향한 것인지는 알 수 없지만 강렬한 증오심이 있는 것 같았다. 요시키는 그녀의 머리가 순간적으로 이상해졌다고 생각했다. 그렇지 않고서야 도저히 이해할 수 없는 말이었다.

"물론 똑똑히 알고 있어요. 그리고 형사님이 말씀하신 건 거의 맞았지만 언니에 관해서 만큼은 완전히 틀렸어요."

"틀렸다니?"

"다르다고요!"

준코는 거의 울부짖듯 소리쳤다. 말도 안 되는 이야기를 더는 들을 수 없다는 듯했다.

"언니가 나를 위해서 소메야 씨를 죽이려 했고, 제가 그 복수를 하려고…… 아하핫."

갑자기 준코가 웃음을 터뜨렸다. 큰 소리로 웃는 얼굴 위로 눈물이 한 방울씩 내비쳤다. 눈물은 이내 뺨을 타고 흘러내렸다.

"그럼 뭐지? 얘기해봐."

요시키는 퉁명스럽게 말했다.

"얘기하라니, 뭘요?"

웃음을 멈춘 준코는 천천히 반문했다. 그리고 다시 고개를 숙였다.

"대체 무슨 말을 하는 거야? 잠시 쉬었다 갈까?"

"아뇨, 괜찮아요."

준코는 이번에는 갑자기 얌전한 여학생 같은 말투가 됐다.

"어떤 걸 듣고 싶으세요?"

"음, 예를 들면, 네가 언니의 대역을 했을 때 소메야는 대체 무슨 구실로 너를 설득한 거지? 그리고 하야부사 안에서 언니의 여행 가방을 보지 않았나? 그때 기분은 어땠지?"

"어땠냐니요?"

"그때까지만 해도 소메야가 언니를 죽였다는 사실을 모르고 있었잖아."

"알고 있었어요."

"알고 있었다고?"

"네."

"알면서도 협력했다는 말인가?"

"네, 맞아요."

"왜지?"

"언니가 미웠으니까요."

"그러나……. 나중에 눈치채지 않았나? 언니는 너를 위해서 소메야를……."

"그건 사실과 달라요."

"어떻게 다르다는 거지?"

"언니는 저처럼 변변찮은 시골여자에게 손을 뻗친 소메야를 용서할 수 없었을 거예요."

"뭐라고? 그게 무슨 말이지?"

"형사님은 이해할 수 없을 거예요. 아니, 남자는 절대 이해할 수 없어요. 우리 자매가 어땠는지 말이죠."

기세에 눌린 요시키는 입을 다문 채 아무 말도 하지 않았다.

"제가 아직 초등학교에 입학하기 전이었어요. 언니가 이마카와 집을 나가면서 뭐라고 말했을 거라고 생각하시나요?"

요시키는 입을 다문 채 기다렸다.

"아버지와 저를 차례로 손가락질하면서 당신들은 원숭이라고 했어요!"

요시키는 뒤통수를 망치로 얻어맞는 듯한 충격을 느꼈다.

"제가 얼마나 언니를 미워했는지, 그리고 얼마나 큰 증오를 품어왔는지, 절대 아무도 모를 거예요. 저는 나중에 크면 언니처럼 도쿄에 가서 무엇이든 언니를 뛰어넘는 여자가 되리라고 다짐했어요. 단지 그것만을 생각해가면서 지금껏 살아왔어요."

요시키의 귓가에 니혼카이의 매서운 눈보라 소리가 들려오는 느낌이 들었다.

"그렇다면……."

"소메야 씨도 언니가 예전에 사귀던 남자란 걸 알고 제가 먼저 접근한 거예요. 신주쿠의 아시아에서 일하는 사사키도 똑같고요. 그가 언니한테 호의를 품고 있었다는 걸 알고 다가갔어요. 나도 이 정도는 할 수 있다는 걸 언니한테 알리고 싶었거든요. 맨션도 마찬가지예요. 언니가 사는 세이조 맨션을 보고, 언젠가 절대로 나는 이보다 더 좋은 곳에서 살 거라고 마음먹었었어요."

무슨 말을 하는 건가! 하고 요시키는 생각했다.

"소메야는 언니가 소개해준 건가?"

"맞아요. 언니는 소메야 씨를 저에게 소개할 때, 설마 이런 시골아이에게 흥미를 가질리 없다는 얼굴을 하고 있었어요. 그래서 전……."

"그마저도 넘어서려고 했군."

준코는 고개를 끄덕였다. 이 무슨 어리석은 이야기란 말인가!

"아무리 노력해도 외모만큼은 언니를 따라잡을 수 없었어요. 그래도 언니한테는 없는 무언가가 저한테도 하나쯤은 있다고 생각했어요."

그건 당연한 것 아닌가. 하지만 요시키는 그 말을 입 밖으로 꺼낼 기분은 들지 않았다.

"언니는 자존심이 굉장히 센 여자였어요. 그래서 저 같은 촌년이랑 비교당하는 거 자체가 수치스러웠을 거예요."

"흠."

"언니는 저와 아버지 같은 시골사람들과는 스스로 인종이 다르다고 생각했어요."

요시키는 홋카이도에서 만난 단조 요시에의 얼굴을 떠올렸다.

그리고 이마카와에서 만난 준코의 생모 얼굴도 떠올렸다. 조금은 알 것 같기도 했다. 하지만…….

"그래도 그런 이유로 죽인다는 건……."

"그뿐만이 아니라 언니는 개인적인 앙심을 품고 있었을 거라 생각해요. 소메야란 남자는 조금 나쁜 버릇이 있었거든요."

"나쁜 버릇?"

"거짓말을 잘했어요. 뭔가를 사준다고 하면서 나중에 딴소리를 한다든지. 근데 제 앞에서 그런 행동은 안 했어요."

"그럼 너는 왜 소메야를 죽인 거지?"

"제가 죽인 게 아니에요."

"뭐라고? 그럼 누군데?"

"자기 혼자 넘어지더니 칼에 찔린 거예요."

"뭐? 그럼 소메야가 너도 죽이려고 했다는 건가?"

"그렇지만 그를 그렇게 만든 사람은 저예요. 그러니까 그가 계획적으로 그런 건 아니란 말이지요. 소메야 씨는 언니 일이 있고 나서부터 계속 호신용 나이프를 품에 지니고 다녔어요."

"그럼 어째서 너를 죽이려고 한 거지?"

"제가 하야부사 티켓을 돌려주지 않았기 때문이에요. 저 자신을 보호하기 위해 그걸 챙겨둘 생각이었어요. 의미가 없을지도 모르지만 어쨌든 증거품이니까요. 개찰구에서도 내지 않았어요."

"그런 상황에서 소메야가 너한테 티켓을 돌려달라고 했던 거군."

"맞아요. 하지만 제가 거부하니까 어느새 협박하는 분위기가 되었어요."

"그러다가 이성을 잃었나?"

"네. 나이프를 꺼내더니 돌려주지 않으면 죽인다고 했어요. 제가 무서워서 도망치니까 쫓아오다가 어두워서 발을 헛디뎠는지 넘어지더군요. 그때 칼에 찔린 듯 보였어요."

"흠, 그렇군."

"그런데 괴로운 표정으로 계속 티켓을 돌려달라는 말만 반복하더군요. 미안한 마음에 그의 윗도리 주머니에 티켓을 넣었어요. 그래서 무서워서 달리다보니 집에……."

"그래. 이제야 이해가 가는군."

요시키는 한숨을 내쉬었다. 추리는 대부분 맞아떨어졌지만 가장 마지막에서 궤적을 벗어나 있었다.

이후 나카무라와 이마무라가 두세 가지 질문을 더했다. 요시키는 멍한 눈빛으로 그 모습을 지켜보았다. 극심한 피로감이 몰려왔다.

고야마가 무언가 말을 걸어오는 것이 느껴졌다.

"네?"

요시키는 고개를 들어 되물었다.

"이제 데려가도 될까 해서요. 조서를 작성할 생각입니다."

"아, 그렇게 하시지요."

요시키가 대답했다.

준코는 요시키, 나카무라, 이마무라에게 차례로 고개를 숙여 인사하고는 고야마에게 등을 떠밀려 취조실 밖으로 나갔다. 사건을 하나 해결했다는 안도와 함께 심한 허탈감이 느껴졌다.

"독신인 자네에게는……."

나카무라가 여태껏 준코가 앉아있던 의자에 앉으며 말했다.

"쓸쓸한 뒷맛을 남기는 사건이 되겠군."

요시키는 힘없이 미소 지었다

"왜죠? 저라고 여자들이 전부 천사라고 생각하진 않습니다."

그러면서도 왠지 괜한 큰소리를 쳤다는 느낌이 들었다.

"오늘이 며칠이죠?"

요시키가 물었다.

"3월 5일. 월요일일세."

나카무라가 대답했다.

"수사가 시작된 게 1월 20일이니, 벌써 한 달하고도 보름이 지났군요."

그때 요시키는 문득 도미카와에서 만난 단조 요시에의 얼굴과 그녀가 마지막으로 남긴 말이 떠올랐다.

"그놈은 반드시 앙갚음을 당할 거야. 내 장담해. 지즈코는 원래 그런 아이거든."

그 말은 정확하게 맞아떨어진 셈이었다. 나카무라에게도 이를 알리고 싶었지만 왠지 귀찮은 기분이 들어 그만두었다. 요시키는 대신 다른 화제를 꺼냈다.

"블루트레인 1인 침대 객실 티켓은 이제 구하지 못하겠네요."

나카무라는 아랫입술을 쑥 내밀었다. 그는 자주 이런 표정을 짓고는 했다.

"도중에 나고야에서 내려서 돌아왔는데 왠지 아깝군요."

나카무라는 싱긋 미소를 지었다.

"형사 신분으로 이제 그런 호화로운 여행은 영영 못 할지도 몰라."

요시키는 그 말을 듣자 진심으로 아까운 기분이 들었다. 하지만 그것은 구조 지즈코도 마찬가지였다. 그녀는 이제 영영 블루트레인을 타고 여행을 떠날 수 없다. 요시키는 처음으로 구조 지즈코에게 동정심을 느꼈다. 동시에 이번에도 역시 고향에 돌아가지 못했다는 것을 깨달았다.

5

사건이 종결되자 세이조 경찰서의 수사본부도 해산했다. 요시키와 나카무라도 사쿠라다몬 1과로 돌아가 다른 사건에 투입되었다.

그 후에도 요시키는 세이조 경찰서의 이마무라와 몇 차례 전화 통화를 했다. 그의 말에 의하면 신바시의 소메야 병원에는 소메야 가문의 선대 병원장들을 배출한 계열학교 출신이 아닌 젊고 새로운 병원장이 취임했다고 한다. 소메야의 아들은 아직 중학생이므로 자연스럽게 후보에서 제외된 듯 보였다.

그 후 열흘 정도 지난 3월 16일, 예상치도 못한 인물이 요시키에게 전화를 걸어왔다. 삿포로의 우시코시 형사였다. 요시키가 사건이 해결되고 난 후 전화를 걸어서 사건 해결을 알리고 감사를 표한 이래로 처음이었다.

—요시키 씨? 우시코시입니다.

우시코시는 특유의 여유로운 말투로 말했다.

—다름이 아니라 지난번에 도미카와에서 만난 단조 요시에를 기억하시죠? 그 괴팍한 할멈 말입니다.

요시키는 물론 기억하고 있었다.

—할멈이 요시키 씨를 만나서 사건의 경과를 듣고 싶다고 하네요. 제가 간략하게는 설명했는데 이해가 안 간다는 눈치예요.

"하아, 그거 곤란하게 됐군요. 제가 당분간은 그쪽에 갈 수 없는 상황이라서요."

요시키 옆에서 전화기 두 대가 요란하게 벨소리를 울려댔다.

—아뇨, 그런 사정은 이미 예상한 듯합니다. 자기가 직접 도쿄로 간다고 하네요. 도쿄의 형사님은 바쁘시니까 관두라고 말은 해뒀는데, 보아하니 이미 그쪽으로 출발한 것 같습니다.

"아, 그렇습니까. 근데 여기까지 오는 길은 아실는지요."

—뭐, 그거야 본인이 해결할 문제니까요. 어떻게든 찾아가겠죠. 어쨌든 송구스럽게 됐습니다. 어쩌실 생각이죠?

우시코시는 필요 이상으로 미안해했다. 마치 그의 가족인 것처럼 여겨질 정도였다.

"어쩔 수 없지요."

요시키가 대답했다.

"여기까지 오신다면야 차라도 한 잔 대접하면서 차근차근 설명해 드리겠습니다."

─바쁘실 텐데 죄송하게 됐습니다. 근데 할멈이 너무 고집이세서…….

"언제쯤 도착할까요?"

─내일이나 모레쯤 아닐까요.

"비행기를 탄다고 했나요?"

─아뇨, 아마 기차로 갈 것 같습니다.

"그럼 민원실에 미리 말해두겠습니다."

─바쁜데 정말 죄송합니다.

우시코시는 죄송하다는 말을 거듭했다.

단조 요시에는 다음 날 아침에 찾아왔다. 엷은 갈색의 깔끔한 봄 외투를 입고 얼굴에는 가볍게 화장을 했다. 요시키는 봄이 왔다는 사실을 체감했다.

둘은 함께 응접실로 향했다. 요시에의 얼굴에서는 여전히 웃음기를 찾을 수 없었다. 사람을 마주했을 때 미소를 짓는다는 감정의 회로 따위는 끊어진 듯했다.

"요전에 만났을 때는 사건에 아무런 흥미를 보이지 않으시더니, 어째서 갑자기 마음이 바뀌셨죠?"

요시에는 묵묵부답이었다. 요시키는 순간 그녀의 나이를 묻고 싶은 기분이 들었다.

"요시에 씨는 몇 년생이십니까?"

다이쇼1912년~1926년인지 쇼와1926년~1989년 시대 사람인지 알 수 없었다.

"2년."

요시에가 대답했다.

"쇼와 2년1927년이란 말이군요. 그럼 현재 쉰일곱이신가요?"

요시키는 그녀가 생각했던 것보다 젊다고 덧붙이고 싶은 마음을 억눌렀다. 비록 오늘은 조금 덜했지만 홋카이도에서 만났을 때 요시에는 나이보다 매우 늙어 보였다.

"쉰여섯."

요시에가 말했다.

"출출하지 않으세요?"

요시키는 친절하게 물었다.

"아니, 전혀."

요시에가 대답했다.

"그보다 얼른 설명이나 해 줘. 소메야 다쓰오가 지즈코를 죽였어?"

요시에는 마치 소메야를 예전부터 잘 알고 있던 것처럼 말했다. 아마 우시코시에게 들었을 것이다.

요시키는 처음부터 자세하게 설명했다. 이미 해결된 사건이었고, 숨길 것은 아무것도 없었다. 단조 요시에는 살해당한 피해자의 어머니이기도 했다. 그녀에게는 사건의 진상을 파악할 권리가 있었다.

요시키가 말하는 동안 요시에는 한 마디도 하지 않았다. 눈은 요시키를 향하지 않고 허공을 맴돌았지만 진지하게 듣고 있다는 것은 알 수 있었다.

이야기가 끝나도 표정에 변화는 없었다. 그리고 가슴 아파하는 기색도 전혀 없었다. 요시키가 조금 맥이 풀릴 정도였다.

요시에는 별다른 질문을 하지 않았다. 단지 침묵을 지킬 뿐이었다. 요시키는 어째서 그녀가 일부러 도쿄까지 왔는지 의문이 들었다. 이 정도면 우시코시의 설명으로도 충분한 셈이었다. 요시키는 여러모로 바쁜 상황이라 그때까지도 하던 일을 잠시 멈추고 그녀를 만나러 왔다.

요시키가 이야기를 마칠 무렵, 요시에는 손가방 속을 뒤적거리더니 도쿄의 지도가 그려진 책자를 꺼냈다. 구입한 지 얼마 되지 않아 보이는 신품이었다.

"지즈코는 어디서 살해당했어?"

요시에가 물었다.

요시키는 오타 구의 지도가 그려진 페이지를 펼쳤다. 지즈코가 살해당한 곳은 엄밀히 말하면 불명확하게 종결지어진 상태였다. 그러나 소메야가 쓰러져있던 장소에서 그리 멀지 않은 곳임이 분명했다. 요시키는 다마가와 강변 언저리를 손가락으로 가리켰다.

"소메야가 죽은 곳도 여기야?"

요시에가 퉁명스럽게 물었다. 요시키는 고개를 끄덕였다. 그녀는 지도를 자기 쪽으로 펼치고는 눈을 잔뜩 찌푸린 채 요시키가 가리킨 곳을 바라보았다. 그리고 지도를 다시 요시키에게 돌려주면서 소메야의 집도 주변에 있는지 물었다. 요시키는 이쪽 주변이 맞다고 하면서 손가락으로 대략적인 장소를 짚었다.

요시에는 한숨을 푹 쉬더니 지도를 다시 가방에 넣고는 의자를 집어넣고 일어섰다.

"이걸로 됐습니까?"

요시에는 작은 소리로 무언가 중얼거리며 고개를 끄덕였다.

"꽃이라도 사 갈 생각이세요?"

요시키가 돌아서는 그녀를 향해 물었다. 요시에는 가만히 고개를 숙이더니 "고마워." 하고 짧게 말했다. 요시키는 꽤 놀랐다.

요시키는 입을 다문 채 그녀를 현관까지 배웅했다. 요시에는 유리문을 여는 요시키의 팔 아래를 지나 이내 햇살이 눈부신 도쿄의 혼잡한 거리 속으로 사라졌다.

닷새가 흐르자 이번에는 나카무라가 요시키를 찾아왔다.

"요시키, 홋카이도에서 할멈이 왔었지?"

요시키는 서서히 잊어가고 있던 참이었다.

"아, 근데 벌써 며칠 됐습니다. 지난주 토요일이었을 거예요."

요시키가 대답했다.

"우시코시 씨가 말했나 보군요."

요시키는 서랍을 닫으면서 물었다. 그러나 대답이 없어 고개를 들자 나카무라가 꽤 심각한 표정을 짓고 있었다.

"혹시 무슨 일이라도 생겼나요?"

요시키가 물었다.

"응. 아직 도미카와 집에 돌아오지 않은 모양이야."

나카무라가 대답했다. 요시키는 나카무라 쪽으로 자세를 고쳐 앉았다.

"아직 돌아오지 않았다고요?"

"그래, 적어도 현재까진 말이야."

"실종된 건가요?"

"그건 아직 몰라. 아직 좀 더 지켜봐야겠지. 혹시 자네와 만났을 때 뭔가 이상한 낌새가 있었나?"

요시키는 그때를 다시 떠올렸다. 특별히 이상한 점은 없었다.

"별다른 낌새는 없었습니다."

"뭣 때문에 온 거지?"

"사건의 내용을 들으러 왔더군요. 그리고 딸이 죽은 장소를 물어봤어요. 꽃을 사가려는 것 같았습니다."

"흠."

나카무라의 표정에 어두운 기색이 감돌았다.

다시 이틀이 지난 3월 24일 토요일, 우시코시는 요시에가 도미카와 집에 아직 돌아오지 않았다고 전화로 알려왔다.

요시키는 어느 순간부터 평정심을 잃어가는 느낌이 들었다. 옆에서 수화기를 든 동료가 신원불명, 변사체 같은 단어를 말할 때마다 가슴이 덜컥했다. 하지만 살아있는 모습이든, 사체가 된 모습이든 간에, 아무리 기다려도 요시에는 나타나지 않았다.

요시키의 마음속에 점점 의혹이 증폭됐다. 단조 요시에, 즉 구조 지즈코의 어머니는 어느 날 갑자기 요시키 앞에 모습을 나타내더니 확 사라져버렸다. 애당초 그녀는 무슨 목적으로 도쿄에 왔던 것일까. 사건의 진상이라면 우시코시에게도 들을 수 있고, 전화를 걸어오는 방법도 있었다.

요시키는 요시에가 사건 현장에 꽃을 바치러 왔다고 판단했다. 자식을 잃은 부모라면 흔히 하는 행동이었다. 그러나 과연 그뿐이었을까. 요시키는 자신을 찾아온 요시에의 얼굴을 떠올렸다. 그녀가 경찰서를 나서며 고맙다고 남긴 말이 귓가에 맴돌았다.

요시키는 시간을 내어 다마가와 강변으로 향했다. 요시에가 찾아온 날부터 정확히 1주일이 지난 시점이었다. 그러나 그녀에게 가르쳐준 현장 주변에 꽃다발 따위는 보이지 않았다.

멀리서 20명 정도 되어 보이는 운동부 학생들이 뛰어오는 모습이 보였다. 요시키는 그들을 멈춰 세우고는 경찰수첩을 제시하며 매일 이 근처를 뛰는지 물었다. 학생들은 일제히 고개를 끄덕였다.

학생들에게 다시 저번 주 토요일이나 이번 주 월요일에도 근처를 뛰었는지 물었다. 그들은 뛰었다고 대답했다. 그러나 주변에서 꽃다발을 보았는지 묻는 질문에는 전원 고개를 저었다.

요시에는 결국 이곳에 꽃다발을 가져온 것이 아니란 말인가.

경찰서로 돌아간 요시키는 소메야의 사체가 발견된 장소를 표시해둔 약도를 복사해 구류 중인 준코를 찾았다. 만약을 대비하는 차원이었다.

준코는 지도를 물끄러미 바라보더니 이내 놀라운 말을 내뱉었다. 지도에 표시된 장소와 소메야가 넘어져서 나이프에 찔린 장소가 조금 다르다는 것이었다. 요시키는 당혹감을 느꼈다.

"그게 정말인가?"

준코는 살짝 주저하는 기색을 보이며 대답했다.

"그때 소메야 씨는 사람들 눈에 띄면 안 된다고 하면서 최대한 강가 쪽으로 저를 데리고 갔어요. 근데 여긴 제방과 너무 가까워요."

"좀 더 강가에 인접했다는 말이군."

"네."

물론 그녀가 책임을 회피하기 위해 거짓말을 할 가능성도 있었다. 그러나 순간 요시키의 머릿속에 소메야의 운동복을 적신 강물이 떠올랐다. 사체가 있던 장소는 강가에서 꽤 멀리 떨어진 곳이었다. 따라서 지금껏 소메야는 강가에서 제방에 걸친 넓은 범위 안에서 다툼을 벌인 끝에 살해당했으며, 범인은 매우 힘이 센 남자일 것이라고 추정했다.

"소메야가 넘어진 곳은 강가 주변이었나?"

"아뇨, 강가 쪽은 아니었어요."

"혹시 그가 물속에 들어갔나?"

"제가 도망쳤을 때 강을 살짝 가로질러서 오려는 모습도 보이긴 했어요."

요시키는 생각에 잠겼다. 준코는 잠시 후 입을 열더니 또다시 충격적인 증언을 내뱉었다. 그녀는 소메야가 가슴에 꽂힌 나이프를 스스로 빼내는 것처럼 보였다고 했다.

준코가 도망치기 시작하자 소메야가 뒤를 쫓다가 넘어졌다. 걱정된 준코가 멈춰서 돌아보자 그의 가슴에 나이프가 꽂혀있었다. 그 후 몹시 당황한 나머지 정확히 기억나지는 않지만, 가까이 다가가 소메야의 상의 주머니에 티켓을 넣었을 때, 그는 나이프를 뽑아든 채 오른손에 들고 있는 모습이었다고 했다.

요시키는 큰 충격을 받았다. 그녀의 말이 사실이라면 소메야는 뽑아든 나이프로 다시 한 번 자신의 심장 언저리를 찔렀다는 말이 된다. 좀처럼 믿기 어려운 이야기였다.

요시키는 사건을 되짚어보기로 했다. 나이프, 소메야의 사체가 놓인 위치, 꽃다발, 그리고 단조 요시에의 실종까지. 이 모든 것들이 요시키를 재촉했다.

소메야 다쓰오의 과거 또한 다시 한 번 철저하게 수사할 필요가 있다고 생각했다.

제6장 지즈코는 살아있다

1

모든 것이 내 생각대로 되었다. 나는 일절 겉에 드러나지 않고 온전히 목적을 달성했다.

생각해보면 그 남자 때문에 눈물이 마를 날이 없었다. 그는 계집질에 빠져 물 쓰듯이 돈을 썼다. 그러나 그뿐이라면 나는 아마 참고 내버려뒀을 수도 있다.

완고했던 아버지는 남의 이야기를 전혀 듣지 않는 사람이었다. 그런 아버지가 쓰러질 때까지 남편이 얼마나 자신의 감정을 억눌러가며 살아왔는지 나는 잘 알고 있다. 떳떳하게 자유를 누릴 수 있게 되자 그동안의 반작용이 나타났는지도 모른다.

하지만 소메야 가문의 데릴사위로 비집고 들어온 남편은, 뻔

뻔하게도 병원을 자기 손에 넣은 것도 모자라 나와도 헤어질 생각을 하고 있었다. 아버지와 그 일가들에게 냉대받으면서 쌓아온 울분을 그들이 모두 세상을 떠난 지금에 와서야 비뚤어진 형태로 분출했다.

소메야 다쓰오는 원래 바람기가 많은 남자였다. 소메야 가문의 성을 물려받기 전인 히구치 다쓰오 시절부터 그랬다. 나는 모든 것을 알고 있었지만 돈으로 해결 가능한 범위 내의 불장난이라면 용인해왔다. 하지만 감히 어디서 굴러 왔는지 모를 머리에 피도 안 마른 여자아이에게 병원장 부인의 자리를 양보할 만큼의 자비심은 없었다. 이것만은 도저히 참을 수 없는 일이었다. 대대로 내려온 소메야 병원은 반드시 내 아들에게 물려줘야만 했다. 가문의 대가 끊어지지 않게 하는 것은, 소메야 가문의 딸로 태어난 나의 의무이자 반드시 지켜야만 하는 숙명이기 때문이다.

목적을 달성하기 위해서 나의 목숨 따위는 아깝지 않았다. 하지만 우선 아들이 성인이 될 때까지는 참아야 했다. 그때까지 무슨 일이 있어도 겉에 드러나서는 안 됐다. 그래서 나는 소메야 병원 원장의 부인인 소메야 모에코가 되어 덴엔초후의 저택에 틀어박혀 쥐죽은 듯 살아왔다.

하지만 나는 이런 곳에서 대체 어떻게 남편을 처리할 수 있을지 고민을 거듭했다. 집 안에서는 아무것도 할 수 없었다. 아들의 장래가 걸린 문제이기도 했다.

나는 우선 구조 지즈코를 움직이기로 마음먹었다. 구조 지즈코는 남편이 결혼 전 관계를 맺었던 구조 요시에의 딸이었다. 나는 흥신소를 통해 이 사실을 전해 들었다.

실로 흥미로운 우연이었다. 아니, 남편에게 있어서는 우연이 아닐지도 모른다. 남편은 아무래도 이 사실을 알고 있는 듯했다. 하지만 적어도 구조 지즈코는 모르고 있었다.

불륜이 발각된 구조 지즈코의 모친은 남편에게 버림받고 만다. 그녀는 연하의 의사였던 히구치 다쓰오와 함께 살아가기를 원했다. 그리고 다쓰오도 이에 동의했다. 하지만 그 무렵 생각지도 못하게 나와의 혼담이 돌기 시작한 것이다.

히구치 다쓰오는 J의대를 매우 우수한 성적으로 졸업했다. 나의 아버지도 J의대 출신이었고, 현재 J의대의 교수인 아버지의 친구가 그를 소개시켜 주었다.

당시 다쓰오는 부친을 잃은 슬픔에 잠겨있었다. 어머니가 이미 오래전에 돌아가신 그는 형제는 물론 일가친척이라 부를 만한 사람도 없었다. 집안에 누를 끼칠 만한 사람을 함께 데려올 가능성이 없었으므로, 자산가인 소메야 가문에 편입시키기에는 매우 이상적인 인물이었다고 할 수 있다.

아버지는 히구치 다쓰오를 마음에 들어 했다. 나의 의향 따위는 아무런 의미가 없었다.

나는 다쓰오보다 4살이 많았다. 다쓰오도 그 점은 고민했을 것이다. 그러나 그는 야심가였다. 결과는 눈에 보이는 것이었다.

그는 소메야 가문의 데릴사위를 택하는 동시에 구조 지즈코의 모친을 버렸다. 구조 요시에는 자신의 본명인 단조 요시에로 돌아가 홋카이도에서 궁핍하게 남은 반생을 보내게 되었다.

히구치 다쓰오는 심히 제멋대로인 사람이었다. 유부녀에게 손을 뻗쳐 한 가정을 파국에 이르게 하더니, 정작 본인은 돈 냄새가 풍기는 혼담을 덥석 받아들이고 여자를 내팽개쳤다.

결국 히구치, 아니, 소메야 다쓰오는 구조 지즈코의 어머니를 구렁텅이로 내몬 장본인이었다. 구조 지즈코가 이 사실을 눈치챈다면 그녀는 과연 어떤 반응을 보일 것인가. 나는 기대하며 그녀에게 모든 것을 걸었다.

편지는 이러한 사실을 알릴 만한 수단으로 좋지 않았다. 증거가 남기 때문이다. 전화로 이야기할 수도 없었다. 나는 변장을 하고 그녀를 불러 긴자의 모 커피숍에서 그녀와 만났다. 그 무렵 구조 지즈코는 다쓰오와 이미 끝난 상태였지만, 나는 아직 관계를 지속하고 있다고 착각하고 그녀에게 충고하러 나온 다쓰오의 희생자인 것처럼 연기했다. 생각해보면 아주 틀린 얘기는 아니었다.

얼마 전까지만 해도 자신의 스폰서였던 이가 어렸을 적 고향 집에 종종 왕진을 오던 히구치 다쓰오라는 사실을 안 구조 지즈코는 놀라움을 금치 못하는 얼굴이었다. 그녀는 티끌만큼도 눈치채지 못했다고 했다. 무리도 아니었다. 나와 맞선을 보러 나왔던 다쓰오는 깡마르고 멀대같은 체구에 안경을 쓰지 않았고, 주뼛주뼛한 태도에 목소리까지 작아서 그야말로 지금과는 완전히 상반되는 모습이었다.

생각해보면 다쓰오는 한 여자와 그녀의 두 딸까지, 총 세 여자와 관계를 맺은 것이 된다. 다쓰오는 원래부터 그런 취향을 가진 남자였다. 구조 지즈코는 그를 용서할 수 없다며 안색이 새파래져서 분노를 표현했다. 나는 이로써 충분하다고 생각했다.

나의 의도대로 구조 지즈코는 다쓰오에게 덤벼들었지만, 결국 계획에 실패했다. 남편에게 무슨 일이 일어났는지는 금세 알아챌 수 있었다. 조깅을 하러 나간 남편은 아침이 늦도록 돌아오지 않았다. 집에 돌아와서는 자신의 상처를 치료하면서 이따금 찾아오는 고통에 신음하고 있었다는 것은 확실히 알고 있었다.

이윽고 집에 찾아온 한 형사가 표면에 드러난 사건의 모습을 알려주었다. 물론 그것은 남편이 스스로 연출한 결과물이었다.

구조 지즈코는 세이조 자택의 욕실에서 얼굴 피부가 벗겨진 채 살해당했다. 그러나 살해당한 시각에는 그녀와 똑같이 생긴 인물이 하야부사에 몸을 싣고 있었다. 수수께끼 같은 이야기였다. 나 역시도 꽤 오랜 시간 수수께끼를 풀 수 없었다. 그러나 며칠간 생각을 거듭한 결과 드디어 다쓰오가 꾸민 계획이 어떤 것이었는지를 알게 되었다.

물론 이는 현재 나의 상상에 지나지 않는다. 확인할 방법이 없기 때문이다.

남편에게 일어난 사건과 형사들의 눈에 비친 사실을 취합해, 나는 남편이 행했을 법한 일들을 추측했다. 동시에 그것들을 이용해서 남편을 세상에서 영원히 사라지게 할 방법을 고안했다. 남편이 스스로를 보호하기 위해 취한 미봉책들은 충분히 범죄라고 부를 만한 것이었다. 이를 경찰에 공개한다면 남편은 사회적으로 매장될 것이다.

　하지만 그렇게 한다고 나의 목적을 이룬다고는 할 수 없다. 게다가 집안에서 범죄자가 나온다면 아들의 장래에도 좋지 않다. 따라서 이것은 최후의 수단으로 남겨두기로 했다.

　나는 얼떨결에 강력한 무기를 얻은 셈이었다. 혹시라도 남편이 이혼을 마음먹었을 때 그것을 막을 수 있는 수단이 될 수도 있었다. 하지만 이것으로 만족할 수 있는가 생각했다.

　무언가 부족하다는 느낌을 좀처럼 지울 수 없었다. 나는 이미 나이가 든 고독한 여자였다. 그러나 남편은 남자인데다 의사다. 마음먹는다면 나 하나쯤은 손쉽게 없앤 뒤 사건을 모양새 좋게 무마하는 방법도 알고 있을 것이다. 나는 역시 다음 수를 마련해두자고 판단했다.

　좀처럼 좋은 수가 떠오르지 않았다. 서두를 필요가 있었다. 내가 고민하고 있는 와중에 남편은 이미 이혼을 준비하고 있을지도 모른다. 아니면 나를 살해할 준비를 하고 있을까. 그런 생각들을 하는 동안 하릴없이 시간만 흘러갔다.

　그 후 2개월 정도 지난 3월 4일이 되어서야 나에게 생각지도 못한 기회가 찾아왔다. 매일 밤 조깅을 나가던 남편이 집에 돌아오지 않았다. 이전과 다르게 차고에서도 그의 모습을 찾을 수 없었다.

몸이 약한 나는 옷을 두툼하게 입고 손에 장갑을 낀 채 그를 찾아 나섰다. 생각해보면 이때 끼고 나간 장갑이 공을 세웠다.

남편의 조깅코스는 이미 파악하고 있었다. 제방에 올라 강가 쪽으로 내려가자 어둠 속에서 덩치 큰 남자가 끙끙거리며 기어오는 모습이 보였다. 다쓰오였다.

주위에 인기척은 없었다. 다쓰오는 나를 발견하더니 기쁜 듯한 소리를 냈다. 나는 곁으로 가서 그를 부축해 일으켜 세웠다.

오른손에 나이프를 든 채 왼손으로 가슴 언저리를 누르고 있었다. 발을 헛디뎌서 넘어지는 바람에 나이프에 찔렸다고 했다. 나는 그에게서 나이프를 넘겨받고 상처 주변을 살폈다.

"별거 아냐."

남편은 말했다.

"보기보다 깊게 박히진 않았어."

상처를 다시 한 번 확인한 나는, 온 힘을 다해 그곳에 다시 나이프를 박아넣었다. 부자연스러운 심호흡처럼 다쓰오가 내지르는 단말마의 소리가 계속해서 귓가에 남았다.

남편을 버려두고 자세를 낮춰 제방을 향해 달렸다. 풀밭 위에서 극심한 공포를 억누르며 제방 위에 차와 사람이 있는지 유심히 확인했다. 그것은 그야말로 천재일우의 기회였다. 그 기회를 잡았을 뿐이라고 계속해서 마음속으로 되뇌었다. 등 뒤에서 누군가 손을 뻗어 어깨를 잡을 것만 같았지만, 뒤돌아볼 용기는 없었다.

　남편의 죽음을 근처 파출소의 순경이 집으로 와 알려줬을 때, 나는 조금도 연기를 할 필요가 없었다. 나는 쓰러졌고, 병원으로 옮겨졌다.

　그 후 아들은 내가 얼마간 착란 상태에 빠져 헛소리를 계속했다고 했다. 분명 나는 정신이 나가 있었다.

　무심코 넘어져서 나이프에 찔렸다는 남편의 말을 나는 전혀 믿지 않았다. 누군가 남편을 습격했던 것이 분명했다. 그리고 다친 남편을 보는 순간, 지금 이 나이프로 찌른다면 범인은 남편을 습격한 인물이 되리라 판단했다.

　결국 나의 판단은 빗나가지 않았다. 다음 날 구조 지즈코의 여동생이 경찰에 자수해와서 사건은 종결됐다. 나는 티끌만큼도 의심받지 않았다. 드디어 목적을 달성한 것이다.

2

　그러나 한 가지 걸림돌이 생겼다. 구조 지즈코의 모친이 낌새를 알아챈 것이다.

　3월 18일 오후, 단조 요시에가 갑자기 집 앞에 나타나 자신은 모든 것을 알고 있다며 나에게 자백을 강요했다.

　단조 요시에는 흉기로 보이는 물건은 지니고 있지 않았다. 가지고 온 것은 커다란 돌덩이 하나뿐이었다. 강가에서 주워온 듯했다. 그녀는 신발을 신은 채 집 안으로 들어오더니 내 쪽을 향해 돌을 던졌다. 쿵, 하는 소리와 함께 전화기가 바닥으로 떨어졌다.

일요일인 탓에 히데오가 집에 있었다. 1층에서 나는 소리를 듣고 아래로 내려왔다. 그리고 나에게 덤벼드는 단조 요시에를 발견하고 등 뒤에서 움직이지 못하도록 그녀를 제압했다. 정신이 반쯤 나간 나는, 요시에가 던진 돌을 집어 그녀의 머리 위를 내려쳤다.

최악의 결과가 됐다. 단조 요시에가 죽었다. 그녀만 나타나지 않았다면 모든 것이 완벽했지만, 결국 그녀가 모든 것을 망쳤다. 그리고 나는 가장 두려워하던 상황을 스스로 만들고야 말았다. 아들을 휘말리게 한 것이다.

나는 운전면허가 없었고, 중학생인 아들도 마찬가지였다. 사체를 묻으러 멀리 갈 방법은 없었다. 당연히 운전사를 부를 수도 없었다.

모든 책임을 혼자서 감수하리라 마음먹었다. 그리고 밤이 오기만을 기다려 비닐에 싼 사체를 마당의 잔디가 깔리지 않은 부분에 묻었다. 그러나 이걸로 끝이라는 생각은 들지 않았다. 사체가 백골이 되면 다시 파내어 어떻게든 좋은 방법을 생각해 처분할 생각이었다.

아들을 시켜서 흉기가 된 돌덩이도 함께 묻으며 말했다.

"오늘 일은 모두 잊어라. 모든 것은 나 혼자 저지른 일이며 혹시라도 무슨 일이 생기면 내가 모든 책임을 질 것이다. 죽는

한이 있어도 절대 너에게 피해가 가는 일은 없을 테니, 너는 아무 생각하지 말고 열심히 공부해서 의대에 합격해야만 한다."

아들은 말없이 고개를 끄덕였다. 여자의 정체도 묻지 않았다.

복도에 피가 묻은 곳을 몇 번이고 반복해서 닦으며 생각했다. 단조 요시에는 형사에게 집 주소를 물었다고 했다. 그때 형사에게 자신이 알고 있는 사실을 말했을까. 아니, 그렇다면 그녀는 형사를 대동했을 것이다. 그녀의 말투에서는 이야기하지 않은 듯 보였다.

단조 요시에 본인에 관해서는 어떠한가. 나는 조사를 통해 그녀가 홋카이도의 벽촌에서 몰래 혼자 숨어 산다는 사실을 알고 있었다. 그런 여자가 집에서 사라져버린다고 해서 대단한 소동이 일어나지는 않을 것이 분명했다.

이후에도 나는 내가 취했던 행동들을 계속해서 되돌아보았다. 사체를 땅에 묻는 것보다 강가에 버려두고 오는 편이 나았을까.

하지만 그것은 좋지 않은 방법이었다. 범인은 이미 세상 어디에도 없다. 사체가 발견되면 풋내기 형사라도 금세 나를 연관시킬 것이다.

그렇다면 사체를 절단해서 조금씩 먼 곳에다가 처분하는 방법은 어떨까. 하지만 체력적으로 자신이 없었다. 아들의 손을 빌릴 수도 없다. 역시 마당에 묻는 방법밖에 없었다.

단조 요시에의 집념으로 사태가 점차 나에게 불리한 상황으로 전개되기 시작한 것만은 분명했다. 만약 경찰이 그녀의 실종을 눈치챘다면 내가 수사 선상에 오를 가능성도 충분했다.

그렇다고 해도 나는 피해자의 부인이었다. 나에게 의혹을 품어봤자 증거가 될 만한 것은 없었다. 모든 것은 형사의 상상에 불과할 테고, 심증만으로 체포영장을 발부할 수는 없다. 집의 압수수색영장도 마찬가지다. 피해자의 부인을 향해 돌연 집 안마당을 파 봐야겠다고 말할 수 있는 형사는 없을 것이다. 만약 그런 말을 해온다고 해도 영장이 없는 한 나는 완강히 거부할 것이다.

그러나 나와 형사의 싸움은 이미 시작된 느낌이 들었다. 단조 요시에가 직접 자신의 목숨을 희생해서 이러한 상황을 연출했다.

물론 경찰은 아직 눈치채지 못했을 가능성이 높았다. 하지만 백골이 된 여자의 사체를 확실히 처분하지 않은 이상 각오는 해둘 필요가 있었다.

그러기 위해서는 사건의 전모를 움켜쥐고 있어야만 했다. 적어도 형사와 비슷한 수준은 되어야 대등하게 싸울 수 있다. 게다가 나는 싸움에서 이겨야만 했다. 소메야 가문의 핏줄과 병원을 몰락하게 해서는 안 된다. 이것은 나의 책임이자 의무였다.

《카메라A》를 꺼내 들었다. 잡지에는 구조 지즈코의 사진이 실려있었다. 이 여자 유령의 정체는 내가 상상한 대로일까.

나는 이렇게 생각했다. 구조 지즈코는 블루트레인의 침대 객차에 탔지만 도중에 열차에서 내린다. 그리고 도쿄로 돌아와서는 조깅 코스에서 잠복해 있다가 다쓰오를 죽인다. 그 후 비행기를 타고 하야부사를 쫓아가 다시 차내로 들어간다. 그러면 다쓰오가 죽었을 무렵에 그녀는 규슈 여행을 떠나고 있던 것이 되어 알리바이가 성립하게 된다. 이것이 그녀의 계획이 아니었을까.

하지만 구조 지즈코는 계획에 실패했을 뿐만 아니라 역으로 다쓰오에게 살해당하고 만다. 남편은 구조 지즈코의 사체를 그녀의 세이조 맨션에 놓아두고는 준코를 대역 삼아 하야부사에 태운 것으로 보였다. 나의 추리는 여기까지였다.

남편이 할 만한 행동이었다. 교활한 남편은 머리가 좋았고, 행동력도 갖추고 있었다. 실로 그는 매우 간사한 사람이었다.

만약 나의 추리대로라면 《카메라A》에 실린 구조 지즈코는 도쿄로 돌아오기 위해 열차를 도중에 내리기 전에 찍힌 모습일 것이다. 형사는 사진을 찍은 고이데 다다오라는 자가 다음 날인 19일에도 구조 지즈코의 사진을 찍었다고 했다.

그리고 구마모토에서 내려 플랫폼을 걷고 있는 구조 지즈코의 사진이 있다고 했다. 그렇다면 이때 사진 속 여자는 준코라는 말이 된다. 당연히 사진 속에는 얼굴이 보이지 않을 테고, 고작 뒷모습 정도가 찍혔음이 분명했다.

만약 그게 아니라면 나의 추리는 틀리게 된다. 나는 스스로 도저히 틀렸다고는 생각되지 않았지만, 어쨌든 확인해보고 싶은 마음이 들었다. 사진에 구조 지즈코의 얼굴이 찍히지 않았다면 나의 추리가 정확했다는 것이 증명된다. 그리고 이 점을 확실하게 해두어야만 계획에도 지장이 생기지 않는다. 왠지 모르게 초조한 기분이 들었다.

그 후 나는 이삼 일간 고민에 빠졌다. 달력을 보니 어느새 3월 30일 금요일이었다. 단조 요시에를 마당에 묻은 지도 어느새 12일이 지났다. 지금쯤 사체는 백골이 되지 않았을까. 예전에 아버지에게 사람이 땅에 묻히고 열흘이 지나면 백골이 된다는 이야기를 들은 바 있다. 슬슬 시작할 때가 되었음을 느낀 나는 4월이 되면 사체를 파내 처분하자고 마음먹었다.

그리고 마음을 굳게 먹고 《카메라A》의 출판사에 전화를 걸어 고이데 다다오의 주소와 전화번호를 받았다. 아들이 모레 수학여행을 떠나기 때문에 내일은 여행 준비를 해야만 했다. 나는 오늘 모든 일을 끝내고자 마음먹었다.

고민 끝에 고이데에게 죽은 소메야의 부인이라는 말 대신, 팬으로서 잡지에 실린 사진 이외에 블루트레인에서 찍은 여자의 사진을 더 보고 싶다고 간청했다. 기뻐하는 기색의 그는 언제든지 자신을 찾아오라고 했고, 나는 오늘 당장 찾아뵙고 싶다고 했다.

교토쿠 역 앞에서 고이데가 사는 맨션은 의외로 찾기 쉬운 거리에 있었다. 집 앞에 가서 벨을 누르자 고이데가 허둥지둥 나와 "굉장히 빨리 오셨군요." 하고 인사했다. 그는 이미 노인이었다. 통화할 때에는 나와 동년배쯤으로 생각했었다.

고이데는 사진을 꺼내어 보였다. 예상대로 역시 구조 지즈코가 찍힌 사진은 밤에 찍은 것들뿐이었다. 즉, 18일에 찍힌 사진이 전부였다. 그때 현관에서 벨 소리가 울렸다.

현관으로 나간 고이데가 푸른 비닐봉지를 손에 들고 응접실로 돌아와 말했다.

"실은 말이지요. 오늘 오신다는 소리를 듣고 맘에 드는 사진을 몇 장 확대했습니다."

왠지 모르게 황송한 기분이 들었다. 고이데는 정말로 나를 순수하게 사진을 좋아하는 동료쯤으로 생각하고 있었다.

"마침 완성됐어요. 제작소 사람이 가져다줬습니다. 타이밍이 잘 맞았어요. 낮에 찍은 사진을 보고 싶다고 하셨죠? 여기에 다음 날 사진도 있습니다."

고이데는 그렇게 말하며 나에게 큼지막한 컬러 사진을 몇 장 건넸다. 역시 그곳에는 밤에 찍힌 아름다운 구조 지즈코의 사진과 함께 구마모토 역의 플랫폼을 걸어가는 준코의 뒷모습이 찍힌 사진이 보였다. 그러나 사진을 넘기는 나의 손은 마지막 한 장에 와서 얼어붙고 말았다.

이때 느꼈던 충격은 아마 평생 잊을 수 없으리라. 심장이 멎을 것만 같았다.

구마모토 역의 플랫폼이었다. 오른쪽 윗부분에는 구마모토라는 역명이 적힌 간판이 존재했다. 그 아래로…….

돌아보고 있다! 돌아보고 있는 것이다! 나를 향해 비웃는 것처럼, 입꼬리에 살짝 미소를 머금은 구조 지즈코가 뒤를 돌아보고 있었다. 그 얼굴에 거짓은 없었다. 내가 잘못 보았을 리도 없다. 준코가 아니었다! 언니인 구조 지즈코, 바로 그 사람이었다.

구조 지즈코가 구마모토까지 갔다니! 나의 예상이 보기 좋게 빗나간 셈이었다. 대역이 아니었다. 구조 지즈코 본인이었다.

그렇다면 세이조 맨션 욕실에 있던 얼굴 없는 여자의 사체는 대체 누구란 말인가?!

나는 경악에 가득 찬 표정을 고이데에게 들키지 않으려 애썼다. 머리가 핑 돌며 현기증이 느껴졌다. 처음으로 되돌아가 사건을 다시 파악해야만 할 것 같았다. 도무지 현 상황을 이해할 수 없었다.

내가 골똘히 그 사진만을 바라보자 미심쩍은 눈빛의 고이데가 사진에 문제가 있는지 물어왔다.

"아뇨, 이 사진이 맘에 들어서요."

나는 가까스로 입을 열어 대답했다. 그러나 시간이 흐를수록 다리가 덜덜 떨려오기 시작했다. 사건의 진상은 내가 생각해온 것보다 훨씬 복잡한 것처럼 보였다. 어두운 심연 속에 더욱 엄청난 진실이 숨겨져 있을지도 모른다는 생각이 들었다. 어쩌면 내가 싸우고자 하는 상대는 형사 따위보다 훨씬 더 무섭고 막강한 존재일 거라는 느낌이 들기 시작했다.

"요전번에도 형사 한 분이 찾아오셔서 사진을 보여드린 적이 있죠."

고이데가 말했다.

"혹시 이 사진도 보여 드렸나요?"

나는 지체하지 않고 물었다.

"이 사진은, 글쎄요……."

고이데는 잠시 뜸을 들이더니 말했다.

"아뇨, 이 사진은 보여 드리지 않았어요. 이건 뒤늦게 찍힌 사진이라 현상도 늦게 했거든요. 그러니까 아마 못 보셨을 겁니다."

다른 풍경사진들도 보여주겠다는 고이데의 권유를 뒤로하고, 나는 반쯤 넋이 나간 채 집에 돌아왔다. 당혹감에 다리에 힘이 풀렸다. 하지만 집에서는 더욱 큰 충격이 나를 기다리고 있었다.

3

편지였다. 우편함에 속달 편지가 꽂혀있었다. 하얀 봉투에는 여자 글씨체로 나의 이름과 주소가 적혀있었다. 보낸 이의 이름을 보았다. 주소가 없이 이름만 확실히 이렇게 쓰여있었다. 구조 지즈코!

소메야 모에코 님

안녕하세요. 구조 지즈코입니다. 놀라셨나요? 저는 이렇게 죽지

않고 무사히 살아있답니다.

저는 당신의 모든 계획과 움직임을 파악했습니다. 처음부터 알고 있던 셈이지요. 당신은 지금쯤 일이 수월하게 돌아가고 있다고 생각하시겠죠? 하지만 사실 완벽한 계획으로 일을 진행하고 진정한 승리를 손에 넣은 사람은 다름 아닌 저랍니다.

어째서 제가 승리자일까요. 지금부터 그 이유를 말씀해 드리겠습니다. 현재까지라면 모든 일이 온전히 당신의 계획대로 되어 경찰도 당신을 의심하지 않겠지요. 그러나 그것은 제가 죽었다고 생각하기 때문입니다. 제가 이렇게 살아있어 그들에게 모든 것을 밝힐 준비가 되었다면 어떨까요? 당신의 무사태평도 여기까지겠지요.

당신은 한 가지 실수를 범했습니다. 그것은 바로 제가 죽었는지 정확히 확인하지 않은 점입니다. 이번 사건의 전모는 형사가 생각하듯 그렇게 단순하지 않습니다. 훨씬 더 놀라운 것입니다.

저에게는 불만이 한 가지 있습니다. 이 정도의 모험을 감행했는데도 불구하고 금전적인 이익이 단 한 푼도 없다는 점입니다.

그러나 저에게는 아직 방법이 남아있습니다. 그것은 바로 당신입니다.

저는 이미 떳떳하지 못한 몸. 경찰에 진상을 이야기해봐야 좋을 게 없습니다. 그리고 당신은 재력가입니다. 재력가인 동시에 남편과 나이 든 한 여성을 죽인 살인범이기도 합니다. 그런 당신이 겨우 천만 엔 정도의 금액으로 앞으로 평온한 여생을 보낼 수만 있다면, 이는 꽤 남는 장사가 아닐까요?

저에게도 이 정도는 요구할 권리가 있다고 생각합니다. 저는 단 하나뿐인 어머니를 당신의 손에 잃었으니까요.

앞으로 제가 돈을 요구할 일은 없을 겁니다. 물론 믿을지 안 믿을지는 당신에게 달려있지만, 저는 절대 거짓말을 하지 않습니다.

그날 하야부사 안에서 어떤 일이 벌어졌는지 알고 싶으시겠지요. 그래서 일요일인 1일 자 하야부사 티켓을 동봉했으니 열차에 타시기 바랍니다.

급하게 서두른 나머지 1인 침대 객실 티켓은 구하지 못했습니다. 저는 조금 이유가 있어서 나고야에서 타겠습니다. 하야부사가 나고야에서 출발하면 침대 객차인 1호차 안으로 들어오십시오. 통로에서 기다리고 있겠습니다. 그날 제가 행했던 일들은 실제 하야부사 안에서 설명하는 편이 빠릅니다.

당신은 천만 엔의 관람료로 그날의 진상을 재현하는 저의 조촐한 1인극을 관람하시게 될 겁니다. 그럼 1일 하야부사 1호차 안에서 뵙겠습니다. 그때 모든 것을 말씀드리겠습니다. 소중한 아드님에게도 안부 전해주십시오.

관람료를 잊지 마세요.

구조 지즈코 배상

추신.

혼자 오시지 않으면 아무것도 말씀드릴 수 없습니다. 저도 혼자

갈 것입니다. 또, 당신과 저는 관객과 배우의 관계입니다. 이는 즉, 어떠한 교섭에도 응할 생각이 없다는 말입니다.

그리고 또 하나. 만약 저에게 무슨 일이 생긴다면, 그 즉시 모든 일을 기록한 문서가 경찰에 도착할 것입니다.

소인이 찍힌 부분을 보았다. 나고야였다. 구조 지즈코는 현재 나고야에 있다?!

1일은 아들이 수학여행을 떠나는 날이었다. 아들의 학교는 수험 지정교인 관계로 입시시즌이 끝난 이 시기에 수학여행을 떠난다. 이미 하루밖에 남지 않은 시점이었다. 구조 지즈코의 지시대로 하야부사에 탈 것인지, 만약 타지 않는다면 무슨 수를 취할지를 생각할 여유는 없었다. 곧장 은행에 가서 천만 엔을 마련했다.

1일, 나는 천만 엔을 다섯 장의 봉투에 나눠 여행 가방 깊숙한 곳에 찔러 넣고 도쿄 역으로 향했다.

하야부사는 처음 타보는 열차였다. 열차 여행이래야 신칸센이 전부였고, 그마저도 극히 드물었다. 내 인생은 여행과는 거의 인연이 없었다.

열차가 도쿄 역을 빠져나가 요코하마, 시즈오카를 지나자, 나는 마음이 진정되지 않았다. 곧 나고야였다.

시간이 지날수록 열차에 탄 선택을 후회하기 시작했다. 구조 지즈코가 대체 무슨 일을 꾸미고 있는지 도무지 파악할 수 없었다. 나는 처음부터 살인을 위해 그녀를 이용한 것도 모자라 그녀의 모친마저 살해했다. 복수를 꿈꾼다는 것쯤은 충분히 예상할 수 있었다. 목숨을 잃을지도 모른다는 각오로 왔지만, 역시 홀로 남게 될 아들이 신경 쓰였다.

자리에서 일어나 1호차로 발걸음을 옮겼다. 나고야에 도착하기 전 미리 한 번 둘러보고 싶었다. 1호차의 내부에는 정적이 감돌았다. 침대 객실의 문은 모두 닫힌 상태였고, 통로로 사람의 모습도 보이지 않았다. 별다른 특이점은 없었다.

2호차로 돌아가 생각에 잠겼다. 무엇보다 일부러 하야부사에 타라고 지시한 구조 지즈코의 속내를 알 수 없었다. 단지 돈을 건네받기 위해서라면 다른 장소를 선정해도 무방했다. 굳이 하야부사 안에서 사건의 진상을 설명할 필요는 없었다. 그럼에도 그녀가 일부러 하야부사를 지정한 데는 무언가 꿍꿍이가 있는 게 분명했다.

하지만 그쪽도 여자 혼자였다. 배후에 다른 남자나 조직이 있어보이지는 않았다. 문득 맞서 싸울 만하다는 생각이 들었다. 나에게는 아들이라는 약점이 있기는 했다. 히데오에게 손을 뻗는 것만큼은 용서할 수 없었다.

히데오?! 순간 온몸에 한기가 느껴졌다. 아들은 지금쯤 가고시마로 향하고 있을 것이다. 설마?! 그래서 오늘을 지정했던 것인가? 오늘은 아들이 수학여행을 떠나는 날이었다. 여행지에서 아들을 어떻게 하려는 것일까? 구조 지즈코는 조금 이유

가 있어서 나고야에서 열차를 타겠다고 했다. 그렇다면 그 이
유는?

열차가 속도를 낮췄다. 곧 정차할 기세였다. 창밖으로 점차 빌
딩과 네온사인이 보였다. 나고야다. 드디어 나고야 역에 도착했다.

구조 지즈코는 1월 18일 이곳에서 내렸을 것이다. 나는 그녀
가 신칸센으로 갈아타 도쿄로 돌아왔다고 생각했다. 하지만 그
것은 틀린 추리였다. 그 나고야에서 그녀는 역으로 하야부사에
탑승한다. 이는 어떤 의미일까. 구조 지즈코는 만만치 않은 상
대였다. 필시 무언가를 암시하고 있음이 분명했다.

하야부사가 플랫폼으로 들어섰다. 나는 여행 가방을 무릎 사
이에 꽉 끼고 밤의 나고야 역을 바라보았다. 곧 있으면 1호차
의 탑승구 쪽에 구조 지즈코가 서 있는 모습이 보일 것이다.

나는 창문에 얼굴을 바싹 갖다 대고 계속 봤다. 반드시 무언
가 꿍꿍이가 있다. 그녀가 이대로 조용히 넘어갈 리는 만무했다.

열차가 멈춰 섰다. 그리고 나는 눈을 의심했다. 없었다! 플랫
폼 어디에도 구조 지즈코의 모습은 보이지 않았다. 역시 함정
인가. 순간 다리에 힘이 들어갔다. 모든 것을 그녀의 지시대로
움직였다는 사실이 어리석게만 느껴졌다.

몇몇 승객이 열차에 올라탔다. 그러나 그중 구조 지즈코처럼
보이는 여자는 없었다.

열차가 다시 움직이기 시작했다. 플랫폼을 통과하자 나고야
역의 모습이 어두운 저편으로 사라졌다. 혹여 내가 잘못 보았

을 가능성도 있었다. 그리고 그 생각은 창밖에 깔린 짙은 어둠을 바라볼수록 점차 커졌다.

아니면 갑자기 두려움을 느낀 구조 지즈코가 예정을 변경했을 가능성도 있었다. 이 말은 곧 현재 열차 안에 그녀가 없다는 말을 의미했다. 그래, 분명히 그럴 거야. 그렇다면 어쨌든 위기는 넘긴 것일까.

가슴속에 희미한 안도감이 느껴졌다. 그리고 나의 의지와는 상관없이 안도감은 점차 증폭됐다.

그래서 나는 의외로 편안한 기분으로 1호차로 향했다. 두 눈으로 직접 확인해보고 싶은 심정이었다. 천천히 통로를 지나 2호차의 문을 열었다. 여전히 정적이 감도는 1호차의 통로가 조금씩 보였다. 그리고 고요함이 계속 유지되기를 신에게 간절히 빌었다.

연결부를 지나 1호차의 문을 열었을 때, 완전히 방심했다는 사실을 깨달았다. 안도감은 금세 극심한 긴장감이 되어 돌아왔고, 나는 천만 엔이 든 여행 가방을 움켜쥔 채 우두커니 자리에 멈춰 섰다. 그대로 얼마나 시간이 흘렀는지는 알 수 없다.

인적이 없는 통로 한구석에 구조 지즈코가 서 있었다. 마치 시간이 되돌아온 느낌이었다. 회색 하프코트, 회색 정장 바지, 그리고 스웨터까지. 그녀는 잡지에 실린 사진과 똑같은 모습이었다.

옆얼굴을 보았다. 그녀는 선글라스를 낀 채 벽에 몸을 기대고 아무런 움직임을 보이지 않았다.

나는 카펫 위를 한 걸음씩 내디뎠다. 무릎이 조금씩 떨려왔다.

통로에 다른 승객은 없었다. 내가 점점 가까워져도 그녀는 미동도 하지 않았다. 인형처럼 서 있던 그녀가 천천히 점점 가까워졌다.

나는 2미터 정도 떨어진 지점에서 물었다.

"구조 지즈코 씨세요?"

여전히 그녀는 움직이지 않았다.

"약속한 물건은 가져왔습니다. 설마 아들에게 손을 대진 않았겠지요?"

정말로 마네킹으로 의심될 무렵이 되어서야 구조 지즈코는 내 쪽을 돌아보았다. 입가에는 기분 나쁘면서도 묘한 미소를 머금은 채였다. 순간 고이데의 집에서 본 사진이 떠올랐다.

그때였다. 바로 옆에 있던 침대 객실의 문이 열리더니 키가 훤칠한 한 남자가 나와서 빠른 손놀림으로 검은 수첩을 꺼내 나에게 내밀었다.

무심결에 나는 비명을 지르며 어깨를 움츠린 채 눈을 질끈 감았다. 무슨 일이 벌어진 건지 도무지 알 수 없었다.

그녀가 천천히 선글라스를 벗는 모습이 보였다.

"이럴 수가!"

나는 소리쳤다.

"구조 지즈코가 아니었다니……."

"네. 굳이 밝히자면 여동생인 준코지요."

키가 큰 남자가 말했다. 그는 언젠가 집에 온 적이 있는 요시키라는 젊은 형사였다.

"당신을 체포합니다."

형사가 나에게 말했다.

"단조 요시에를 살해한 혐의입니다. 마당에서 사체가 나왔습니다."

정신이 들자 등 뒤에는 경찰로 보이는 남자들이 늘어서 있었다.

4

후일 나는 취조실에서 물었다.

"역시 지즈코는 살아있던 게 아닌 거죠? 죽은 거죠?"

"그렇습니다."

요시키가 대답했다.

"그럼 그 편지는? 그렇군요. 당신이 썼군요."

"괜찮았는지 모르겠군요."

"하지만 그 사진은요? 구마모토 역에서 뒤를 돌아보고 있는 구조 지즈코의 사진은 대체 어떻게 된 거죠?"

"가장 심혈을 기울인 부분이지요."

요시키는 말을 이었다.

"고이데 씨가 제게 전화로 알려왔습니다. 어떤 여자가 전화를 걸어와서 그때 사진을 보고 싶어 한다고요. 저는 그 말을 듣자마자 당신이 건 전화임을 깨달았습니다. 무척 당혹스러웠지요. 슬슬 제가 부친 편지가 도착할 시점이었거든요. 당신이 사진을 통해 구조 지즈코가 죽은 걸 알아챘다면 그야말로 모든 계획이 수포로 돌아가는 거니까요. 그래서 당장 인쇄회사에 합성사진의 제작을 의뢰했습니다.

최근에는 레이아웃 스캐너라고 해서 컴퓨터를 이용하면 꽤 간단히 합성사진을 만들 수 있더군요. 가능하면 사진을 제작할 시간을 벌기 위해 당신에게 전화를 걸어서 나중에 오라고 하고 싶었지만 그렇게 하지 못했어요. 당신이 고이데 씨에게 전화를 걸 때 이름을 밝히지 않았기 때문입니다. 그래서 그날 그런 식으로 사진이 조금 늦게 도착한 거고요."

"그나저나 잘도 준코 씨를 수사에 이용했군요."

"저희 과장님께서 옷을 벗을 각오로 허락하셨습니다."

"그렇게까지 해서 뭘 하고 싶으셨던 거죠?"

"집 안의 마당을 파 보고 싶었습니다."

"아아, 마당을."

"네. 시간이 많이 경과되지 않는 선에서요."

"언제부터를 말하는 거죠?"

"단조 요시에의 실종부터입니다. 그녀는 저를 만나기 위해 도쿄로 상경했어요. 다마가와 강에서 딸이 살해당한 장소를 알고 싶다고 하더군요. 지도까지 사온 상태였습니다. 그녀가 다마가와 강에 간 건 확실합니다. 목격자도 나왔지요. 하지만 그후 행방이 묘연해졌어요. 즉, 당신의 집 주변에서 종적이 끊긴 겁니다.

하지만 이를 당신과 결부하기까진 많은 어려움이 뒤따랐습니다. 처음에는 당신이 구조 준코에게 살해당한 남자의 부인이기 때문에 단조 요시에를 죽일 리 없다고 생각했지요. 하지만 단조 요시에의 측면에서 보면 가능성은 충분히 존재했습니다. 그녀가 사망했다고 하면 관련 인물은 당신밖에 없거든요. 물론 자살이라면 이야기가 달라지지만 말이죠.

그래서 머릿속으로 다시 한 번 사건을 정리했습니다. 그러자 수상한 점이 한둘이 아니더군요. 우선 준코는 실수로 자신의 가슴을 찌른 소메야 다쓰오가 곧바로 자신의 힘으로 나이프를 뽑은 것을 본 것 같다고 증언했습니다. 하지만 사체가 발견됐을 때 가슴에는 나이프가 꽂혀있는 상태였어요.

게다가 사체가 있던 곳은 준코가 증언한 곳과 달랐습니다. 준코가 주장한 곳보다 훨씬 제방 쪽에 가까웠지요.

이런 사실을 종합해보니 소메야 다쓰오가 실수로 넘어져서 찔린 것임에도 나이프가 심장에 닿을 만큼 깊숙이 박혔다는 점이 납득이 가지 않더군요. 사건에 제삼자가 개입했을 가능성이 있다. 아니, 그러지 않고서야 도저히 사건이 성립할 수 없다는 생각이 들기 시작했습니다.

그러던 와중에 또 한 가지 의혹이 생겼습니다. 바로 구조 지즈코가 소메야에게 살의를 품은 이유입니다. 준코는 그것이 언니의 자존심 문제라고 했습니다. 남자로서는 도무지 이해하기 어려운 동기였지요. 과연 그 정도로 살인까지 저질렀을까, 하는 생각이 들었습니다.

　그래서 저는 소메야 다쓰오라는 남자의 과거를 철저하게 조사했습니다. 그리고 그가 니가타 현 무라카미 시 출신으로 결혼하기 전에는 성이 히구치였다는 사실을 알게 됐습니다. 히구치 다쓰오. 즉, 그는 구조 지즈코의 쌍둥이 여동생의 사망증명서를 써준 의사의 아들이었습니다.

　게다가 그의 출신대학은 J의대였고, 당시 재직 중이던 마사키라는 교수가 소메야 가문의 데릴사위로 그를 추천했다는 사실도 확인되었습니다.

　당신의 집안은 대대로 병원을 경영해왔더군요. 그러나 당신은 외동딸로 태어났습니다. 병원을 잇기 위해서는 데릴사위를 들여야만 하는 상황이었지요. 부친이 까다롭고 고집스러운 사람이었던 탓에 당신은 서른이 넘을 때까지 혼담이 성사되지 않았습니다. 그러던 중에 혈혈단신의 히구치 다쓰오라는, 소메야 가문으로서는 최적의 데릴사위 감이 나타난 셈이지요.

　이러한 사실들은 단조 요시에에 대한 다양한 추정이 가능하게끔 했습니다. 히구치 다쓰오는 유부녀인 단조 요시에와 불륜 관계를 맺었고, 그런 이유로 단조 요시에는 집에서도 쫓겨났지만, 결국 그는 소메야 가문에 들어가는 것을 택했습니다.

히구치 다쓰오는 구조 노인의 집에 왕진을 다녔던 것으로 보입니다. 그리고 젊은 시절 단조 요시에는 꽤 미인이었다고 하더군요. 현재 이마카와에서는 터부시 되는 이야기지만 이미 모두 알고 있는 눈치였습니다. 구조 노인의 전 부인이 무라카미 병원의 젊은 의사와 바람났다는 사실을 말이죠.

게다가 평소 구조 노인이 히구치 다쓰오를 구제불능의 난봉꾼이라 칭한 탓에 소문은 어느새 단조 요시에가 히구치 다쓰오와 함께 집을 나간 걸로 확대되어 있었습니다.

사실상 단조 요시에, 그리고 히구치 다쓰오 역시 서로 함께 지낼 생각을 했던 것 같습니다. 적어도 당신과의 혼담이 들어오기 전까진 말이죠.

이것으로 구조 지즈코의 살해 동기가 확실해졌습니다. 동시에 단조 요시에가 당신을 찾아간 이유까지도 알게 되었죠.

당신의 사정도 알게 되었습니다. 장인이 사망한 후 소메야 다쓰오는 그동안 억눌린 것을 분출이라도 하듯 여색에 몰두했던 것으로 추정됩니다. 자연스럽게 부부 사이도 냉랭해졌고, 이혼 위기가 닥쳐왔겠지요. 즉, 당신은 데릴사위로 들어온 주제에 어느 순간 병원마저 집어삼키려고 하는 남편을 죽일 이유가 있었습니다.

사건은 이중 구조의 형태를 지니고 있었습니다. 뿌리가 깊은 사건이었습니다. 사건은 표면상 해결된 듯 보이기도 했지만 그 안에는 당신의 계략이 숨어있었지요. 저는 어리석게도 그것을 눈치채지 못했습니다. 아니, 단조 요시에만 실종되지 않았더라면 현재까지도 모르는 상태였겠지요.

단조 요시에는 딸의 살인을 부추긴 당신을 용서할 수 없었을 겁니다. 그러나 당신이 사망했다거나 다쳤다는 소식은 들려오지 않았습니다. 오히려 사라진 쪽은 단조 요시에였습니다. 그렇다면 당신이 그녀를 죽였다고 생각할 수밖에 없었습니다.

하지만 당신은 운전면허가 없습니다. 물론 아들도 마찬가지입니다. 따라서 사체는 집 안 어딘가 아니면 마당에 묻었다고밖에 생각할 수 없었죠.

서둘러야만 했습니다. 시간이 지나면 당신이 다른 방법으로 사체를 완벽하게 처분할 가능성이 있으니까요. 그래서 이번 계획을 세운 것입니다.

무엇보다 당신이 범인이라는 증거가 없었습니다. 따라서 우리로서는 사체라는 결정적인 증거를 찾아야만 했습니다. 사체가 아직 집 안에 있을 때 말이죠."

"사체가 집 안에 있을 거라고 확신했다는 소리네요."

나는 입을 열었다.

"그랬다면 영장을 발부받아서 정면으로 갔겠지요. 하지만 사체가 이미 처분돼 집 안에 없을 가능성도 있었습니다. 만약 실패한다면 일이 귀찮아질 것이 분명했고, 이는 저희의 위신과 관계된 일이기도 하니까요."

"그래서 몰래 마당을 파려고 마음먹었군요."

"맞습니다. 아무도 없을 때 파서 만약 사체가 없다면 원상태로 복구할 생각이었습니다. 다행히 마당은 잔디밭이라 매장한 장소를 추정하기도 쉽더군요."

"정확히 아들이 수학여행을 떠나는 날을 골랐네요."

"네. 뭐, 그 점에 있어서는 당신도 다행이라 생각하시겠지요."

그의 말대로였다.

"나고야까지 오라고 했던 건요?"

"마당을 여기저기 파보려면 시즈오카나 요코하마는 시간상 충분치 않으니까요. 나고야에 도착할 무렵까지 시간을 확보할 필요가 있었습니다. 사체가 발견되면 나고야 역에서 늦어도 8시 반까지 연락을 받기로 했고요. 여하튼 일이 순조롭게 진행돼서 다행입니다. 덕분에 과장님과 저도 경위서를 쓰지 않게 됐습니다."

"당신에게 졌습니다."

나는 순순히 패배를 인정했다. 마음속에서 우러나온 말이었다. 눈앞에 보이는 아들뻘의 젊은 형사와 단조 요시에의 집념에 나는 완전히 패배했다.

"그쪽처럼 머리가 좋은 경찰관을 만난 건 처음이에요. 언제나 이런 식으로 범인을 속여가며 수사를 진행하시나요?"

"아뇨, 저도 이런 수사는 처음입니다. 무엇보다 당신이 만만치 않은 상대였으니까요. 그리고……. 또 한 가지 이유가 있군요."

요시키는 그렇게 말하면서 고개를 옆으로 돌리더니 한순간 입가에 장난스러운 미소를 지었다. 그리고 다시 나를 마주 보며 가볍게 입을 열었다.

　"그날은 4월 1일, 만우절이었거든요."

옮긴이 이연승

대학 재학 중 부푼 꿈을 안고 일본으로 건너가 도쿄 소재 일본어학교를 졸업하고 신문 배달부터 시작해 게임 기획자, 언론사 기자 등 다양하고 폭넓은 경험을 쌓았다. 귀국 후에는 전 세계가 '재미'라는 공통분모로 엮여있다는 사실을 깨닫고 재미있는 일본 작품을 소개하며 우리말로 옮기는 일에 집중하고 있다. 《침대특급 '하야부사' 1/60초의 벽》은 그 첫 번째 작품이다.

침대특급 '하야부사' 1/60초의 벽

· ·

2012년 06월 20일 초판 발행

지은이   시마다 소지
옮긴이   이연승
펴낸이   이경선
펴낸곳   해문출판사

등 록   1978년 1월 28일 제3-82호
주 소   서울시 서초구 서초동 1328-11 도씨에빛 2차 1420호
전 화   325-4721
팩 스   325-4725

· ·

값 13,000원
ISBN 978-89-382-0517-9
※ 잘못 만들어진 책은 구입하신 곳에서 바꾸어 드립니다.

국립중앙도서관 출판시도서목록(CIP)

침대특급 '하야부사' 1/60초의 벽 : 시마다 소지 장편소설 / 지은이
: 시마다 소지 ; 옮긴이: 이연승. -- 서울 : 해문출판사, 2012
    p. ;   cm. -- 〈요시키 형사 시리즈 ; 1〉

원표제: 寝台特急「はやぶさ」1/60秒の壁
원저자명: 島田莊司
일본어 원작을 한국어로 번역
ISBN 978-89-382-0517-9 03830 : ₩13000

일본 현대 소설[日本現代小說]
추리 소설[推理小說]

833.6-KDC5
895.636-DDC21   CIP2012002506